Ryek Darkener

Inspektor Mops

–

Common Sense

AF218941

Zu diesem Buch

Inspektor Mops ist für die Aufklärung von Morden zuständig. Was ihn besonders macht, ist, dass die Geister seiner Fälle zu ihm kommen und mit ihm sprechen. Das hat nicht nur mit einer besonderen Sense zu tun, die er einst in einem Trödelladen ergattert hat. Leider dürfen die Geister, die niemand rief, nicht sagen, wer es war …

Über den Autor

Ryek Darkener ist seit geraumer Zeit in virtuellen Welten unterwegs. Das Schreiben begann er 2007 mit Fan-Fiction Kurzgeschichten, die sich auf ein Online-Spiel beziehen. Im Laufe der Zeit kamen eigene Themen dazu. Ryek schreibt Science-Fiction, Fantasy, Mystery. Sein großes Projekt ist die SF Saga "Geschichten aus der Welt nach dem Letzten Krieg".

Trigger-Information: Dieses Buch enthält fiktive Schilderungen von Erlebnissen, die ggfs. Auslösereiz bei Betroffenen sein können, im Rahmen dessen, was in den Genres "Kriminalroman", "Thriller" und "Fantasy" üblich ist. Für die Vollständigkeit der Aufzählung kann keine Garantie übernommen werden.

Ryek Darkener

Inspektor Mops
—
Common Sense

EIN URBAN FANTASY KRIMINALROMAN

Die Deutsche Nationalbibliothek verzeichnet diese Publikation
in der Deutschen Nationalbibliografie; detaillierte bibliografische
Daten sind im Internet über http://dnb.dnb.de abrufbar.

© 2021 Ryek Darkener
Herstellung und Verlag:
BoD – Books on Demand, Norderstedt

Das Cover beinhaltet den Meroitic Font von Reinhold
Kainhofer

gesetzt aus der Vollkorn (designed by Friedrich Althausen)
erstellt mit SPBuchsatz

ISBN: 9783752687736

Inhaltsverzeichnis

Süß oder Sauer   7

Bodyleasing   27

Kreuzfahrt mit Imhotep   73

Vorsicht! Hier kommt ein Karton   115

Back 2 Reality   167

Irgendwann ist Sense   235

Süß oder Sauer

30.10. 23:55

Mops saß in der Küche und beschäftigte sich mit einem späten einsamen Abendessen. Kürbissuppe. Er liebte die Kürbissuppenzeit. Kürbissuppe passte zu allem. Zum Monat. Zum Wetter. Zur Laune. Die Suppe war heiß wie Lava. Mops genoss das Gefühl, wenn sie die Speiseröhre hinunter kroch, eine warme Spur hinter sich herziehend.

Die Turmuhr wies mit klarem Läuten darauf hin, dass der alte Tag seinen Abschied nahm, um Platz für einen neuen zu machen.

>»Hört, ihr Leut, und lasst euch sagen:
>Unsere Glock hat zwölf geschlagen!
>Zwölf, das ist das Ziel der Zeit!
>Mensch bedenk die Ewigkeit!«

summte Mops zufrieden vor sich hin.

Ein sachtes Räuspern kam von der anderen Seite des Tisches. Mops sah von der Suppe auf. Ihm gegenüber saß ein Mann, den er noch nicht kannte. In Mops' Kopf formte sich ein Bild: Der Mann lag in einem Steinbruch, ein Einschussloch zwischen den Augen und den Himmel verwirrt und tot anstarrend.

Das Einschussloch war immer noch da. Doch der Blick, der ihn ansah, war alles andere als verwirrt.

»Inspektor Mops?«

Mops seufzte. »Wen hast du erwartet? Den Weihnachtsmann? Ende Oktober?«

»Ehrlich gesagt habe ich gedacht, dass der Engel mir einen Bären aufbinden wollte.«

Mops runzelte die Stirn. »Wieso? Menschen, die Geister sehen, sind häufiger, als man glaubt.«

Der Geist lächelte knapp. »Das ist ein weit verbreiteter Irrtum bei den Lebenden. Du bist tatsächlich ein echter Kommissar?«

»Inspektor.«

»Von mir aus. Muss dann wohl reichen.«

»Ihr kommt zu mir, wenn ein Mord an euch begangen wurde, den ich bearbeiten werde. Macht euch über mich lustig. Niemand fragt mich, ob ich das lustig finde.«

»So ist es.«

»Ihr sagt mir nie, wer's war.«

»Stimmt.«

»Ich habe immer gewonnen!«

»Bisher …«

»Es war der Gärtner. Richtig?«

»Der Gärtner? Wieso der Gärtner, nein, es war …«

Der Geist schloss seinen Mund und warf Mops einen strafenden Blick zu, bevor er weitersprach. »Das ist unfair!«

Mops grinste. »Das Leben ist nun mal nicht fair. Oder findest du das Loch in deinem Kopf o.k.?«

»Natürlich nicht!«

»Dann ist das ja geklärt. Kann ich sonst noch etwas für dich tun?«

Der Tote schüttelte den Kopf. »Für mich wahrscheinlich nicht mehr. Aber vielleicht für andere.«

»Wie meinst du das? Du bist ein Standard-Mord. Typ 4 nach meiner Kategorisierung. Jemand hat dich in den Steinbruch gefahren. Oder du jemanden, nehme ich an. Dann seid ihr ausgestiegen, habt ein nettes Gespräch geführt, und der andere hat aus einem Grund, den ich noch nicht kenne, eine Waffe gezogen und dir die Grenzen des Lebens aufgezeigt. Bumm und weg.«

Der Geist schüttelte den Kopf. »Ich habe dich für intelligenter gehalten.«

»Das tun viele.«

»Wir sehen uns in der Autopsie.«

»Ich lasse mir doch nicht …«

Der Stuhl am anderen Ende des Tisches war leer.

»Blödmann!« Mops widmete sich wieder der Suppe.

Nach der Mahlzeit und dem Abwasch holte er seine Sense aus dem Besenschrank, setzte sich an den Tisch und fing an, sie zu schleifen.

* * *

»Müller!«

»Ja, Chef?«

»Wo sind die Unterlagen?«

»Welche Unterlagen?«

»Die, derentwegen ihr mich aus dem Bett geholt habt.«

»Ach die. Die liegen unter dem Formblatt für meine Überstunden vom letzten Monat. Also darunter. Deshalb ja auch Unterlagen. Lägen sie darüber, dann wären es …«

»Kommen Sie mir nicht mit Logik.« Mops überflog das Formular und zeichnete es ab. »Wie schaffen Sie es eigentlich, jede Woche 80 Stunden zu arbeiten?«

»Ich schlafe im Wagen, während Sie ermitteln. Hab ich von Ihnen gelernt.«

9

»Aha.«

»Eine Anmerkung hätte ich noch. Bezüglich der Unterlagen.«

»Kommen Sie zur Sache, bitte.«

»Das Geschoss. Die Kollegin von der Autopsie hat darum gebeten, dass Sie sich das ansehen, bevor sie dem Verwaltungshengst die Sporen gibt.«

Mops grinste, als er sich Leonie auf einem Hengst vorstellte, in Lack und Leder, mit erhobenem Schwert in der Faust. Nicht, dass sie auf Rollenspiele stand. Sie war eine von wenigen Menschen, mit denen er sich einigermaßen ernsthaft über die Anwesenheit von Toten unterhalten konnte; möglicherweise berufsbedingt. Es gab eine Seelenverwandtschaft, unbestreitbar. Außerdem sah sie verboten gut aus.

»Bin schon unterwegs.«

* * *

»Sag mal, magst du Halloween?«

»Klar doch, da darf ich ganz offiziell mit meiner Sense los. Warum?«

»Ich dachte an etwas anderes.« Leonie zeigte auf die kleine Keramikschüssel am Kopfende des Untersuchungstisches. Mops und der Geist des Untersuchten sahen interessiert auf die Handvoll der darin liegenden Gegenstände.

»Die sehen wie Kerne aus.«

»Ja. Genauer gesagt sind es Kürbiskerne. Die habe ich im Schädel des Opfers gefunden. Ich vermute, dass sie die Todesursache sind.«

Mops drehte sich zum Geist des Toten. »Kürbiskernvergiftung?«

Der Geist zeigte Mops den Vogel.

Leonie schüttelte sich irritiert. »Ob die giftig sind, kann

ich noch nicht sagen. Aber sie waren schnell. Sehr schnell. Außerdem nicht besonders aerodynamisch geformt. Will sagen, sie sind getrudelt, bevor der Hinterkopf den Flug gebremst hat. Sieh selbst.«

Leonie zeigte auf den Kopf des Toten. Dankenswerterweise waren nur Gesicht und Einschussloch zu sehen und nicht, was sich dahinter verbarg.

»Schmauchspuren?«

»Ja. Sogar Brandflecke. Wenn du mich fragst, wurde der Mann mit einer Vorderladerwaffe getötet. Eine alte Duell-pistole vielleicht. Irgendetwas ohne gezogenen Lauf. Aus kürzester Entfernung.«

Mops nickte. »Keine weiteren Details. Mein Magen erin-nert sich gerade an die Kürbissuppe von gestern.«

Leonie leckte sich die Lippen. »Wie machst du die denn?«

»Ich lade dich ein, dann kannst du es herausfinden. Schon eine Weile her, dass wir zusammen …«

»Ich werde darüber nachdenken.« Es klang nicht besonders ernsthaft. Leonie zeigte auf den Toten. »Zuerst müsst ihr den abarbeiten.«

»Wieso wir?«

»Weil … weil du schon wieder mit dir selbst redest.«

»Ich rede nie mit mir selbst. Sogar dann nicht, wenn ich zu viel getrunken habe. Es ist immer einer da, der zuhört.«

Er warf einen Blick in Richtung des Geistes, der grinsend mit den Schultern zuckte. Mops zuckte ebenfalls die Schul-tern und drehte sich zu Leonie. »Und? Was noch, außer den Kürbiskernen?«

»Die sind – oder waren – versilbert.«

Mops sah Leonie schräg an. »Willst du mich veralbern? Der Typ da auf dem Tisch ist doch kein Vampir.«

Leonies Antwort klang verschnupft. »Das habe ich auch nicht gesagt. Ich hatte selten gewöhnlichere Gäste hier.«

»Das hätte sie jetzt aber nicht sagen müssen«, mäkelte der Geist.

»Ich nehme an, dass die Metallbeschichtung dafür gesorgt hat, dass die Geschosse es bis hinter die Schädeldecke geschafft hat. Und dann …«

»Der Rest sieht aus wie Kürbissuppe«, kommentierte der Geist mit einem süffisanten Grinsen.

»Können wir das Thema wechseln?«, bat Mops.

»Ja, natürlich. Sag mal, du bist doch sonst nicht so empfindlich. Gut. Was haben wir noch? Der Tote ist etwa 50, hatte eine gepflegte Erscheinung. Er wurde nicht gefesselt oder misshandelt. Was drauf schließen lässt, dass er entweder arglos war oder seinen Mörder kannte. Keine Drogen. Hat vor seinem Tod noch gut gegessen, und zwar …«

»Ich weiß!« Mops schloss die Augen, um das Grinsen des Geistes nicht sehen zu müssen, atmete tief ein.

»Woher weißt du es?«

»Er hat es mir gesagt.«

»Wer?«

Mops zeigte auf eine Wand, an der Leonie nichts Besonderes erkennen konnte außer der abblätternden gelblichen Farbe.

»Der Tote. Sie sagen mir alles. Nur nicht, wer es war. Manchmal ist es ganz angenehm, aber der ist echt lästig.«

»Hast du daran gedacht, mit einem Fachmann über dein Problem zu reden?«

»Habe ich. Ich habe es sogar schon getan. Der Fachmann hat sich dann in Behandlung bei einem anderen Fachmann begeben. Eine Selbsthilfegruppe mit nachweislich praktizierenden Nekromanten habe ich bisher nicht aufgetan. Alles Schwindel, das kannst du mir glauben.«

Leonie lächelte ironisch. »Was mir schwerfällt.«

»Wenn es anders wäre, dann würde ich dich für verrückt

halten. Ich bin übrigens sicher, dass die Kollegen volles Verständnis für deinen Musikgeschmack bei der Arbeit haben. Death Metal. In der Autopsie.«

»Das ist etwas ganz anderes!«

Mops warf ihr einen übertriebenen Kuss zu. »Willst du mit mir jetzt deswegen Streit anfangen? Oder wollen wir unseren Job machen?«

»Job machen«, knurrte Leonie. »Gib mir Zeit bis heute Nachmittag.«

* * *

Der Name des Toten war Wilfried Lang. Seine Wohnung im dritten Stockwerk eines unauffälligen Mietshauses in einer noch unauffälligeren Straße machte einen ordentlichen Eindruck. Alles schien an seinem Platz zu liegen, doch waren Schränke und Schubladen weit geöffnet, ohne dass der Inhalt verstreut worden wäre.

»Die haben gewusst, wonach sie suchen«, sagte Müller.

»Sieht so aus. Aber haben sie es auch gefunden?« Mops sah zu Willi, der einen unbeteiligten Eindruck zu machen versuchte. »Dann eben nicht.«

»Wie meinen?«, fragte Müller.

»Schon in Ordnung. Sie waren nicht gemeint.«

»Aha.«

»Haben die Kollegen etwas Interessantes gefunden? Okkulte Dokumente, Vereinsmitgliedschaften, Drohbriefe, unbezahlte Rechnungen, Pornos auf der Festplatte?«

»Okkulte Dokumente?«

»Ja. Vorzugsweise welche, die erklären, warum der Täter ein Kürbiskern-Projektil genommen hat.«

»Die Kerne kommen normalerweise nicht in die Sup...«

»Ich weiß!«

Müller zuckte mit den Schultern. »Jaja, ist ja schon gut. Nein. Bisher nichts Auffälliges. Die Befragung von Nachbarn und Verwandtschaft läuft noch.«

Willi grinste breit. »Gaaanz kalt.«

»Du mich auch«, gab Mops zurück.

Müller ignorierte den Satz. »Möglicherweise hat Willi ja kurzfristig eine Bekanntschaft gemacht, die nicht gesund für ihn war.«

»Üblicherweise gehen die Erwachsenen nicht an Halloween von Tür zu Tür. Schon gar nicht mit geladenen Duellpistolen.«

»Trotzdem. Etwas in der Art, vielleicht? Außerdem wäre das erst heute Abend. Eigentlich.«

»Ich werde Leo fragen, wann genau er gestorben ist. Obwohl ich es eigentlich schon weiß.«

»Wir sehen uns hier noch ein wenig um. Übrigens: Das Fahrzeug des Toten haben wir gefunden. Stand unweit des Steinbruchs.«

»Machen Sie das. Ich gehe jetzt Mittagessen und dann zu Leonie. Bringen Sie ihr, was es an Ergebnissen gibt, bitte.«

* * *

»Um Mitternacht. Plus oder minus eine Stunde. Er war geschminkt, als er erschossen wurde. Aber nicht, als er gefunden wurde.« Leonie nahm den Hefter der Spurensicherung, der auf dem Aktenschrank lag, und klappte ihn auf.

»Was willst du damit sagen?«

»Dass er kurz vor seinem Tod geschminkt war. Es gab gelbe Farbreste in seinem Gesicht.«

»Aber ob er kostümiert war, wissen wir nicht. Die Leiche war es jedenfalls nicht.«

Leonie legte den Bericht zurück und legte den Kopf schief.

»Hast du jemals eine angezogene Person auf meinem Seziertisch gesehen?«

»Ja, der erfolglose Pyromane von vor drei Monaten.«

»Der zählt nicht.« Leonie rieb sich mit dem rechten Zeigefinger den Nasenrücken.

»Das machen die mit Absicht.«

»Wer?«

»Vergiss es. Ich habe gerade eine ganz komische Idee. Gibt es etwas zu seinen Zähnen zu sagen?«

»Ungewöhnlich hell. Ich nehme an, er benutzte eine entsprechende Zahnpaste. Kannst du bitte gleich mal das Licht ausschalten?« Sie zog Gummihandschuhe über.

»Du weißt, dass heute Halloween ist?«

»Süßes oder Saures?«

»Soll das eine Fangfrage sein? Jetzt ausmachen?«

»Ja, bitte.« Leonie schaltete eine kleine UV-Lampe an und öffnete den Mund des Toten. Die Zähne warfen eine helle Reflexion in den Raum und leuchteten nach, als die Lampe ausgeschaltet wurde.

»Der war aber echt schräg drauf, wenn du mich fragst.«

»Geschmackssache«, kommentierte der Geist.

»Welcher Geschmack?« Mops bereute die Frage sofort, der Geist schenkte sich die Antwort.

Mops schaltete das Licht wieder ein. Leonie warf die Handschuhe in den Abfall und widmete sich den Tatort-Fotos.

»Hm. Er hatte einen Zettel in der Tasche. Merde.«

»Bitte?«

»Klingt vornehmer als ›Scheiße‹.«

»Aha. Aha?«

Leonie reichte Mops das Foto. Auf dem dort abgebildeten Zettel stand in krakeliger Schrift: Saures.

»Super. Sonst noch was? Gelbe Schminke, leuchtende Zähne, mystische Zettel. Ich bin bedient.«

»Ja. Vielleicht. Das ist komisch.«

Mops sah Leonie gereizt an. »Siehst du mich lachen?«

Und zum Geist gewandt. »Und du verschwindest jetzt hier. Sofort.«

Seltsamerweise gehorchte Willi.

»Darf ich daran erinnern, dass das mein Reich ist? Wenn du mit mir redest, dann sieh mich bitte auch an.« Leonies Stimme war lauter und höher geworden.

»Ich habe nicht mit dir …« Mops klappte den Mund zu und blies die Luft durch die Nase aus. »Du wolltest mir noch etwas Komisches zeigen.«

»Nur, weil du es bist.«

Mops schnippte mit den Fingern der rechten Hand zu einer Melodie, die nur er hörte.

Leonie griff vorsichtig nach einer Metalldose, die auf dem Tisch neben der Leiche lag. »Ui!« Sie nahm die silberne Dose in die Hand und reichte sie Mops. »Vorsicht. Warm.«

Mops nahm die Dose entgegen und öffnete sie. Innen lag ein walnussgroßer schwarzer Gegenstand.

»Der ist aber nicht radioaktiv?«

Leonie schüttelte den Kopf. »Nein. Lag im Handschuhfach des Autos, mit dem Willi zum Steinbruch gefahren ist oder gefahren wurde. Ich habe ihn mir aus der Asservatenkammer geben lassen, da Willi Kohlereste unter den Fingernägeln hat. Ich will sie vergleichen.«

»Und?«

»Bin noch nicht dazu gekommen. Aber die Vermutung liegt nahe.«

»Das ist doch schon fast einen Tag her.« Mops sah argwöhnisch auf den schwarzen Gegenstand.

»Ja. Die Kohle brennt nicht und kühlt auch nicht ab.«

Mops schloss die Dose und gab sie Leonie zurück. »Wäre ein guter Taschenwärmer bei dem Wetter heute.«

»Wenn du meinst.«

»Was ist mit heute Abend? Suppe und Versöhnung?«

Leonie schüttelte den Kopf. »Hab schon was vor. Ein anderes Mal. Vielleicht.«

* * *

»Willi war das, was man gut situiert nennen würde. Umso erstaunlicher, dass seine Taschen leer waren. Auch in seiner Wohnung war kein Geld auffindbar.« Müller blickte von seinem Bericht auf. »Also Raubmord?«

Mops nahm die Füße vom Schreibtisch und setzte sich richtig hin. »Mit Ansage?«

»Wieso mit Ansage?«

»Weil er einen Tag vor seinem Tod seine Konten leergeräumt hat.«

»Erpressung?«

»Warum wird er dann getötet? Entführung scheidet ebenfalls aus. Es wird niemand aus seinem Umfeld vermisst, für den er hätte Lösegeld beschaffen müssen.«

»Vielleicht hat er eine teure Reise gebucht. Eine, von der er nicht zurückkommen wollte?«

Mops kratzte sich am Kopf. »In den letzten Jahren war er viel unterwegs. Immer um Halloween herum. USA, England, Irland. Scheint sein Hobby gewesen zu sein. Auf der Festplatte hat die Spurensicherung eine umfangreiche Fotosammlung gefunden. Goldmünzen, teilweise wirklich rare Objekte, die er da abgelichtet hat. Und Halloween Folklore. Sein Bankkonto hat nach Halloween immer einen Sprung nach oben gemacht.«

»War es dann vielleicht anders herum? Er hat bisher jemanden erpresst oder beraubt?«

»Jahr für Jahr? Immer zu Halloween?«

»Warum nicht?«

»Weil es nicht erklärt, warum er dieses Jahr nicht verreist ist. Und warum er mit silbernen Kürbiskernen getötet wurde.«

»Na ja, wir haben Halloween«, wandte Müller ein.

»Genau. Da verkleiden sich erwachsene Männer als Kürbis und lassen sich Kerne implantieren oder was?«

»Mich treibt noch etwas um.«

Mops seufzte. »Dann mal los. Mir gehen gerade die seltsamen Ideen aus.«

»Der Zettel. Die Handschrift ist nicht die von Willi. Sagen die Spurensicherer.«

»Also möglicherweise von seinem Mörder. Leider keine Fingerabdrücke.«

»Ja.«

31.10. 22:00

Mops wälzte sich im Bett herum, griff nach dem Stiel der Sense und schlug damit hinter sich in die Richtung, in der er gelegen hatte.

»Autsch!«

Mops drehte sich langsam zurück. Vor dem Bett stand Willi und hielt sich die Nase.

»Was soll das?« Mops stieß mit dem Stiel nach Willi, der einen Schritt zurücktrat und nun halb in der Wand hinter ihm steckte. »Seit wann sind Astralkörper empfindlich für reale Dinge?«

»Vielleicht siehst du mal auf den Kalender, du Pappnase! Überhaupt, wo hast du DIE her?«

Willi zeigte anklagend auf die Sense und vermied, in Berührung damit zu kommen.

»Bin ich billig drangekommen. Was willst du?«

»Du hast bis Mitternacht Zeit, den Mord aufzuklären.«
Mops legte die Sense zur Seite, richtete sich auf und drehte sich wieder zu Willi. »Seit wann machen mir die Toten Vorschriften, wie ich meine Fälle zu bearbeiten habe?«
»Das ist eine Ausnahme. Deshalb gebe ich dir einen Tipp.«
Mops wurde hellhörig. »Und der wäre?«
»Du hast bis Mitternacht Zeit, den Mord aufzuklären.«
Willi wurde durchscheinend und verschwand.
»Der hat Nerven!«, grummelte Mops. »Wobei das eigentlich nicht mehr stimmt.«
Er rief Leonie an. Nach einer halben Minute Klingeln wurde abgenommen. Im Hintergrund lief laute Rockmusik.
»Ja?«
»Mops hier.«
»Moment!«
Die Musik und das Lachen wurden deutlich leiser. Eine Tür schlug zu.
»Was kann ich für dich tun?«
»Wann wird Willi beerdigt?«
»Morgen. Warum?«
»Ich wollte mir den noch mal ansehen.«
»Jetzt? Ist das wichtig?«
»Ja. Ja.«
»Da kommst du zu spät. Oder musst zum Friedhof raus. Die werden sich freuen, wenn sie mitten in der Nacht die Aufbahrungshalle aufschließen müssen. Bring was Süßes mit.«
»Sehr komisch.«
Leonie schwieg.
»Ist noch was?«, fragte Mops nach.
»Ja ... Darf ich dich um einen Gefallen bitten, wo du sowieso noch unterwegs bist?«
»Kommt drauf an. Was willst du denn?«

»Ich feiere mit Freunden Halloween. Ich dachte, dass du vielleicht später ...«

»Dass ich euch einen Besuch abstatten soll. Mit Sense nehme ich an.«

»Wenn es dir nicht allzu viel ausmacht.«

»Was bekomme ich dafür?«

»Du bist ganz schön geschäftstüchtig. Was willst du?«

»Mit dir zu Abend essen. Bei mir. Kürbissuppe. Du wolltest darüber nachdenken. Meine ich mich zu erinnern.«

»Das ist Erpressung!«

»Stimmt.«

Leonie schnaufte gespielt empört. »Unter einer Bedingung. Ich will einen original Halloween-Kürbis auf dem Tisch. Und es bleibt beim Essen.«

»Candle-Light-Dinner, hä? Ringelpiez ohne Anfassen? Ganz schön harte Bedingungen.«

»Genau.«

»Einverstanden. Was ziehst du zur Feier des Tages an?«

»Rate mal.«

»Morgen um zehn. Abends. Und keine Ausreden.«

»Weil du es bist. Einverstanden.«

Mops hatte eine Idee. »Danke dir. Ich muss los.«

* * *

Auf dem Friedhof angekommen, fand er die Tür zur Aufbahrungshalle unverschlossen. Vor dem offenen Sarg stand ein kräftiger, rothaariger Mann.

Mops blieb an der Tür stehen.

Der Mann schien in einer guttural klingenden Sprache mit dem Toten zu reden. Es klang, als ob der Mann den Toten abwechselnd bitten und verfluchen würde.

Mops schlich an den Unbekannten heran. Unvermittelt

drehte dieser sich um. Mops sah in glühende Augen. Der Mann stürzte sich auf ihn, warf ihn um und rannte los. Mops konnte dem Fliehenden noch ein Bein stellen. Der schlug lang hin, raffte sich auf und taumelte durch die Tür hinaus. »Das kann ich besser!« Mops rappelte sich auf. Im Hinauslaufen griff er nach seinem schwarzen Umhang und der Sense, die er hinter der Tür abgestellt hatte.

31.10. 23:50

Die hagere Gestalt im schwarzen Umhang bewegte sich mit schlafwandlerischer Sicherheit durch den dichten Nebel, der ab und zu von einer funzeligen elektrischen Laterne erhellt wurde. Die Anzahl der Grabsteine zwischen ihr und dem Verfolgten wurde zusehends kleiner.

Der Flüchtige stoppte an der Friedhofsmauer. Er warf sich herum, keuchend vor Anstrengung, das rote Haar klebte schweißnass am Kopf. Er ließ sein Messer aufschnappen.

Der Verfolger hielt. Es klickte hart und metallisch, als die Klinge der Sense in die Mäh-Stellung glitt und einrastete. Sie glänzte in einem eigenen weißen Feuer und beleuchtete das Gesicht des Sensenträgers, das den Mann mit totenkopfgleichem Grinsen anstarrte.

»Guten Abend. Schönen Samhain auch. Ich bin Mops. Inspektor Mops. Und du bist verhaftet.«

Der Angesprochene lächelte Mops giftig an.

Mops wedelte mit der Sense. »Meiner ist länger. Leg das Messer weg, oder ich bringe dich in zwei Teilen aufs Revier.«

Der Mann klappte das Messer ein und steckte es in die Hosentasche.

Mops betrachtete die Kleidung seines Gegenübers genauer: Eine grobe Hose und kariertes Hemd mit großen Löchern, durch die eine muskulöse Brust zu sehen war.

»Du bringst mich nirgendwo hin«, sagte der Unbekannte.
»Wer bist du?«

»Ich habe meinen Ausweis verloren.«

»Dachte ich mir. Wo ist die Pistole?«

»Die hatte nur einen Schuss. Ich brauche sie nicht mehr.«

»Achtung. Jetzt kommt die Polizeifrage. Warum?«

Die Augen des Mannes leuchteten rot. »Weil er mich bestohlen hat!« Er sah auf eine Stelle links neben Mops.

»Wie kann man jemanden bestehlen, der tot ist, Inspektor?«, jammerte Willi. »Ich habe mich nur an dem bedient, was er nicht mehr brauchen konnte.«

Der Unbekannte war mit der vorgetragenen Interpretation nicht einverstanden. »Es war meines! Meines! Außerdem«, fuhr er fort, »bin ich nicht tot. Jedenfalls nicht ganz, nicht richtig.«

»Es war eine faire Wette! Für jedes Goldstück, was gesetzt wird, bekommt der Gewinner eines vom Verlierer. Ich habe dich nicht bestohlen, so wie du deine Nachbarn bestohlen hast!«

»Es waren Schulden! Was hätte ich denn sonst tun sollen in der ganzen Zeit! Du ahnst nicht, wie langweilig es ist, wenn man nur einen Tag im Jahr unterwegs sein darf! Es hat ewig gedauert, das Geld einzutreiben! In Irland, in England und in Neu England!«

Willi trat zwei Schritte vor und packte den Opponenten am Hemd. »Du bist ein verdammt schlechter Verlierer! Und ein Betrüger!«

Die beiden hatten Mops völlig vergessen. Er räusperte sich. »Verzeihung, aber ich hätte da einen Mord aufzuklären.«

Willi drehte sich zu Mops. »Hast du doch. Er war's. Er hat es zugegeben. Was willst du denn noch?«

»Ähm. Ihn aufs Revier mitnehmen. Vielleicht?«

Der Mann stieß Willi zurück und lachte. »Aber gerne.«

Willi schüttelte entschieden den Kopf. »Das ist keine gute Idee.«

»Warum?«

»Wer ihn an Samhain einlädt, wird ihn zeitlebens nicht mehr los. Außer am einunddreißigsten Oktober. Wenn man das eigene Leben gegen seines wettet. Der Verlierer verliert sein Geld und sein Leben.«

Mops ging ein Licht auf. »Daher die Reisen in den letzten Jahren? Du hast den dreimal eingeladen? Und dreimal gewonnen? Aber dieses mal nicht.«

»Genau so ist es!«, lästerte der andere. »Er konnte den Hals ja nicht vollkriegen! Aller guten Dinge sind drei! Jeder Dummkopf weiß das!«

»Und wozu die Verkleidung? Die Schminke, meine ich.«

»Wegen der Folklore!« Der Rothaarige lachte. »Es ist so leicht, Leute zu lächerlichen Dingen zu verleiten, wenn man mit genug Kohle winkt! Nicht wahr?«

Willi nickte traurig.

Mops seufzte. »Wenn ich das erzähle, dann ist's wieder einmal Essig mit der Beförderung.«

»Wir haben alle unsere Probleme, nicht wahr?«, ätzte Willi.

»Also gut.« Mops klappte die Sensenklinge an den Stiel und widmete seine Aufmerksamkeit dem Rothaarigen. »Fürs Protokoll. Name, Geburtsdatum, Adresse.«

Der Angesprochene lächelte spöttisch. »Adresse: Irland. Geburtsdatum: irgendwann im achtzehnten Jahrhundert. Name: Jack O'Lantern.«

»So etwas habe ich schon befürchtet.«

Jack grinste. »Es ist die Wahrheit.«

»Oder was du dafür hältst«, kommentierte Willi.

Die Glocke der Friedhofskapelle schlug zur vollen Stunde. Zur letzten dieses Halloween-Tages.

Jack fixierte Willi mit einem fragenden Blick. »Wo ist sie?«

»Wo ist was?«, wollte Mops wissen.

»Die Kohle. Das Letzte von Wert, was ich noch habe! Gib sie mir zurück!« Jack sah sich gehetzt um.

Willi lächelte Jack falsch an. »Das letzte Hemd hat keine Taschen. Sorry.« Er verschwand.

»Aber meine Kutte, glücklicherweise.« Mops stieß den Sensenstiel in den Boden, griff in die linke Tasche und holte die Dose mit der Kohle heraus. Er öffnete sie und hielt sie Jack hin. »Du schuldest mir etwas.«

»Was willst du?«

Mops sagte es ihm.

»Einverstanden.«

Die Uhr schlug zwölf. Jacks rechte Faust umschloss die Kohle. Ein kürbisfarbenes Glühen durchströmte seinen Körper. Er verbeugte sich dankbar, drehte sich um und verschwand im Nebel und der Mauer.

01.11. 22:00

Am Abend gab es Kürbissuppe. Mops saß, in seine schwarze Kutte gekleidet, Leonie gegenüber. Die Sense lehnte zugeklappt an der Wand hinter ihm.

Mops konnte seinen Blick kaum von Leonie lösen. »Ich habe es geahnt.«

Leonie trug ein Kostüm im Kürbisdesign, das die strategischen Stellen eher betonte als verbarg. Sie hatte die Haare dazu passend gefärbt.

»Um Mitternacht bringst du mich heim. Biss zur Tür«, machte Leonie gnädig lächelnd klar.

»Ungern. Aber versprochen ist versprochen.«

»Heute gibt es keine Tauben, nur Spatzen.« Leonie zwinkerte Mops zu. »Eines muss ich dir lassen: Du schaffst es, eine gespenstische Atmosphäre zu schaffen, in der man sich wohlfühlen kann.«

Auf dem Tisch stand, stilecht, ein großer Kürbis, der die Szenerie mit einem sehr zufriedenen Grinsen betrachtete.

Im Inneren glomm hell eine Kohle und tauchte die Küche in sanftes kürbisfarbenes Licht.

Bodyleasing

»Herrmann Mayer?«

Auf der belebten Einkaufsstraße angesprochen zu werden war nichts Ungewöhnliches für Herrmann. Er brachte sein Lächeln in Form, das ihm, zusammen mit einigen anderen Dingen, einen gewissen Erfolg in der Lokalpolitik gebracht hatte, und drehte sich zum Frager. »Ja? Was kann ich …«

Sein Lächeln gefror und wich einem überraschten, entsetzten Gesichtsausdruck.

»Du?«, keuchte er.

»Ja. Ich. Hast du mich etwa vergessen?«

Die Stimme war sanft und glatt wie ein Bergsee an einem windstillen Sommertag. Herrmann wusste, dass die Temperatur unterhalb der Oberfläche alles andere als warm war. Er begann zu zittern.

»Nein. Nein! Natürlich nicht! Wie kommst du darauf!«

Die Passanten gingen an ihnen vorbei, ohne sie zu bemerken. Herrmann sah sich Hilfe suchend um. Einer der Fußgänger kam direkt auf ihn zu, sah geradeaus und war dann hinter ihm verschwunden.

»Wir haben eine Abmachung.«

Herrmann schüttelte heftig den Kopf. »Das kannst du nicht ernst meinen! Du hast gescherzt, gib es zu!«, flehte er.

»Meine Dienstleistung war kein Scherz. Du hast sie gern in Anspruch genommen, nicht wahr? Ein Jahr nach deinen Wünschen, alles inklusive. Das ist folgerichtig nicht umsonst.«

»Das ist nicht wahr! Ich habe mich nach deinem Besuch geändert. Was ich heute bin, habe ich allein mir zu verdanken. Du hast keinen Anteil daran!«

»Was macht dich da so sicher?«

»Ich habe damals nur deshalb zugestimmt, um dich loszuwerden! Du bist ein böser Traum, nichts weiter!«

Der Mann streifte seine Lederjacke ab und warf sie achtlos auf die Bank hinter sich. Das schwarze T-Shirt, das seinen athletischen Körper betonte, hatte auf der Brustseite einen kreisförmigen Aufdruck in Form eines roten Schildes. Darauf prangte ein geflügeltes schwarzes Schwert, welches in einem darunter liegenden weißen Schädel steckte. Er schüttelte den Kopf, sein schulterlanges blondes Haar glitt nach hinten. Aus der rechten Tasche seiner Jeans holte er zwei kleine Münzen, die er zu Boden fallen ließ.

Die Umgebung um die beiden wurde unscharf, umfloss sie wie ein Nebel.

»Du hast dich geirrt. Ich habe gegeben, du hast genommen. Nun ist es an mir, zu nehmen.«

Herrmanns Stimme sank zu einem Flüstern. »Nein! Bitte! Lass uns darüber reden!«

»Warum?«

Der Mann zog ein schwarzes Langschwert aus der auf den Rücken geschnallten Scheide. Auf der Klinge lief ein roter Schimmer entlang. Der Totenkopf auf dem T-Shirt schlug die Augen auf und fixierte Herrmann mit feurigem Blick.

»Du wirst gleich erfahren, ob ich ein Traum bin«, fuhr der Mann fort. »Hebe deinen Kopf!«

Herrmanns Kopf bewegte sich wie an Drähten gegen Widerstand gezogen. »Erbarmen!« Seine Stimme verging im aufkommenden Wind.

»Erbarmen?« Der Mann zog missbilligend die Augenbrauen zusammen. »Damit werde ich mich nicht beschmutzen.«

Er holte nach rechts aus und schlug Herrmann mit einer sicheren Bewegung den Kopf ab. Herrmanns Kopf rollte ein paar Schritte weit und blieb, einen wachen Blick auf den Schwertführer gerichtet, auf dem Pflaster liegen.

»Knie nieder vor deinem Herrn!«

Der Torso beugte in einer eleganten Bewegung das Knie und neigte den Oberkörper.

Der Mann nickte wohlwollend herab und verstaute das Schwert wieder in der Scheide. Dann drehte er sich um, nahm die Jacke auf und hängte sie sich lässig über die Schulter. Er schob die Münzen mit der Schuhspitze unter die Bank. Über die Schulter gewandt, sprach er den Knienden an. »Ich werde dich rufen, wenn die Zeit gekommen ist, mir zu dienen.«

Der Torso kippte links zur Seite, die Hände nach den Münzen ausgestreckt.

Als der erste entsetzte Schrei erklang, war der Schwertträger schon weit fort.

* * *

»Was zum Teufel!«

Inspektor Mops sah missmutig auf den am Boden Liegenden herab, der in einer Fläche noch nicht überall getrockneten Blutes lag. Der Kopf des Mannes, sauber abgetrennt, stand aufrecht auf dem Hals und schien den ehemals verbundenen Körper erstaunt anzusehen.

Mops drehte sich suchend um. Nichts.

Müller sah seinen Chef fragend an. »Vermissen Sie etwas?«

Mops räusperte sich. »Ja. Den Toten.«

Müller wies mit der Rechten auf den Torso. »Ich dachte, der liegt da vor uns.«

»Sie wissen, was ich meine. Ich vermisse den Toten, der

üblicherweise hier rumsteht, um mir zu sagen, dass er mir nicht sagt, wer ihn umgebracht hat.«

Müller atmete auf. »Das heißt, wir gehen diesmal nach der klassischen Methode vor?«

»Ich weiß zwar nicht, was Sie damit meinen, aber von mir aus. Was haben wir?«

Müller blätterte in seinen Notizen. »Herrmann Mayer, 48 Jahre alt. War bis vor einem Jahr als Schauspieler am hiesigen Theater tätig. Todeszeitpunkt vor etwa einer Stunde. Tatort: Der Menge des Blutes nach zu urteilen und ohne jemandem vorgreifen zu wollen: hier. Niemand der Passanten hat den Mord gesehen. Plötzlich lag er da, ohne Kopf.«

»Warum habe ich das Gefühl, ihn zu kennen?«

»Vielleicht, weil er es in letzter Zeit zu einiger Bekanntheit gebracht hat? War recht oft in den Medien.«

Mops runzelte die Stirn. »Ach, dieser Herrmann Mayer? Hm, na ja, ich hätte ihn nicht gewählt. Müssen Sie mich jetzt festnehmen?«

Müller sah Mops irritiert an. »Warum?«

Mops verzog keine Miene. »Ich habe ein Motiv. Und eine Sense.«

Mops hörte ein unterdrücktes Lachen in seinem Rücken. Er drehte sich um, starrte in die Luft. Nichts. Er drehte sich zurück zu Müller und grinste. »Eins zu null für mich.«

Müller wischte sich mit der linken Handrückseite imaginären Schweiß von der Stirn. »Puh! Ich dachte schon, Sie meinen es ernst.«

»Das mit der Sense?«

»Wenn ich mich recht erinnere, sagten Sie, dass Sie damit nur zu Karneval, Hochzeiten und Kindergeburtstagen als Tod gehen. Als Nebenerwerb. Hat sich da etwas geändert, was ich wissen sollte?«

»Im Prinzip nein. Aber warum ich immer häufiger zu

Kindergeburtstagen als zu karnevalistischen Veranstaltungen eingeladen wurde, darüber denke ich lieber nicht nach. Schöne Neue Welt. Generation Grusel.«

»Bestehen Sie, der Form halber, auf einem Verhör? Sie haben eine Waffe, mit der die Tat möglich gewesen wäre. Und ein Motiv.«

»Ich habe ein Alibi.«

»Sie meinen, eine Leonie?«, feixte Müller.

»Wir waren Schuhe kaufen, als der Mord passierte. Hunderte von Schuhverkäufern können das bezeugen.«

»Und? Hat sie das Passende gefunden?«

»Wieso sie? Sie glauben gar nicht, wie schwer es ist, ein paar schwarze Stiefel zu finden, die stilecht zu einem ›Freund Hein‹ Kostüm passen.«

Müller schüttelte heftig den Kopf. »Ich glaube, wir kommen im Moment nicht weiter.«

»Sieht so aus. Hatte Herrmann Feinde, von denen wir wissen? Todfeinde?«

»Wird recherchiert.«

»Was hat er gemacht, bevor ihm das hier zugestoßen ist?«

»Er scheint bummeln gewesen zu sein. Einige der Passanten, die unsere Kollegen befragt haben, können sich daran erinnern, ihn gesehen und mit ihm gesprochen zu haben.«

»Aber niemand war dabei, als ihm jemand den Kopf abgeschlagen hat. Am helllichten Tag. Mitten in einer belebten Einkaufszone.«

»So sieht es aus.«

»Hat der Tote Verletzungen? Ich meine, außer der offensichtlichen? Gab es einen Kampf?«

»Unbekannt.«

»Leonie wird sich freuen.«

»Sie sitzt doch bestimmt schon im Keller und wetzt die Messer.«

»Davon gehe ich aus. Sie hat sich sofort nach Ihrem Anruf auf den Weg gemacht. Eigentlich hatten wir uns den heutigen Tag anders vorgestellt. Die Autopsie ist ziemlich unromantisch für warme Körper.« Mops warf einen Blick auf die Bank, die hinter dem Torso stand. »Waren die Spurensicherer schon am Werk?«

»Nein. Sie warten auf die Freigabe.«

»Gut. Sie sollen sich die Bank zuerst vornehmen.«

»Warum das?«

»So ein Gefühl. Die interessantesten Stücke möchte ich umgehend auf meinem Schreibtisch haben.«

»Werde ich veranlassen.«

»Danke.«

* * *

»Hat er die Münzen verloren?«

Mops drehte die beiden in Plastikfolie eingeschweißten römischen Sesterze hin und her.

»Schwer zu sagen.«

Müller zeigte auf das Foto, das zwischen ihnen auf dem Schreibtisch von Mops' Büro lag. »Der Torso weist in die Richtung, die Hände sind ausgestreckt, als ob sie nach den Münzen greifen wollten.«

»Kann er so hingelegt worden sein?«

»Wahrscheinlich nicht. Es gibt keine Spuren im reichlich vorhandenen Blut.«

»Kann er danach gegriffen haben, und der Besitzer hat ihn darauf hingewiesen, dass er damit nicht einverstanden ist?«

»Ich werde ihn fragen, wenn wir ihn haben. Versprochen.«

»Dann erzählen Sie mal, was wir haben.«

Müller seufzte. »Mit Ausnahme der beiden Münzen und

der Leiche gibt es keine verwertbaren Spuren am Tatort. Wir sind noch unterwegs, um das soziale Umfeld des Toten zu befragen. Die Personen, die wir gestern erreicht haben, erscheinen zuerst einmal nicht als Verdächtige. Mayer war, wie es scheint, ein Karrierist. Bis vor etwa einem Jahr war er ein völlig unauffälliges Mitglied der Partei. Danach ist er recht schnell in wichtige Gremien gewählt worden, aufgestiegen und vorigen Monat als Vertreter des Ortsvorstandes der Partei ins Stadtparlament eingezogen. Er hat auf seinem Weg nicht nur Freunde zurückgelassen, wie es heißt. Wir gehen dem nach.«

»Irgendetwas Klassisches dabei? Enttäuschte Liebe? Eifersucht? Neid?«

»Von allem etwas.«

»Mit anderen Worten: ein Mensch wie du und ich.«

»Ähm, nein. Ich warte schon seit zwei Jahren auf meine Planstelle als ...«

»Da sind wir schon zwei. Das ist nicht das Thema.«

»Ich wollte nur darauf hinweisen, dass der Tote, bis gestern, beruflich recht flott vorangekommen ist. Im Gegensatz zu uns.«

»Hm. In der Partei ist gerade ein Platz frei geworden. Wie wäre es, Müller? Wollen Sie rechts überholen?«

»Das bringt doch nur Ärger mit Justitia.«

»Vielleicht ist sie ja auf dem rechten Auge blind?« Mops legte die Münzen zurück auf den Tisch. »Das waren die einzigen ungewöhnlichen Stücke. In der Brieftasche hatte er etwas Geld und die üblichen Scheckkarten.«

»Was darauf schließen lässt, dass er diese Münzen entweder woanders verwahrte, oder sie nicht ihm gehörten. Der Handelswert von denen ist nicht besonders hoch, sagen unsere Fachleute. Möglicherweise haben sie eine symbolische Bedeutung für den Besitzer.«

Mops horchte auf. »So etwas wie ein Zeichen, was der Mörder am Tatort zurückgelassen hat. Wenn Sie recht haben, dann steht unserer Beförderung nichts mehr im Wege. Wir müssen nur einen Irren finden, der am helllichten Tag mitten in einer belebten Fußgängerzone Leute enthauptet, ohne dabei gesehen zu werden.«

»Wenn Sie es sagen, dann hört es sich immer so leicht an.«

Mops schob sich mit seinem Drehstuhl vom Schreibtisch weg und stand auf.

»Dann machen wir uns mal ans Werk. Sie besuchen die Leute, die Herrmann kannten und zuletzt gesehen haben. Die Interessanten besuchen wir dann in den nächsten Tagen noch einmal zusammen. Ich brauche jetzt eine Abkühlung.«

»So früh am Tag schon ein Bier?«

»Nicht im Dienst. Ich gehe zu Leonie und Herrmann.«

»Ach so.«

Ach so.

»Und die Sesterze nehme ich mit.«

Mops unterschrieb das Entnahmeformular und steckte sich die eingepackten Münzen dann in die Tasche.

»Aber nicht alles auf einmal ausgeben, gelle?«, konnte Müller sich nicht verkneifen.

* * *

»Wie geht es unserem Gast?«

Leonie blickte von ihrer Arbeit auf. »Bisher ganz ruhig. Wolltest du helfen?«

»Nein. Du weißt doch, ich habe zwei linke Hände und eine Sense. Hast du schon etwas für mich?«

Leonie nickte. »Ja. Die Enthauptung ist perfekt durchgeführt worden. Mit Kraft, Präzision und einem sehr scharfen Gegenstand. Ich tippe auf ein Katana oder ein Langschwert.«

»Oh! Ein Highlander? Mitten unter uns?«

»Nein, glaube ich nicht. Es ist ja nichts in der Umgebung des Schwertes kaputtgegangen. Außer dem da.«

»Also eher der übliche Psycho?«

»Da bin ich mir auch nicht sicher.« Leonie wiegte ihren Kopf hin und her.

»Warum?«

»Fangen wir mit dem Offensichtlichen an. Herrmann ist in der Fußgängerzone geköpft worden. Inmitten von bestimmt hundert Leuten. Und niemand hat es gesehen! Mit dem Trick kann der Mörder in Vegas auftreten!«

»Ich glaube nicht. Es sei denn, die Amis wollen auf diese Weise ihre nächsten Hinrichtungen durchführen.«

»Der Mörder hat den Blick einer großen Anzahl von Menschen vom eigentlichen Geschehen abgelenkt. Da bist du doch bestimmt auch schon drauf gekommen.«

»Natürlich, Agent L.«

»Das ist nicht komisch.«

»Siehst du mich lachen? Was noch ungewöhnlicher ist: Der Tote redet nicht mit mir. Er versteckt sich. Obwohl ich sicher bin, dass er gerade jetzt hier ist und uns zuhört.«

»Warum?«

»Ich habe ihn bei der Tatortbesichtigung mit meinem Charme aus der Reserve gelockt.«

Mops drehte sich blitzschnell um. Sein rechter Zeigefinger wies auf eine nicht vorhandene Nase.

»Ich kriege dich! Und deinen Mörder auch!«

»Übertreibst du diesmal nicht ein wenig? Ich finde dich auch ohne deine Geistergeschichten ganz nett.«

Mops drehte sich zurück zu Leonie. »Du schuldest mir noch einen Kino-Besuch.«

»So nett auch wieder nicht.« Leonie lachte. »Da musst du dich noch etwas mehr anstrengen.«

»Ich denke, wir kümmern uns wieder um unsere Arbeit. Was hast du noch?«

»Du könntest mit seinem Hausarzt sprechen. Herrmann hat, abgesehen von einem guten Essen, Betablocker genommen. Hatte er Angst vor irgendwas. Oder irgendwem?«

»Hast du schon einmal darüber nachgedacht, dich in meine Abteilung versetzen zu lassen?«

Leonie schüttelte lächelnd den Kopf. »Nicht in diesem Leben.«

»Ich dachte, wir mögen uns. Ein wenig wenigstens.«

»Eben.«

Mops zog sein Notizbuch und vermerkte Leonies Ideen. »Gut. Dann gebe ich das als meine eigene Eingebung aus. Wenn es die Ermittlung weiterbringt, spendiere ich einen Kaffee. Einverstanden?«

»In einem Café meiner Wahl.«

»Ich spare schon mal drauf.«

Mops zog die eingeschweißten Sesterze aus der Tasche. Leonie warf die Handschuhe in den Mülleimer und legte den OP-Kittel auf dem daneben stehenden Stuhl ab, kam zu Mops und nahm die Tüte vorsichtig in ihre Hände.

»Seltsam«, sagte sie.

»Was?«

»Die Münzen. Die lösen bei mir ein komisches Gefühl aus.«

»Wenn es das traditionelle Frauengefühl bei Geld ist, dann muss ich dich enttäuschen. Die sind nicht viel wert. Numismatischer Kleinkram. Sagen unsere Experten.«

»Nein. Das ist es nicht. Es ist so ein Kribbeln. Als ob noch jemand die Tüte festhalten würde.«

Hinter ihnen fiel eine Schale mit Skalpellen vom Untersuchungstisch. Mops und Leonie drehten sich um.

Der linke Arm des Torsos hing vom Tisch herab. Der rechte lag über der Brust und wies auf Mops und Leonie.

* * *

Mops sah Leonie aufmerksam an. »Noch ein Kaffee?«

»Nein, danke, geht schon.« Leonies rechte Hand, die die Tasse hielt, zitterte. »Das ist mir noch nie passiert!«

»Dass deine Kunden sich nach dir umdrehen? Die müssen tot sein.«

»Richtig! Das sind sie auch! Besonders die Kopflosen!«

»Ich habe nie etwas anderes behauptet.«

»Doch! Hast du!«

»Wann? Und was?«

Leonie setzte die Tasse hart auf der Untertasse ab. »Du behauptest, dass du mit ihnen reden kannst«, erwiderte sie leise und angespannt.

»Mit wem?«

»Mit den Toten, verdammt!«

Mops nickte langsam.

»Nicke mich nicht an wie ein begriffsstutziges Kind!«

Mops nickte weiter.

»Was soll das?«

»Du bist doch Arzt. Wie wäre es mit einer Analyse?«

»Dafür muss ich kein Arzt sein. Du nimmst mich nicht ernst.«

Mops hörte auf zu nicken. »Doch. Ich nehme dich ernst. Sehr ernst sogar. Darum habe ich dich ja auf einen Kaffee eingeladen. Oder wolltest du unten allein weiter eiskaltes Händchen halten?«

Leonie legte ihre Hände auf den Tisch, die Tasse dazwischen. Es sah aus, als ob sie die Tischplatte abkratzen wollte. »Du bist gerade sehr schwer erträglich für mich.«

»Weil du unter Schock stehst, nehme ich an.«

»Nur weil ich die Instrumente nicht gescheit hingelegt habe. Überinterpretierst du da nicht ein wenig?«

Mops setzte eine interessierte Miene auf. »Wie oft ist dir das schon passiert?«

»Noch nie«, gab Leonie zu. »Die Situation war auch unheimlich, nicht wahr?«

»Da gebe ich dir recht. Aber: Wann ist sie unheimlich geworden? Bevor oder nachdem Herrmann aufstehen wollte?«

»Nachdem.« Leonie schluckte. »Nachdem es so aussah. Wofür ich keine Erklärung habe. Ich weiß nicht, wie viele Menschen ich da unten schon begutachtet habe. Aber ich habe nie auch nur den Anflug von Angst gehabt. Ekel, Entsetzen, ja. Das ist der Job nun mal. Und er ist interessant für mich. Aber das? Du schuldest mir noch immer eine Antwort. Trotzdem danke für die Ablenkung.«

Mops seufzte. »O.k. Dann erzähle ich dir meine Lebensgeschichte noch mal in Kurzfassung. Eigentlich wollte ich Nekromant werden. Aber der Depp von der Arbeitsvermittlung meinte, die Mordkommission käme meinen Wünschen wohl am nächsten. Jetzt sitze ich hier. Mein Problem ist nicht der tote Herrmann, der tot ist. Mausetot. Mein Problem ist der tote Herrmann, der nicht mit mir redet. Alle meine Fälle haben bisher mit mir geredet. Der nicht. Und da frage ich mich natürlich: Warum nicht? Kannst du mir folgen?«

»Nein. Ich gehe nicht mit wunderlichen Männern mit.«

»Aber Kaffee ist o.k.?«

Sie zwinkerte ihm zu. »Ja.«

»Damit soll ich mich zufriedengeben? Ich bin noch NICHT tot«, stellte Mops fest.

Leonie lachte. »Das ist dein Problem.«

»Noch eines. Ich komme darauf zurück. Jetzt lass uns das Ganze einmal professionell betrachten.«

»Gut.«

»Ich habe dich, wie üblich, in deiner Gruft aufgesucht, um die Toten zu beschwören, die du dort zerstückelst.«

»Das soll eine professionelle Betrachtung sein?« Leonies Augenbrauen schoben sich zusammen.

»Aus meiner Sicht: ja. Also. Ich habe den Beutel mit den zwei Sesterzen aus meiner Hosentasche genommen und dir gezeigt. Was passierte dann?«

»Ich bin zu dir gekommen und habe den Beutel in die Hand genommen.« Sie zögerte. »Und dann ... dann hatte ich das Gefühl, als ob mir jemand den wegnehmen wollte. Oder zumindest sehr stark daran gedacht hat. Wie jemand, der auf etwas starrt, was er unbedingt haben will.«

»Aha.« Mops zog seinen Notizblock und schrieb mit. »Und dann?«

»Dann hat es furchtbar gescheppert, als die Schale mit den Instrumenten vom Tisch gefallen ist. Ich bin zusammengezuckt und habe mich umgedreht.«

»Weiter.«

»Da lag Herrmann anders, als er hätte liegen sollen!«, flüsterte Leonie erregt. »Und das kann nicht sein!«

Mops sah Leonie mit dem Inspektor-Mops-verhört-eine-verdächtige-Person-Blick an. »Du hast nicht zufällig irgendwelche sehr dünnen Fäden an der Hand gehabt oder so?«

Leonie schüttelte den Kopf. »Nein. Wie kommst du denn darauf?«

»Bist du sicher?«

»Ganz sicher. Warum sollte ich ...«, ihr ging ein Licht auf. »Nein, so was würde ich nie machen! Wo denkst du hin? Ich finde deine Einstellung zu den Toten zwar seltsam, aber so etwas ...«

»Denk dir einfach aus, was dir passiert, wenn ich dahinterkommen sollte, dass du mich auf diese Art auf den Arm nehmen wolltest«, beendete Mops den Satz.

»Können wir zurück zu Herrmann kommen? Der erscheint mir gerade ungefährlicher.«

»Ich hoffe es.«

»Wie meinst du das denn?«

»Ich meine, dass du bei deiner Arbeit oft Musik hörst, die Tote auferstehen lassen könnte. Es ist aber bisher noch nie passiert.«

»Der Ghettoblaster war aus!«, schmollte sie.

»Ich mag die Musik doch. Dieser Herrmann scheint Sesterzen zu mögen.«

Leonie richtete sich auf. »Du glaubst wirklich, dass er sich bewegt hat?«

»Ich glaube gar nichts. Ich stelle nur, zusammen mit dir, fest, dass der Tote anders lag, als wir beide es in Erinnerung hatten. Und niemand außer uns im Raum war. Was mich irritiert.«

»Wieso?«

»Weil ich Herrmann da erwartet habe. Wie oft muss ich es eigentlich noch sagen? Akzeptiere es einfach als meine Arbeitshypothese.«

»Na gut. Und was machen wir jetzt?«

»Wo ist eigentlich der Kopf?«

»In der Schublade, wo auch der Rest des Körpers hineingehört.« Sie stand auf. »Ich glaube, ich muss den Körper wieder einpacken. Auf Dauer ist es zu warm für Tote in der Autopsie. Kommst du mit?«

Sag bitte.

»Halt dich da raus.«

»Bitte?«, fragte Leonie.

»Ich sagte ›Halt dich da raus‹.«

Warum?

Eine steile Falte erschien zwischen Leonies Augen. »Bitte? Wie redest du mit mir?«

»Entschuldige. Ich habe gar nicht mit dir geredet. Was hast du gesagt?«

»Ob du mich in die Autopsie begleitest. Wegen des Kopfes.«
Mops schüttelte den Kopf.»Natürlich. Wegen des Kopfes.«
Sie hat Bitte gesagt. Zwei mal.

»Sehr komisch.«

Leonie stand abrupt auf und hätte dabei fast den Tisch umgestoßen.»Weißt du, was du mich kannst?«
Mops sah sie verwirrt an.»Ja. In die Autopsie begleiten. Oder?«

»Wenn es deine wertvolle Zeit zulässt, dann wäre ich dir sehr dankbar dafür«, zischte Leonie.

Das Schönste kommt noch. Glaub mir.

»Halt doch die Klappe!«, fuhr Mops den Unsichtbaren an.

»So nicht mit mir!«, fauchte Leonie Mops an. Sie machte auf dem Absatz kehrt und rauschte davon.

Mops schoss hoch und stieß seinen Stuhl dabei um. Bis er sich gebückt und ihn wieder hingestellt hatte, war Leonie schon aus der Cafeteria verschwunden. Er beschleunigte seine Schritte. An der Tür kam ihm Müller entgegen.

»Nicht jetzt!«

Nein. Nicht jetzt.

»Inspektor!«

»Nein. Nicht jetzt!« Mops schob Müller zu Seite und hastete weiter.

»Aber …« Müller überwand die Überraschung und folgte Mops.

Mops lief zur Treppe.

Zu spät.

Mops rannte die Treppe hinunter, gefolgt von Müller. Auf dem Treppenabsatz zum Keller hörte er Leonies Schrei. Mops sprang die verbleibenden Stufen und nutzte das Geländer, um sich auf die letzte Treppe zu schwingen. Er stolperte herunter, lief weiter und wurde ziemlich hart von der Kellerwand gestoppt.

»Verdammt!« Er rieb sich den rechten Arm und rannte weiter.

»Mops! Wo sind Sie?«, rief Müller, zwei Treppenabsätze höher.

»Autopsie!«

Mops stieß die Tür auf und musste sich ducken, um dem mit Schwung geführten Skalpell zu entgehen. Er tauchte auf, blockierte den Arm und entwaffnete Leonie. Müller stürzte mit gezogener Waffe in den Raum.

»Alles in Ordnung«, sagte Mops.

Dass ich nicht lache!

Das Lachen hallte Mops in den Ohren.

»Kann mir mal einer sagen, was los ist?«, verlangte Müller zu wissen.

»Leonie?« Mops ließ ihren Arm los.

»Der … der …«, sie zeigte auf den leeren Untersuchungstisch.

»Da ist nichts, keine Angst«, versuchte Müller zu beruhigen.

»Eben!«

Mops räusperte sich. »Da sollte eigentlich der größere Teil des Opfers von gestern liegen.«

»Mir ist niemand entgegengekommen. Wo ist er also?«

»Müller. Sollte das ein Scherz sein?«, wollte Mops wissen.

»Mitnichten. Ich bin nicht zu Scherzen aufgelegt.« Er sah besorgt zu Leonie. »Wie geht es Ihnen?«

»Etwas besser. Danke.«

»Ist dem vielleicht zu warm geworden? Und er hat sich allein zurückgelegt?«, schlug Mops vor.

Vergiss es!

Sie näherten sich gemeinsam dem Kühlfach. Nach einigem Zögern schloss Leonie auf und trat dann zwei Schritte zurück. Mops sagte nichts und zog schweigend die Schublade heraus.

»Der Kopf ist noch da. Immerhin.« Er schob die Schublade wieder zu. »Da müssen wir wohl eine Verlustmeldung machen.« Er wandte sich an Müller. »Was machen Sie eigentlich hier?«

»Ich wollte Sie abholen. Wir haben einen weiteren Toten.«

»Na und? Ich bin doch nicht der einzige Mitarbeiter der Mordabteilung.«

»Ja, schon. Aber der scheint zu Herrmann zu passen, irgendwie.«

»Noch eine Enthauptung?«

»Nein. Eigentlich nicht.«

* * *

Die Frau saß am Tisch, ihr Blick ging ins Nirgendwo. Ihre Unterarme lagen auf der Tischplatte. Das schwarze Haar reichte ihr bis über die Schultern.

»Wieso sitzt du da wie bestellt und nicht abgeholt?«, fragte Mops die Tote.

Nichts.

Mops schüttelte den Kopf. »Irgendetwas stimmt hier nicht.«

Müller schüttelte ebenfalls den Kopf. »Ja. Die Frau ist tot. Seit etwa sechs Uhr heute Morgen, sagen die Kollegen.«

Mops setzte sich auf den Stuhl auf der langen Seite des Tisches und sah der gegenübersitzenden Frau in die Augen. »Machen Sie weiter.«

Müller holte Luft. »Also: Die Todesursache ist noch nicht bekannt. Der Arzt, der sie oberflächlich untersucht hat, hat gemeint, sie sähe aus, als ob sie einfach aufgehört hätte zu funktionieren. Dass möglicherweise die Blutzufuhr zum Gehirn ausgesetzt hat.«

»Schlaganfall? Herzinfarkt?«

»Nein.«

»Warum sitzt sie überhaupt noch gerade auf dem Stuhl?«

»Konnte der Arzt nicht feststellen. Nur, dass ihr Körper total angespannt ist.«

»Leo wird sich freuen.«

»Nach dem Vorfall heute Morgen…«

»Sie nimmt einen Kollegen mit. Aber es geht ihr schon gegen die Berufsehre, dass ihr Klient einfach so kopflos abgehauen ist. ›Das habe ich nicht verdient‹ hat sie gesagt. Sie würde alle immer respektvoll bearbeiten.«

»Hm. Wenn sie meint.«

»Hat die Spurensicherung etwas gefunden? Abschiedsbriefe, Gift, exotische Waffen. Irgendwas?«

Müller blätterte in seinen Notizen. »Nein. Bisher – halt mal! Das ist ja seltsam. Auf der Liste der mitgenommenen Gegenstände sind zwei Münzen, die…«, er zeigte auf die Arbeitsplatte neben dem Einbau-Induktionsofen, außerhalb der Reichweite der Toten, »… dort lagen. Keine weiteren Gegenstände waren dort.«

Mops griff in seine rechte Hosentasche. »So wie die?« Er knallte die Tüte mit den beiden Sesterzen auf den Tisch.

Die Tote schnappte nach Luft. Einmal. Dann glitt ihr Körper, die Hände voran, langsam auf Mops zu. Ihre Augen starrten Mops an, der Blick bat um…

Ihr Kopf schlug auf dem Tisch auf.

Müller wurde kalkweiß im Gesicht. »Heilige Scheiße!«

Mops steckte die Münzen wieder ein. »Müller. Hier ist gar nichts heilig! Das zweite Wort können Sie mal stehen lassen.«

Der tote Körper glitt vom Stuhl und wäre hart auf dem Boden aufgeschlagen, wenn Müller nicht beherzt zugegriffen hätte. Er legte die Tote sanft ab.

Danke.

»Nicht dafür«, antwortete Mops.

»Verzeihung?« Müller war etwas konfus.

»Danke«, meinte Mops.

»Nicht dafür«, antwortete Müller.

Mops grinste freudlos. »Was wissen wir über sie?«

»Karla Schwalm, 34, unverheiratet, keine Kinder. Eins siebzig groß. Etliche Fotos von ihr, die in ihrem Zimmer hängen, passen nicht zu ihr.«

»Wie das?«

»Woher soll ich das wissen? Steht hier im Bericht.« Er deutete auf ein Foto an der Wand. »Sehen Sie?«

»Die Größe könnte stimmen, das Gesicht – aber der Rest – hat ein Scherzbold das Foto nachbearbeitet?«

»Nein.«

Die Stimme kam von der Tür. Mops und Müller drehten sich dem Ankömmling zu.

»Ihre Kollegen haben gemeint, dass sie mit mir sprechen wollen würden.« Der Mann sprach ruhig und gefasst, hielt sich an seinen massigen Händen fest. »Jetzt ist sie also richtig tot.« Es klang erleichtert.

»Wie meinen Sie das?«, wollte Mops wissen.

»Ich habe sie heute Morgen am Tisch gefunden. Wir teilen uns die Wohnung. Seit fünf Jahren oder so. Bei den Mieten hier muss man sehen, wo man bleibt.« Er senkte den Blick, atmete tief ein und aus, richtete den Blick auf die Kriminalisten. »Bevor Sie fragen: nur die Wohnung. Darüber hinaus hatten wir wenig gemeinsam. Das Foto an der Wand ist nicht manipuliert. So sah Karla vor einem Jahr aus. Dann hat sie sich verändert.«

»Sieht man. Inspektor Mops, mein Name.«

»Xaver Lanzig.« Er gluckste. »Sie haben es mit Ihrem Namen bestimmt nicht leicht. Bei Mops denke ich nicht an einen großen Hageren.«

»Sie sollten mal meine Babyfotos sehen.«

Xaver nickte. »Guter Vergleich. Karla hat sich verändert. Als ob sie aus sich herausgewachsen wäre.« Er tätschelte seinen Bauch. »Formatmäßig hätten wir früher gut zusammengepasst. Dann wurde sie schlanker, aufrechter. Ihre Stimme wurde fester. Ich habe sie einmal gefragt, wie sie das macht. Sie hat nur gelächelt und etwas wie ›ich habe dem Teufel meine Seele verkauft‹ gesagt.«

»Und? Hat sie?«

Xaver sah überrascht zu Müller. »Meinen Sie das im Ernst? Wir leben im einundzwanzigsten Jahrhundert.«

»Sie hat also an sich rumschnippeln lassen«, vermutete Müller.

»Nein. Hat sie nicht.«

»Was macht sie so sicher?«

Xaver wurde rot im Gesicht. »Sie hat es mir gezeigt.«

»Was gezeigt?«

»Sind Polizisten von Natur aus begriffsstutzig? Ihren Körper.«

»Und weiter?«

»Nichts weiter. Außer dass ich eine Woche lang erotische Träume hatte. Wenn jemand an ihr, wie Sie es sagen, rumgeschnippelt hat, dann muss das ein Genie gewesen sein. Ihr Körper war – perfekt. Kein Model, sondern – perfekt. In den letzten Tagen hat sie angedeutet, dass sie Angst hat.«

Mops horchte auf. »Angst? Vor wem? Ein abgewiesener Liebhaber?«

Xaver räusperte sich. »Nein. Sie war nicht interessiert an Männern.«

»Soll vorkommen. Dann eine abgewiesene Liebhaberin?«

»Da bin ich überfragt. Wie ich schon sagte, wir hatten außer der Wohnung nichts gemein.« Er wischte sich das Gesicht mit einem Stofftaschentuch ab.

»Wir werden es prüfen. Hatte Karla ein Faible für Münzen?«

Xaver lachte. »Nein. Eher für Scheine. Ich denke, Sie werden es sehen, wenn Sie ihre Garderobe und ihr Bankkonto untersuchen. Sie hätte es nicht nötig gehabt, an der Wohnung zu sparen. Aber irgendwie lag ihr nie etwas an etwas Größerem. Bis sie sich verändert hat.«

»Haben Sie jemals antike Münzen bei ihr gesehen?«, fasste Mops nach.

Xaver schüttelte den Kopf. »Nein. Davon abgesehen haben unsere Zimmer eigene Schlösser. Nur der Hausmeister kommt da sonst noch rein.«

»Sie haben also keine Ahnung, vor wem Karla Angst gehabt haben könnte?«

»Ehrlich gesagt, nein. Sie werden mich als möglichen Verdächtigen natürlich unter die Lupe nehmen.«

»Logisch.«

»Brauchen Sie mich dann jetzt noch?«

»Nein. Danke für die Auskünfte. Bleiben Sie bitte erreichbar für uns.«

»Ja. Sicher.«

Auf der Rückfahrt zum Revier gab Mops sich schweigsam.

»Probleme?«, fragte Müller, der fuhr.

»Ich bin mir nicht sicher. Ich habe ein ungutes Gefühl.«

»Ist das nicht normal, wenn man einen Toten vor sich hat?«

»Doch, schon. Das meine ich nicht.«

»Was dann?«

»Soll das jetzt ein Verhör werden?«

»Ja.«

»Ich war's nicht. Ich habe dieses mal kein Alibi. Und was noch schlimmer ist: kein Motiv.«

»Motiv? Daran knabbere ich auch herum. Bei beiden

wurde bisher niemand ermittelt, der einen wirklich guten Grund gehabt hätte, sie umzubringen. Und was soll das mit den zwei Sesterzen? So was macht doch nur ein Psychopath.«

»Genau. Gibt es irgendeine Verbindung zwischen den beiden?«

»Bisher haben wir nichts außer den Sesterzen.«

»Das ist zu wenig. Ich werde eine Nacht drüber schlafen. Müller?«

»Ja?«

»Ach, vergessen Sie es. Packen Sie mir die Unterlagen auf den Tisch. Ich muss das noch mal durchsehen. Irgendetwas ist mir entgangen.«

* * *

Mops saß am Küchentisch und schärfte seine Sense. Der Schleifstein glitt fast ohne Widerstand an der Klinge entlang. Es klang nicht wie Stein auf Stahl, sondern wie ein Vorhang, der sanft im Wind wehte. Hin und her. Hin und her. Mops konzentrierte sich auf die Gleichförmigkeit der Bewegung. Die Ereignisse des Tages verschwanden im Hintergrund und machten einer Leere Platz, die er als angenehm empfand. Das Schleifen erlaubte es ihm, Gedanken zu sammeln, Spuren zu verknüpfen und zu Schlussfolgerungen zu kommen.

Ein ungewöhnliches Werkzeug. Im Inneren des Sensenstiels befand sich oben – in einer Metallhülse – eine Feder. Wenn man die Sense auf die richtige Art und Weise schwang oder einen verborgenen Schalter betätigte, dann klappte die Klinge automatisch auf und arretierte. Mops hatte ziemlich lange üben und einige kleinere Gegenstände seiner Einrichtung opfern müssen, bis er den Bogen heraushatte. Das war aber noch nicht alles. Die Hülse ließ sich mit einer Hand gut umfassen und mit einer kräftigen Drehbewegung vom Stiel lösen, was gleichzeitig dazu führte, dass die Klinge weiter nach oben schwang und dann senkrecht auf der Hülse saß. Wie ein Krummschwert ohne Handschutz.

Er legte den Schleifstein auf den Tisch, klappte die Klinge ein, schob den Stuhl zurück und stand auf. Dann suchte er sich einen Platz, der ein Stück vom Tisch und von zerbrechlichen Gegenständen entfernt war. Er nahm die Sense in beide Hände und schwang sie entschlossen auf Schulterhöhe nach rechts, ließ die Bewegung dann abrupt enden. Die Klinge bewegte sich mit einem leisen ›Klick!‹ in die Mäh-Stellung. Mops führte die Sense mit einer sanften Bewegung über den Tisch, bis zum Stuhl, der links von dem stand, auf dem er eben gesessen hatte.

Kurz bevor die Sense über die Stuhllehne glitt, spürte er einen Widerstand. Er hielt inne und wartete.

Die Luft auf dem Stuhl wurde undurchsichtig und formte sich zu Karla. Sie hielt die Klinge mit beiden Händen. Ihrem Gesichtsausdruck nach hatte sie nicht erwartet, verletzt zu werden. Die Schnitte in den Handflächen sagten etwas anderes; das Blut verschwand wie Rauch, sobald es von der Hand tropfte.

Mops zog die Sense zurück, ließ sie einschnappen und stellte sie rechts neben sich auf. Mit der Linken zog er ein Taschentuch aus der Hosentasche und reichte es dem Geist der Toten, was ihm ein ironisches Grinsen einbrachte. Er wies auf den ihm gegenüberstehenden Stuhl. »Ist das nötig? Ich werde keine Antwort als ein Ja interpretieren.«

Herrmann erschien und setzte sich. Mops spürte die Spannung, die zwischen den beiden Toten herrschte. Obwohl keiner von beiden etwas sagte, sprachen ihre Blicke Bände. Sie starrten sich an. Versuchten, den anderen zu beeindrucken. Standen kurz davor, sich aufeinander zu stürzen. Irgendetwas hielt sie davon ab.

Mops versuchte, ein Gespräch in Gang zu bringen. »Nett, dass ihr mich aufzuheitern wollt. Vielleicht erzählt jemand einen Witz?«

Sein Vorschlag fand keine Akzeptanz. Immerhin hatte er jetzt die Aufmerksamkeit auf sich gezogen.

»Ihr seid nicht besonders gesprächig. Wer hat euch Redeverbot erteilt?«

Keine Reaktion.

Mops zuckte mit den Schultern. »Das wird ein interessanter Abend werden. Ihr habt nichts dagegen, wenn ich es mir gemütlich mache, nicht wahr? Darf ich euch etwas zu trinken anbieten? Knabbereien?«

Beide legten ihre Hände auf den Tisch, die Handflächen nach unten. Mops brachte die Sense weg und holte sich ein Bier und Erdnüsse, außerdem ein Skatblatt. Er machte es sich bequem, öffnete den Bügelverschluss der Flasche und nahm einen tiefen Schluck, bevor er eine Handvoll Erdnüsse nachlegte. In den Augen der Geister blitzte es neidisch.

Mops hielt die Hand vor den Mund und rülpste leise. »Verzeihung. Der musste raus. Spielen wir? Skat? Ich gebe.«

Die Geister nickten.

Mops mischte und verteilte die Karten. Wollte seine aufnehmen, runzelte die Stirn und ließ sie erst einmal liegen.

»Ich passe.«

Die Toten sahen sich an. Nach einer Weile nickte Herrmann.

»Ich nehme an, wir spielen offen.« Mops legte den Skat auf Herrmanns Karten, nahm Herrmanns Stapel, ordnete die Karten und legte zwei zurück in den Skat. »Mutig. Grand.« Dann ordnete er Karlas Karten. Als Letztes nahm er seine auf. »Oha!« Er legte auch sein Blatt offen auf den Tisch.

Da er gegeben hatte, spielte er zuerst für Karla aus. Da nur Mops die Karten anfassen konnte und sie aufgedeckt lagen, gab es kein fehlerhaftes Ausspielen und kein falsches Bedienen.

Am Ende zählte er den Kartenstapel von Karla und sich.

»60. Hm. Hätte ich nicht erwartet. Dann haben wir wohl gewonnen.«

Herrmann schüttelte heftig den Kopf und wies mit der rechten Hand auf seinen Stapel.

»Was soll das? Wenn ihr nach eigenen Regeln spielt, dann müsst ihr es mir schon mitteilen.«

Herrmann wies auf den Stapel.

»Na gut. Ich will kein Spielverderber sein.« Er zählte den anderen Stapel. 61.

»Kann es sein, dass einer von euch schummelt?«

In den Gesichtern der Mitspieler konnte Mops nichts dergleichen erkennen. Er zählte den ersten Stapel noch einmal. »Moment!« Er grabschte sich den anderen Stapel, mischte die Karten erneut und legte sie verdeckt auf den Tisch. »Das will ich jetzt genau wissen.«

Mops drehte die oberste Karte um.

Pik-As. »Elf.« Mops nahm die nächste Karte.

Pik-As. Die Turmuhr schlug vier Mal, um auf das Vergehen einer vollen Stunde hinzuweisen. Die dunklere Glocke begann, die Stunden zu zählen. Mops drehte die nächste Karte um und sah seine Mitspieler an. »Lasst mich raten. Pik-As?«

Beide nickten.

»Alles Pik-As?«

Die Uhr schlug zum Zehnten mal.

Karla und Herrmann sahen sich an. Ihre Augen glühten rot. Der Kartenstapel fing Feuer und verwandelte sich innerhalb von Sekunden zu Asche. Die Uhr schlug zwölf. Zurück blieb ein schwarzer Ring, der wie eine Schlange aussah, die sich in den eigenen Schwanz biss.

* * *

Als Mops sein Büro betrat, saß Leonie auf seinem Stuhl. Mops räusperte sich und hängte seinen schwarzen Trenchcoat auf den Bügel am Kleiderständer, bevor er sich auf den Stuhl auf der anderen Seite des Schreibtisches setzte. »Morgen. Du siehst übernächtigt aus. Überstunden?« Leonie funkelte ihn an. »Karla ist verschwunden! Ich war mit meinem Kollegen nur eine Viertelstunde weg! Was soll das?«

Mops gähnte ausgiebig. »Was soll was?«

»Du sagst doch immer, dass du mit den Toten sprichst. Also: Was soll das?«

Mops räusperte sich erneut. »Ahem. Wenn nur ich mit den Toten sprechen würde, dann wäre deine Frage sinnlos. Denn solange nur ich rede, bekomme ich keine Antwort.«

»Komm mir jetzt nicht mit Logik! Was hat Karla gesagt?«

»Nichts.«

Leonie stand auf. »Das war's dann wohl.«

»Warte.«

»Warum?«

»Unserer intimen Freundschaft wegen?«

Leonie warf den Kopf zurück. »Träum weiter!«

»SETZ DICH!«

Leonie sank auf den Stuhl, als ob Mops ihr die Füße weggezogen hätte. Sie schnappte überrascht nach Luft.

»Danke für deine Kooperation. Was ich noch erzählen wollte: Karla, Herrmann und ich haben gestern zusammen Karten gespielt. Was ziemlich anstrengend war, da ich allein zur Unterhaltung beigetragen habe. Kannst du mir folgen?«

»Nein. Du hast mich gerade auf dem Stuhl festgenagelt.«

Mops verkniff sich, was er darauf antworten wollte. »Woran ist Karla gestorben?«, fragte er stattdessen.

»Versagen der Blutzufuhr zum Gehirn. Später hat ihr Herz aufgehört zu schlagen. Das ist alles, was ich herausbekommen habe, bevor sie abgehauen ist.«

Mops kräuselte die Nase. »Leo. Ich gebe deine Frage zurück. Was soll das?«

Leonie zuckte frustriert mit den Schultern. »Verdammt! Woher soll ich das denn wissen! Der abgetrennte Kopf bei Herrmann ist eine einigermaßen klare Todesursache. Bei Karla sieht es so aus, als ob ihr jemand den Blutzufluss zum Gehirn unterbrochen hätte. Aber es waren keinerlei Würgemale zu sehen. Das Blut hat einfach aufgehört, sich durch den Kopf zu bewegen!«

»Und das Herz?«

»Deutlich später. Als ob es eine Weile gebraucht hätte, bis es mitbekommen hat, dass kein Bedarf mehr da war. Es ist extrem schwer, den Todeszeitpunkt zu bestimmen. Da können viele Stunden zwischen ihrem …«, Leonie zögerte, »… ersten und ihrem zweiten Tod gewesen sein.«

Mops kam ein Gedanke. »Das heißt, ihr Körper wäre für diese Zeit voll einsetzbar gewesen?«

»Komische Frage. Im Prinzip ja. Abgesehen davon, dass sie eigentlich schon ab dem Versagen der Hirndurchblutung nach allgemeiner medizinischer Auffassung tot war. Worauf willst du hinaus?«

»Darauf, dass Karla vielleicht gar nicht zu Hause gestorben ist.« Er schüttelte den Kopf. »Verrückt.«

»Du meinst, sie hat es sich nach ihrem Hirntod nicht nehmen lassen, noch ein Tässchen Kaffee zu trinken? Und ist dann nach Hause gegangen, um ganz zu sterben? Das ist allerdings verrückt.«

»Genau. Darum liegt sie ja auch bei dir im Keller, gelle? Weil hier alles mit rechten Dingen zugeht.«

»Der Punkt geht an dich.« Leonie nickte widerwillig. »Ich

verstehe nicht, warum die beiden mit dir zocken, ohne etwas zu sagen.«

»Du hättest sehen sollen, wie die sich angestarrt haben.«

»Du meinst, die waren kein Liebespaar?«

Mops grinste. »Nein. Nicht wirklich. Soweit wir bisher wissen, sind die sich nie im Leben begegnet. Außerdem soll sie anders gepolt gewesen sein.«

»Wahre Liebe gibt es halt nur unter Frauen.«

»Weshalb sie schon manchen Mann ruiniert hat.«

»Chauvi!«

»Wer? Ich?«

»Ist noch jemand hier?«

Mops horchte. Außer dem leisen und unzureichenden Pusten der Klimaanlage war nichts zu hören. »Nein. Schade.« Er kam zum Thema zurück. »Sag mal, war die Karla irgendwann einmal fülliger? Ich meine: fett?«

»Ich habe nichts feststellen können.«

»Das ist seltsam. Laut ihrem Mitbewohner und älteren Fotos muss sie vor einem Jahr geschätzt das dreifache gewogen haben. Ich dachte immer, dass solche Spuren nicht so schnell vergehen, oder dass man dabei nachhelfen muss.«

»Stimmt. Nach extremem Fasten hast du erst einmal mehr Haut, als du brauchst. Wenn die wirklich so umfangreich war, dann weiß ich nicht, wie das in der kurzen Zeit funktioniert haben kann ohne Operationen. Davon waren aber keinerlei Spuren zu sehen. Sie war …«

»Perfekt«, ergänzte Mops.

»Wenn du es so sehen willst«, erwiderte Leonie leicht verschnupft.

»Hat ihr Mitbewohner gesagt. Ich habe sie nur am Tatort und beim Geisterskat gesehen.«

»Die Tote hat den Eindruck von sehr guter körperlicher Verfassung gemacht. Abgesehen davon, dass sie tot war.«

Mops schüttelte missmutig den Kopf. »Ich habe nicht die geringste Ahnung, wer die beiden umbringen wollte und warum. Genauso wenig wie ich weiß, warum die sich bei mir so böse angestarrt haben. Die kannten sich doch nicht. Auf der anderen Seite gibt es angeblich keine Gefühle.«

»Warum das?«

»Weil es da angeblich keine Hormone gibt. Stelle ich mir extrem langweilig vor. Insbesondere für Polizisten.« Er zögerte. »Eine Frage hätte ich noch, der Genauigkeit wegen: Wer war zuletzt bei der Toten? Ich meine, haben du und dein Kollege gleichzeitig die Autopsie verlassen?«

»Ich ... ich glaube, ich hatte vergessen, die Musik auszuschalten. Und bin noch mal zurück.«

»Du warst also eine Weile mit der Toten allein.«

Leonies Kopf ruckte hoch. »Was willst du damit sagen?«

»Nichts. Fürs Erste.«

* * *

Am Nachmittag betraten Müller und ein Mann in betont unauffälligem grauen Anzug Mops' Büro.

Mops stand auf und reichte dem Unbekannten die Hand zur Begrüßung.

»Schmidt«, stellte er sich knapp vor und beugte leicht den Kopf. Sein Händedruck war sehr kräftig.

Das kurze schwarze Haar war nicht mehr überall vorhanden. Mops hatte den Eindruck, als ob sein Gegenüber gleich die Hacken zusammenschlagen würde.

Schmidt zog einen Ausweis aus der Tasche, den sich Mops sehr genau ansah.

Mops räusperte sich. »Womit kann ich Ihnen dienen?«

Schmidt bat Mops mit einer Handbewegung, Platz zu nehmen. Er stellte einen Laptop, den er aus seiner grauen

Aktentasche gezogen hatte, auf den Schreibtisch und klappte ihn auf. »Sehen Sie sich das bitte an.« Er drückte eine Taste und drehte den Bildschirm zu Mops.

»Darf ich fragen, wo das aufgenommen wurde?«, fragte Mops, nachdem der kurze Film zu Ende war.

»Ja. Aber Sie werden keine Antwort erhalten.«

Mops fröstelte. »Ich nehme an, dass das Bio-Gefahrschild kein Scherz ist?«

»Nein. Genauso wenig, dass der Raum, den Sie gerade gesehen haben, aus Sicherheitsgründen permanent mit Kohlenmonoxid geflutet ist. Was der Dame auf dem Video aber nicht das Geringste auszumachen schien, obwohl sie kein Atemgerät getragen hat. Sie hat diese Atmosphäre eingeatmet wie wir die Luft hier. Dabei hat sie gelächelt.«

»Zumindest hat sie nicht geatmet«, gab Mops zurück.

»Wie meinen Sie das?«

»Sehen Sie genau hin. Sie hat in der Zeit, in der sie gefilmt wurde, überhaupt nicht geatmet. Wie lang ist die gesamte Aufzeichnung?«

»Etwa eine Viertelstunde.« Schmidt drehte den Laptop zu sich und startete ein anderes Video. Spulte vor. Mehrmals.

»Verdammt! Sie haben recht.«

»Wann wurde das aufgezeichnet?«, wollte Mops wissen. »Die Uhrzeit dürfte doch nicht so geheim sein.«

»Gestern, gegen fünf Uhr morgens.«

»Das könnte passen. Ich nehme an, dass Sie die Dame in der Polizeidatenbank gefunden haben.«

»Ja.«

»Laut Obduktionsbericht ist die Frau, die wir als Karla Schwalm kennen, möglicherweise um diese Zeit gestorben. Ich vermute, bevor sie diesen Raum betreten hat.«

Schmidt sah Mops an, als würde er an dessen Geisteszustand zweifeln. »Wollen Sie mich auf den Arm nehmen?«

»Nicht um diese Tageszeit. Ich habe Ihnen nur das Obduktionsergebnis mitgeteilt.«

»Ich möchte die Tote mitnehmen für weitere Untersuchungen.« Schmidt kramte in seiner Aktentasche und legte ein amtliches Dokument auf den Tisch.

Müller sah es durch, nickte zuerst und schüttelte dann den Kopf. »Geht leider nicht.«

Zwischen Schmidts‹ Augenbrauen bildete sich eine steile Falte. »Wollen Sie meine Untersuchung behindern?«

»Auf keinen Fall.« Mops lächelte gequält. »Es ist nur so, dass Karla uns abhandengekommen ist.«

»Wie meinen Sie das?«

»So ,wie ich es sage. Sie lag in der Autopsie und hat sich da wohl nicht sehr wohl gefühlt. Jetzt ist sie weg.«

»Aber ... die ist doch tot!«

»Ja. Genau. Wir haben vor zwei Minuten gemeinsam festgestellt, dass sie es anscheinend schon war, als sie bei Ihnen eingebrochen ist, nicht wahr?«

»Hört sich für mich reichlich konfus an.«

»Hat Karla etwas mitgehen lassen?«

»Darüber darf ich keine Auskunft erteilen.«

»Also ja.«

»Kein Kommentar.«

»Was würde passieren, wenn Karla das, was Sie nicht kommentieren, in der Stadt ins Trinkwasser schütten würde?«

Schmidts Gesichtsfarbe wechselte ins Rote.

»Hab ich mir gedacht.« Mops nickte. »Damit stellt sich für mich die Frage, warum sie es noch nicht getan hat. Und wann und unter welchen Umständen sie es tun wird.«

»Ich möchte alle Unterlagen des Falles einsehen. Mit allen sprechen, die in Kontakt mit Karla waren. Oder sie zuletzt gesehen haben, lebend oder tot.«

»Wollen Sie sich hier bewerben? Wir brauchen gute Leute.«

»Nein, danke.«

»O.k. Fangen wir diese Geschichte dann vom Ende her an.« Mops nahm den Telefonhörer ab und wählte eine interne Nummer. »Leonie? Hier Mops. Komm bitte in mein Büro. Nein, es ist dienstlich. Und es ist sehr wichtig.«

* * *

»So ist das also. Wenn eine Tatsache nicht ins Weltbild passt, dann wird sie einfach ignoriert.«

Leonie legte Mops beruhigend die Hand auf den Arm. »Mir tut es auch leid. Aber deine Sicht der Dinge bei diesem Fall ist nun einmal – ungewöhnlich.«

»Was willst du damit sagen?«

»Dass ich Herrn Schmidt verstehen kann. Er konnte nicht anders handeln.«

»Versuchst du mir gerade auf die nette Art zu sagen, dass du mich für einen Spinner hältst? Und dieser Schmidt mich zu Recht ausgebootet hat?«

Leonie zog ihre Hand zurück. »Ich versuche gerade, dir zu sagen, dass du ein in deinem Beruf ziemlich erfolgreicher Spinner bist. Und für mich ein netter. Du weißt, wie schwer ich mich mit deinen Methoden tue.«

Mops trank sein Bier in einem Zug aus und winkte der Kellnerin nach einem zweiten.

»Du willst dich doch nicht etwa in meiner Gegenwart betrinken?«, fragte Leonie. »Dafür brauchst du keine Gesellschaft.«

»Keine Sorge.«

»Was hast du vor? Du gibst doch sonst nicht so leicht auf.«

»Das sieht nur so aus. Leonie: Die beiden Verstorbenen haben irgendetwas vor. Vielleicht etwas, woran der eine die andere zu hindern versuchen wird. Außerdem habe ich nicht den Eindruck, dass jemand von den beiden allein auf die Idee gekommen ist. Es gibt da eine Verbindung, die möglicherweise zu dem oder den Mördern führt. Irgendetwas Gemeinsames.« Er nahm einen tiefen Schluck aus dem neuen Glas. »Lieb von dir, dass du mich zu trösten versuchst.«

Leonie lächelte. »Ist rein professionell.«

Mops lächelte zurück. »Schade. Aber die Hoffnung stirbt ja bekanntlich zuletzt.«

»Keine Chance. Jedenfalls nicht heute.«

»Was ist mit morgen? Du und ich? Allein in der Autopsie? Deine Kunden sind ja geflohen wegen des miesen Service.«

Leonie riss die Augen auf. »Das war nicht komisch!«

»Ach. Tatsächlich?«

»Nein! Überhaupt nicht!« Leonie starrte Mops wütend an.

»Darf ich dich daran erinnern, dass du in beiden Fällen, in denen die Toten abhandengekommen sind, die Letzte warst, die mit ihnen im Raum war? Ich habe es der Höflichkeit halber nicht gegenüber Herrn Schmidt erwähnt. Du offensichtlich auch nicht.«

»Das ist unglaublich! Jetzt kennen wir uns schon so lange …«

»Darf ich dich zitieren? Ich kann nicht anders. Schließlich bin ich Inspektor bei der Mordkommission.«

Leonie griff in ihre Handtasche und holte die Geldbörse heraus.

»Ich hatte dich eingeladen«, erinnerte Mops.

»Ich habe mich gerade ausgeladen.« Sie zog zwei Münzen aus der Börse und ließ sie in ihr halbvolles Weinglas fallen. Dann stand sie auf.

»Wenn du wieder nüchtern bist, darfst du dich bei mir entschuldigen.«

»Warum? Weil ich meine Arbeit mache? Ganz professionell?«

Leonie drehte sich wortlos um und ging. Mops winkte der Kellnerin nach dem nächsten Bier und sah dem Verlauf seiner Bestellung interessiert zu.

* * *

Der Wachhabende war überrascht, als Leonie spät am Abend Einlass begehrte.

»Hallo! Kommen Sie jetzt schon vor Ihren Kunden?«, witzelte der Beamte in der Pförtnerloge.

»Mir ist noch etwas Arbeit liegengeblieben«, intonierte Leonie mit verstellter, tiefer Stimme.

Beide lachten.

Leonie machte sich auf den Weg zur Autopsie.

Nachdem sie die Tür aufgeschlossen hatte, zog sie ihre Jacke enger, trat ein und schaltete das Licht an.

Der Raum war gereinigt worden, alles lag an seinem Platz. Leonie ging am Seziertisch vorbei in den Nebenraum, in dem die zu untersuchenden Toten üblicherweise in verschlossenen und gekühlten Schubladen lagen. Mit ihrem Schlüssel entriegelte sie die Schublade, in der sich Herrmanns Kopf befand.

Sie hielt den Atem an, bevor sie die Schublade aufzog.

Der Kopf war da. Leonie atmete erleichtert auf.

»Dann wollen wir mal.« Sie drehte sich um, um sterile Handschuhe aus dem Autopsieraum zu holen.

»Die sind nicht nötig«, sagte eine Stimme hinter ihr.

Leonie fuhr herum.

Der Kopf in der Schublade hatte die Augen aufgeschlagen und sah sie direkt an.

Jemand drehte ihr die Luft ab. Es wurde dunkel.

* * *

Als Mops am Morgen sein Büro betrat, saß Schmidt auf Mops' Stuhl.

»Haben Sie es sich anders überlegt?«, fragte Mops. »Wollen Sie doch bei uns anfangen?«

Schmidt zeigte keine Regung. »Herrmanns Kopf ist nun auch weg. Damit fehlen von beiden Toten jegliche Spuren.«

»Aha.«

»Ihre Kollegin aus der Autopsie scheint sich ebenfalls aus dem Staub gemacht zu haben. Zumindest ist sie weder erreichbar noch in ihrer Wohnung anzutreffen.«

»Vielleicht ist sie Schuhe einkaufen?«

»Noch bevor die Geschäfte geöffnet haben?«

»Sie wissen doch: früher Vogel und so.«

»Sie machen keinen besonders beunruhigten Eindruck auf mich?«

Mops zuckte mit den Schultern. »Warum sollte ich? Leonie ist ein erwachsener und sehr selbstständiger Mensch. Sie kommt gut ohne Schmidts in ihrer Nähe aus.«

Schmidt ignorierte den Vorwurf. »Ist Ihnen vielleicht schon der Gedanke gekommen, dass ihre Kollegin etwas mit dem Verschwinden der Toten zu tun haben könnte?«

»In welcher Weise genau? Hier kommt im Schnitt alle zwei Tage Kundschaft für die Autopsie. Warum hätten es gerade diese beiden sein sollen?«

»Wenn ich mich an Ihre Ausführungen von gestern erinnere …«

»Die Sie als unhaltbar verworfen haben. Da wäre doch eher ich verdächtig.«

»Ihre Wohnung ist sauber.«

»Danke für die Mühe. Halten Sie mich für so blöd, dass ich eine Leiche bei mir zu Hause zu verstecken versuche?«

Schmidt stand auf. »So lange die Sache nicht aufgeklärt ist, werden Sie weder Ihr Büro betreten noch an diesen oder anderen Fällen weiter arbeiten. Ich habe das bereits mit Ihrem Vorgesetzten geklärt.«

»Bin ich verhaftet?«

»Nein.«

»Muss ich mich zu Ihrer Verfügung halten?«

Schmidt schüttelte den Kopf. »Nicht einmal das. Am besten machen Sie Urlaub, weit weg von hier. Behalten Sie Ihr Mobiltelefon in ihrer Nähe. Das reicht.«

»Wie lange, glauben Sie, werden Sie ohne meine Hilfe für die Klärung des Falls benötigen?«

»Das lassen Sie unsere Sorge sein.«

»Haben Sie eine Idee, wozu die gestohlene Substanz verwendet werden soll. Wo? Und wann?«

»Einen schönen Tag noch.«

* * *

Mops stand in der Küche und übte mit der Sense. Zerbrechliche Gegenstände hatte er mit ihr schon bei den ersten Versuchen unsanft vom Küchentisch entfernt.

»Don't drink and reap«, murmelte er, als die Spitze der Sensenklinge in der Stuhllehne links von ihm steckenblieb.

Eines war sicher: Wenn sich außer ihm jemand in der Küche befunden hätte, lebendig oder tot, er hätte ihn getroffen.

Mops zog an der Sense.

Der Einstich in der Stuhllehne verbreitete sich zu einem Spalt und leistete keinerlei ernsthaften Widerstand.

Er bewegte die Sense nach rechts, drehte sie in die Senkrechte und stellte sie neben sich ab. Dann klappte er die Sichel vorsichtig an den Stiel, was dem Gerät entfernt das Aussehen einer historischen Walfangharpune gab.

Mops lehnte die Sense an die Wand und setzte sich auf den beschädigten Stuhl.

»Urlaub? Vielleicht gar keine so schlechte Idee. Aber was ist mit Leonie?« Er runzelte besorgt die Stirn. »Blöde Sache, blöde. Wieso bleibt nicht einfach jeder auf seiner Seite des Zaunes?«

Der Stuhl auf der anderen Seite wurde weggezogen.

Mops sah auf.

Ein muskulöser Mann mit schulterlangem blonden Haar nahm ihm gegenüber Platz. »Guten Tag.«

»Von mir aus. Kommen mich jetzt schon die Mangas besuchen?«

Ein kurzes Zucken der Mundwinkel verriet Mops, dass der Unbekannte den tieferen Sinn der Frage verstanden hatte.

Mops lächelte. »Darf ich dir etwas anbieten?«

»Gern. Ein Bier wäre nett. Und falls noch ein paar Erdnüsse übrig sein sollten, sage ich auch nicht nein.«

Mops stand auf und holte das Gewünschte. Dann besorgte er sich einen Besen, fegte die Trümmer seiner Mäh-Versuche zusammen und entsorgte sie in den Mülleimer. Nachdem er den Besen in den Besenschrank zurückgestellt hatte, holte er sich auf dem Weg zum Tisch ebenfalls ein Bier.

Der Unbekannte, der das Ganze kommentarlos trinkend und kauend beobachtet hatte, nickte anerkennend. »Ungeduld ist wohl nicht deine Sache.«

Mops setzte sich. »Ich habe den Eindruck, dass Zeit bei dir eine andere Bedeutung hat als bei mir. Du wirst mir sagen, was du zu sagen hast, wenn die Zeit aus deiner Sicht der Welt gekommen ist. Sonst wäre dein Besuch bei mir ohne Sinn, nicht wahr?«

»Für einen Lebenden bist du erstaunlich weitsichtig.«

»Ich weiß. Wenn ich nicht über den Tellerrand hinaussehen könnte, hätte ich ein paar Probleme weniger.«

»Hättest du nicht. Nur andere.«

Mops nahm einen Schluck Bier. »Genug der Höflichkeiten. Du bist keiner der üblichen Toten, die mich besuchen. Wer bist du also? Was kann ich für dich tun? Was kannst du für mich tun?«

Der Fremde kaute eine Handvoll Erdnüsse, bevor er weitersprach. »Ein Spiel wurde begonnen, die Figuren sind aufgestellt. Ich bin, gewissermaßen, der Schiedsrichter. Um dafür zu sorgen, dass alles mit rechten Dingen zugeht.«

»Hm. Das Spielfeld ist dieses Mal ungewöhnlich groß, wie es scheint.«

»Nur für dich.«

»Ich hätte erwartet, dass jemand deiner Art derartigen Aufwand nicht benötigt. Ich muss doch wie ein offenes Buch für dich zu lesen sein.«

Der Fremde schüttelte verneinend den Kopf. »Nur Der Eine kann den Menschen als Ganzes sehen. Aber ich darf, ohne zu übertreiben, von mir sagen, dass ich aufgrund langjähriger Menschenkenntnis ausreichend gut extrapolieren kann. Das ist der Grund für meine Rolle.«

»Ich lasse deine Behauptung stehen bis zum Beweis des Gegenteils. Was ist das Ziel dessen, was du Spiel nennst? Welche Regeln gibt es?«

»Das Spiel ist das ewig Gleiche. Oben gegen Unten. Gut gegen Böse. Richtig gegen Falsch. Regeln: keine.«

»Wieso habe ich dann noch nicht verloren?«

Der Fremde lächelte überlegen. »Dass es keine Regeln gibt, ist die Meinung von Idioten. Es gibt immer Regeln. Wer sie kennt, kann sie anwenden oder biegen.«

»Interessant. Wer gewinnt?«

»Ich weiß es nicht. Natürlich ist es so, dass, wenn einer gewinnt, ein anderer verliert. Du hast die Möglichkeit, dass Spiel maßgeblich mitzugestalten.«

»Philosophie war noch nie meine starke Seite. Ich sehe die Geister zweier Toter, die nicht mit mir reden dürfen oder sollen, sowie eine Kollegin, die verschwunden ist. Jetzt kommst du und erzählst mir, das alles sei nur ein Spiel.«

»Aber ja.«

»Sei mir nicht böse. Im Moment scheint mir das Spiel sehr einseitig zu sein. Wenn es meine Aufgabe ist, dich durch mein Scheitern zu unterhalten, dann kannst du es geradeheraus sagen. Ich werde es dir nicht übelnehmen. Na ja, fast nicht.«

»Das wäre zu einfach für dich. Nein. Du bekommst eine reelle Chance. Deine Nachteile werden ausgeglichen werden. Allerdings musst du selbst entscheiden, wodurch.«

»Wünsch dir was also?«

»Solange dein Wunsch nicht der ist, ohne eigene Anstrengung zu gewinnen.«

Mops grinste. »Schade. Genau das hatte ich im Sinn.«

Der Fremde lächelte zurück. »Es gibt keine Gnade, kein Erbarmen. Das Spiel wird absolut fair ablaufen.«

Mops wischte sich mit der rechten Hand über die Stirn. »Nach mir bisher unbekannten Regeln. Aha.«

Er griff nach dem Bier, um seinem Gegenüber zuzuprosten. Die Bierdosen stießen aneinander, und für einen Moment wurde die Welt durchscheinend.

»Einverstanden. Ich will das Altbewährte. Die Sense. An der ist deutlich mehr, als ich bisher feststellen konnte, und genug, was ich kenne, dass ich mich daran festhalten kann. Ich will sie immer bei mir haben können.«

Der Fremde überlegte ein paar Sekunden. Dann nickte er. »Einverstanden.«

»War meine Wahl jetzt gut oder schlecht?«, wollte Mops wissen.

»Sie war das, was ich erwartet habe.«

»Und was nun?«

»Reisen soll ungemein bilden. Habe ich gehört.«

»Aha. Und wohin?«

Die Frage wurde nicht beantwortet. Mops war allein in der Küche.

* * *

Am nächsten Tag durchforstete Mops das Internet nach Last-Minute-Angeboten für Kreuzfahrten.

Er schloss die Augen und scrollte weiter. »Wenn man den Weg nicht kennt, ist jede Richtung die richtige.« Er öffnete die Augen und tippte auf den Bildschirm. »Na sowas! Ein echtes Schnäppchen! Erster Klasse durch die Südsee!« Er verzog das Gesicht. »Schade. Der Preis ist für eine oder zwei Personen derselbe. Nur Doppelsuiten. Mit Balkon. Was soll's!« Er klickte kurzentschlossen auf den ›Bestellen‹ Button. »Es gibt keine Zufälle.«

* * *

Am Flughafen ging Mops, die Sense in der rechten, einen Trolley mit der linken Hand hinter sich herziehend, schnurstracks zur Sicherheitskontrolle.

Der Koffer wurde geröntgt. Mops legte die Sense auf das Transportband.

»Sie dürfen keine Waffen oder waffenähnliche Gegenstände an Bord bringen. Auch keine so langen Stäbe.«

Mops sah den Sicherheitsmann unverwandt an. »Wovon sprechen Sie?«

Die Sense bewegte sich weiter, durch das Röntgengerät hindurch. Auf dem Monitor sah Mops: nichts.

Der Sicherheitsmann blinzelte. »Verzeihung. Für einen Moment dachte ich, Sie hätten einen Langstab auf das Band

gelegt. Hat mich irgendwie an einen Sensenstiel erinnert.«
Er schüttelte den Kopf.»Verrückt. Nicht wahr?«

»Allerdings.«

»Nichts für ungut.«

»Kein Problem.«

Die Augen des Sicherheitsmannes wurden glasig.»Guten Flug. Erholen Sie sich gut. Vergessen Sie nicht, wie man wiederkommt.«

Mops nahm die Sense vom Band und deutete eine Verbeugung an.»Wohin sollte ich fliehen wollen?«

* * *

Leonie schlug die Augen auf und stellte fest, dass ihre neue Situation kaum eine Verbesserung gegenüber ihrer letzten war. Mit dem Unterschied, dass bei ihr die Lichter, zumindest im übertragenen Sinne, wieder angegangen waren. Allerdings beleuchteten sie nichts. Der Raum, in dem sie sich befand, war stockdunkel.

»Hallo?«

Der Klang ihrer Stimme verschwand eine gefühlte Handbreit vor ihr im Nichts.

»Heda! Was jetzt!«

Keine Antwort.

Leonie bewegte sich hin und her, tastete die Umgebung vorsichtig mit Händen und Füßen ab. Der Gegenstand, auf dem sie lag, konnte so etwas wie eine Pritsche sein. Eine Zudecke auf ihr, ein Laken unter ihr, ein Kissen. Möglicherweise. Das hier war nicht die Autopsie.

Sie drehte sich auf den Bauch und langte nach unten. Gut. Ihr Bett stand auf einem Boden. Außerdem war sie vollständig bekleidet. Soweit fühlbar mit dem, was sie als Letztes getragen hatte. Jacke, Hose, Schuhe.

»Immerhin. Zu Hause gehe ich nie mit Schuhen ins Bett.«
Sie drehte sich wieder auf den Rücken, streckte die Hände
nach oben, konnte keine Decke ertasten. Links von ihr war
eine Wand.

Leonie widerstand der Versuchung, aufzustehen und um-
herzutappen. Der Raum, in dem sie sich befand, war mehr als
nur schalltot. Er vermittelte ein geometrieloses Gefühl. Sie
würde sich nach zwei Schritten in der Dunkelheit verlaufen
haben.

Sie setzte sich auf und versuchte es noch einmal mit Rufen.
»Hallo? Jemand da?«

Der Klang verschwand wie in Watte. Leonie legte sich
wieder hin.

Sie fühlte in sich hinein. In dieser Stille hätte sie ihren
Herzschlag wahrnehmen müssen, denn sie war aufgeregt.
Es gab nichts zu hören. Sie versuchte, ihren Puls zu fühlen,
legte die rechte Hand auf das Herz. Nichts. Genauso wenig
wie irgendwelche körperlichen Bedürfnisse.

»Tot zu sein habe ich mir irgendwie ganz anders vorgestellt.
Ist das jetzt der Himmel oder die Hölle?«

Sie versuchte, sich vorzustellen, wo sie war und was als
Nächstes kam. Anhand der beginnenden Langeweile tippte
sie beim Ort auf Hölle. Das Nichtvorhandensein von Etwas
außer ihr und der Unterlage, auf der sie sich befand, war
einschläfernd.

Als sie aufwachte, saß ein muskulöser Mann mit schulterlangem blonden Haar auf der Liege rechts neben ihr und
sah auf sie hinunter. Es war gerade hell genug, dass sie ihn
gut erkennen konnte.

»Und? Was jetzt? Standardprogramm für Entführung
und Geiselnahme? Besondere Vorlieben?«, fragte Leonie.

»Nein. Zumindest, was mich betrifft. Wie fühlst du dich?«

»Überraschenderweise habe ich weder Angst noch bin ich

verärgert. Außerdem schlägt mein Herz nicht und ich habe keinen Harndrang. Reicht das als Information?«

»Ja. Danke. Setz dich bitte auf.«

»Meinetwegen.«

Der Unbekannte stellte eine Thermosflasche auf das Bett. Er schraubte den Becher ab, öffnete den Verschluss und goss etwas aus der Flasche ein. »Trink.«

Leonie nahm den Becher und sah hinein. Die Flüssigkeit war schwarz und weiß, änderte ständig das Muster, war wie ein Loch in der optischen Wahrnehmung.

»Trink.«

Leonie schloss die Augen und trank. Das Gebräu schien sich selbstständig den Weg in ihren Magen zu bahnen und erzeugte ein dumpfes Völlegefühl. Sie sah den Unbekannten an.

»Schmeckt nach nichts. Ist das hier Programm?«

Der Unbekannte lächelte. »Ich bewundere deinen Scharfsinn. Hier ist deine Aufgabe: Du erhältst jeden Tag eine Flasche. Wenn du den Inhalt trinkst, wirst du nach dreißig Tagen sterben. Wenn du den Inhalt nicht trinkst, werden für jeden Tag, an dem du nicht trinkst, viele dir unbekannte Menschen sterben, als Folge des Inhalts dieser Flasche. Hast du verstanden?«

»Was passiert mit dem Getränk, wenn ich tot bin? Also noch toter als ich mich gerade fühle?«

»Darum musst du dich nicht kümmern.«

»Ich finde es sehr ärgerlich, dass ich mich über den von dir verzapften Schwachsinn nicht ärgern kann.«

Der Unbekannte lächelte erneut.

Eine Tür, die nur dadurch zu erkennen war, dass jetzt Licht durch einen Teil des Nicht-Raumes fiel, der bisher schwarz gewesen war, öffnete sich.

Herrmann und Karla traten ein und kamen zur Liege.

»Sie werden dich abwechselnd betreuen und dir das Getränk bringen. Wenn sie das nächste Mal zusammen hereinkommen, dann ist die Zeit abgelaufen.«

Leonie wurde heiß. Sie schnappte nach Luft, wollte sich übergeben, um einen Atemzug später zitternd vor Kälte auf der Liege zu liegen. Sie atmete heftig aus. Eiskristalle bildeten sich in der Luft und fielen als Schnee auf sie zurück.

»Nutze deine Zeit. Wenn du kannst.«

Der Unbekannte stand auf und verließ, gefolgt von Herrmann und Karla, den Raum. Zurück blieb die Dunkelheit.

Leonie hustete.

Der Schnee erzeugte ein schwaches Licht.

Sie pustete die fallenden Flocken von der Liege weg. Die stoben auseinander und bildeten einen feinen, gut zu erkennenden Belag auf dem, was kein Boden war. Es dauerte eine gute Weile, bis die Flocken schmolzen und es wieder dunkel wurde.

»Also gegenständlich. Und wenn ich den Blonden richtig verstanden habe, geht es nicht darum, dass er mir beim Sterben zusehen will.«

Leonie griff nach der Thermosflasche und schenkte ein.

Der Hustenanfall bescherte ihr einen Haufen Kristalle in der rechten Hand. Sie leuchteten stark genug, dass sie ihre Liege sehen konnte. Sie ballte die Hand zur Faust, drehte sie nach oben und öffnete sie. Die Kristalle hatten sich zu einem weißen Klumpen zusammengefügt, der nun durch ihre Hand hindurch sank. Ein stechender Schmerz schoss ihren Arm hinauf, dann verebbte jedes Gefühl in der Hand. Der Klumpen fiel auf die Liege, sank weiter und löste sich dabei auf.

Zurück blieben Dunkelheit und das Gefühl, die rechte Hand verloren zu haben.

Leonie fasste sie vorsichtig mit der Linken, um sofort

wieder loszulassen. Sie spürte die Wärme der Tränen auf ihrem Gesicht.

Nach einiger Zeit kribbelte es unterhalb ihres rechten Handgelenkes. Das Kribbeln verstärkte sich zu einem Brennen und breitete sich bis in die Fingerspitzen aus. Leonie schluchzte erleichtert auf. Sie fuhr mit der Hand vorsichtig über die Liege und konnte jede Faser fühlen. Nach und nach kehrte die Empfindung zum normalen Maß zurück.

»Dieses Mal bin ich also die Laborratte!«, flüsterte sie. »Weißt du eigentlich, dass meine letzte mich in die Hand gebissen hat und abgehauen ist? Wir werden sehen. Das werden wir, oh ja!«

Sie trank die Flasche ganz aus.

* * *

Als Karla Leonie die neue Flasche brachte, nahm sie sie schweigend entgegen.

Kreuzfahrt mit Imhotep

Die ›Princess of the South‹, ein 250 Meter langes Luxus-Kreuzfahrtschiff, hatte den Hafen von Bora-Bora hinter sich gelassen und nahm Kurs auf den nächsten Punkt der Route. Obwohl imaginär, war er interessant genug, ihn auf die Liste der Reiseevents zu setzen: die Datumsgrenze.

Kapitän Franzen warf dem Rudergänger einen prüfenden Blick über die Schulter. Der Kurs stimmte und die Maschinen kamen mit der erhöhten Geschwindigkeit des Schiffes gut klar.

Er runzelte die Stirn. »Bis zum Ende der Reise werden wir die Verzögerung aufgeholt haben. Den Reeder wird es nicht freuen, dass wir dafür Gas geben müssen.«

Schroeder, der Erste Offizier, nickte zustimmend. »Da kann man nichts machen. Maschinen gehen auch mal kaputt. Unsere Passagiere werden sich bestimmt nicht über den zusätzlichen Tag in Bora-Bora beschweren.«

»Trotzdem ist es seltsam. Wir haben die Maschine gründlich untersucht und keinen Fehler gefunden. Nach dem Einspielen des Backups in die Schiffssysteme konnte die Fehlermeldung nicht verifiziert werden.« Er grinste schräg. »Mit anderen Worten: Wir wissen nicht, warum der Diesel stehengeblieben ist.«

Franzen sah zum Horizont. In wenigen Minuten würde die Sonne untergehen. Die See war ruhig und der Himmel wolkenlos. »Immerhin können wir unseren Passagieren ein besonderes Ereignis bieten. Wir werden die Datumsgrenze um genau Null Uhr überqueren.«

»Was nichts Besonderes ist.«

»Sie haben keinen Sinn für Romantik.«

»Meine Verlobte ist da, zum Glück, anderer Ansicht.« Schroeder lachte. »Ich freue mich schon auf das romantische Abendessen mit Akona in zwei Tagen. Und auf den Rest des Abends.«

Franzen warf einen neidischen Blick auf den zwanzig Jahre jüngeren Ersten. »Na dann viel Spaß. Hatte ich auch, als ich in Ihrem Alter war. Braungebrannt von den Sonnen der Meere und in jedem Hafen eine Verlobte. Ganz zu schweigen von denen auf der Warteliste.«

Schroeder schüttelte entschieden den Kopf. »Nein, das ist etwas anders. Akona schließt nächstes Jahr ihr Ingenieurstudium in Schiffsbautechnik ab. Wir werden uns dann in Sydney niederlassen.«

»Herzlichen Glückwunsch. Mich wird man mit dem Schiff verschrotten müssen.«

Die Sonne war untergegangen, der Südseehimmel zeigte sein fantastisches Sternenpanorama mit dem Band der Milchstraße. Zehn Minuten vor Mitternacht befahl Franzen, das Schiff zu verdunkeln. Die meisten Passagiere hatten sich auf den Außendecks eingefunden, um die Überquerung der Datumsgrenze mitzuerleben.

Franzen ließ die Schiffsgeschwindigkeit auf Fußgängertempo reduzieren. Das dezente Wummern der Dieselgeneratoren verklang im Rauschen des Meeres.

Die Digitaluhr auf der Brücke sprang von 23:59 auf 00:00. Schroeder klickte mit der Maus auf die vorbereitete Musikkonserve. Überall erklang leise der Mitternachtswalzer. Einige gut gelaunten Paare tanzten zur Musik.

Franzen zappte durch die Überwachungskameras und nickte zufrieden. »Das haben wir wieder einmal sehr gut hinbekommen. Rudergänger: Volle Kraft voraus, Kurs halten.«

»Aye.«

Er machte Anstalten, die Brücke zu verlassen. Vor der Brückentür verhielt er. Sah auf die Uhr über der Tür. Dann auf seine eigene. Runzelte die Stirn. »Nanu?«

»Was gibt's?«, wollte Schroeder wissen.

Franzen kam zurück ans Ruder, Überraschung und Unwillen auf dem Gesicht. Er wies auf die Anzeigen. »Wie spät haben wir es?«

Schroeder sah automatisch auf seine Armbanduhr. »Es ist genau ... what the fuck?«

»Bitte?«

»Mein Zeiteisen zeigt sieben Uhr dreiunddreißig. Hey! Das ist eine fünftausend Dollar Uhr! Mit Apps und GPS!«

»Die vom Schiff sind noch ein wenig teurer«, konterte Franzen. »Sehen Sie!«

Während Schroeder sich kopfkratzend die Schiffsuhr auf der Ruderkonsole ansah, die anscheinend um Mitternacht stehengeblieben war, telefonierte Franzen mit der Sicherheitschefin. »Bringen Sie die Passagiere geordnet in die Kabinen. Erzählen Sie von einer Sturmwarnung. Niemand verlässt seine Kabine, bevor andere Informationen kommen. Die Mannschaft wird die Versorgung der Passagiere in den Kabinen übernehmen. Informieren Sie die Kochmannschaft. Lassen Sie den Funkraum doppelt besetzen. Treffen der Offiziere in einer halben Stunde. Und werfen Sie das Technikteam aus dem Bett.«

Er wandte sich an den Rudergänger. »Was ist unsere aktuelle Position?«

Der Mann las die Zahlen vom Display ab. Franzen knirschte mit den Zähnen. »Schauen Sie im Logbuch nach. Was war unsere Position vor – ja, vor was eigentlich? Bevor der Walzer gespielt wurde.«

Der Mann tat wie geheißen. Als er aufsah, zeigte sich völlige Verwirrung auf seinen Gesichtszügen. »Laut Fahrtenschreiber haben wir uns seit Mitternacht nicht bewegt und bewegen uns nicht. Aber die Maschinen laufen doch! Kapitän?« Er sah den Vorgesetzten hilfesuchend an.

»Wenn Sie meinen Befehl ausgeführt haben, seit gefühlt zwei Minuten mit Volldampf.« Das Brummen der Diesel und das spürbare Vibrieren gaben ihm Recht. »Schroeder: Wecken Sie die Freischicht.«

»Sollen wir SOS funken?«

Franzen sah Schroeder irritiert an. »Machen Sie Witze? Das Schiff ist nicht in akuter Gefahr. Wie es scheint, hat jemand an der Software herumgepfuscht. Aber solange die Maschinen laufen, werden wir das Schiff auch ohne GPS navigieren können. Lang ist's her. Und bei Ihnen?«

Schroeder lachte. »Noch länger. Aber ich weiß, was ein Sextant ist. Interessante Aufgabe. Trotzdem sollten wir zumindest einen Statusbericht senden.«

Das Telefon klingelte. Schroeder nahm ab. Als er auflegte, hatte seine Selbstsicherheit ein paar Kratzer bekommen. »Wir haben keine Internetverbindung mehr, keine Satellitenverbindung, der Funk funkt nicht. Selbst die Langwelle ist tot. Der Funker hat hoch und heilig versprochen, dass seine Geräte in Ordnung sind und er stocknüchtern ist. Auf dem Schiff selbst gibt es allerdings keine elektrischen Störungen, trotz der Uhrenprobleme. Sollen wir halten?«

»Mitten auf dem Pazifik? Warum? Es gibt im Umkreis

einer Tagesreise nichts, wogegen wir stoßen könnten, abgesehen von anderen Schiffen, die hier sehr selten sind.«

»Ich empfehle, die Fahrt zumindest zu reduzieren.«

»Meinetwegen. Mit viertel Kraft weiter, Kurs halten. Doppelte Wache an Sensoren und Ausguck.«

»Aye.« Der Rudergänger war sichtbar erleichtert, dass er einen Befehl bekam.

Schroeder brachte einen anderen Punkt vor. »Was machen wir jetzt? Ich könnte mir vorstellen, dass unsere Mannschaften Probleme haben werden, pünktlich zu ihren Schichten zu kommen.«

Franzen kratzte sich am Kopf. »Komische Sache, das. Und völlig unphysikalisch.«

»Warum?«

»Sehen Sie: Alle unsere Uhren zeigen irgendetwas an. Trotzdem laufen die Systeme, inklusive der Computer, gemäß dem Ursache-Wirkung-Prinzip weiter. Wäre das nicht so, dann wären wir tot. So etwas gibt es eigentlich gar nicht.«

Schroeder fuhr ein kalter Schauer über den Rücken. »Da haben Sie verdammt recht. Daran habe ich noch gar nicht gedacht.«

»Wir werden den mechanischen Schiffschronometer auf der Brücke zum Zeitnormal erklären und die Stunden ausrufen, obwohl ich sicher bin, dass auch der nur irgendwas anzeigt. So erhalten wir einen geordneten Betrieb aufrecht und vermeiden Panik auf dem Schiff. Solange etwas Struktur hat, gibt es keine Panik.«

»Und wie erklären wir das der Mannschaft und den Passagieren?«

Franzen zuckte mit den Schultern. »Keine Ahnung. Noch hat diese Reise weiterhin das geplante Ziel. Solange wir keine anderen Informationen haben, werden wir dieses Ziel ansteuern. Genauer gesagt: Wir fahren einfach weiter, als ob wir wüssten, wohin wir fahren. Oder haben Sie einen besseren Vorschlag?«

Schroeder schüttelte den Kopf. »Nein. Lassen Sie uns unser Meeting abhalten und den Rest der Nacht darüber schlafen.«

»Ja. So machen wir es. Ich gehe noch eine Runde.«

Franzen verließ die Brücke und trat an die Reling. Sein Blick ging nach oben. Die Sterne waren verschwunden und hatten einem undefinierbarem Grau Platz gemacht. Es war nicht wirklich dunkel. Er konnte den Umriss des Schiffes sowie die Wasseroberfläche ausmachen, die in der Ferne mit dem Grau verschmolz.

* * *

Der Morgen, wenn es denn ein Morgen war, brachte eine weitere unangenehme Überraschung. Aus dem dunklen schattenlosen Grau der Nacht war ein helles schattenloses Grau des Tages geworden.

Schroeder legte entnervt den Sextanten zur Seite. »Keine Chance. Der Himmel ist überall gleich hellgrau. Der Bordfotograf hat es bestätigt, nachdem er es mit seiner Ausrüstung nachgemessen hat. Dieser komische Himmel hat überall dieselbe Farbtemperatur. Von Farbe will ich da gar nicht reden. Als ob Farbe in der Welt auf einmal irrelevant geworden ist.«

Franzen nickte. »Das passt gut zu den Gedanken, die ich mir über die kaputten Uhren gemacht habe. Zeit vergeht, definitiv, aber sie scheint irgendwie lokal geworden zu sein. Sie haben doch bestimmt schon davon gehört, dass alles, was wir als Realität bezeichnen, in Wirklichkeit nichts anderes ist als das, was unsere Gehirne daraus machen. Somit hat jeder Mensch seine eigene Realität.«

»Dann fahren wir also weiter in der Hoffnung, irgendwann … hm … aus dem Bereich der Irrelevanz herauszukommen?«

»Ja. Wir werden den normalen Schiffsbetrieb aufrechterhalten und unsere Passagiere weiter unterhalten. Zur Sicherheit habe ich die Rationierung der Nahrungsmittel angeordnet. Unter uns: Als ich gesehen habe, dass wir dadurch unsere Reisezeit locker verdreifachen können, hat mich ein ziemliches Schuldgefühl gepackt. Mit dem, was wir jeden Tag wegwerfen, könnten wir ein ganzes Dorf ernähren.«

»Hört sich für mich an, als ob Sie im Fall des Falles nicht als Verschwender vor den Herrn treten wollen. Bei allem Respekt.«

Franzen grinste gequält. »Malen Sie es …«

Der Rudergänger unterbrach ihn. »Kapitän! Sichtkontakt mit einem kleinen Wasserfahrzeug!«

»Kein Radarkontakt?«

»Nein.«

Franzen griff nach dem Fernglas. »Wo?«

Der Rudergänger zeigte es ihm.

Franzen fand es nach kurzem Suchen. Er runzelte die Stirn. »Bei etwas mehr Seegang würde das Ding zwischen den Wellen verschwinden. Ziemlich klein. Offensichtlich so gut wie kein Metall an Bord oder verbaut, sonst hätte das Radar früher etwas zeigen müssen. Oder auch nicht. Was macht diese Nuckelpinne mitten auf dem Pazifik?«

»Keine Ahnung. Vielleicht ist jemand in Seenot. Sollen wir beidrehen?«, schlug Schroeder vor.

Franzen nickte. »Meinetwegen. Aber langsam und vorsichtig. Das Ding sieht aus, als hätte es schon einige Jahre auf dem Buckel. Überhaupt: Die Bauweise erinnert mich an etwas, was ich hier nicht vermutet hätte. Schroeder: Sehen Sie sich das mal an.«

Schroeder tat wie geheißen.

Franzen sah, wie er die Zähne zusammenbiss, tief Luft holte, dann noch einmal intensiv durch das Fernglas auf den Gegenstand starrte, auf den sie zufuhren. »Ich glaube, ich brauche einen Arzt«, brachte er schließlich heraus. »Oder was Hochprozentiges.«

»Warum?«

»Wenn ich Ihnen sage, für was ich das halte, dann werden Sie mich für verrückt erklären.«

»Machen Sie es nicht so spannend. In fünf Minuten gehen wir längsseits. Wenn es eine Gefahr darstellt, können wir noch ausweichen. Also?«

Schroeder fasste sich. »Na gut. Ich glaube, was wir da vor uns haben, ist eine altägyptische Totenbarke.«

Das Schweigen, das nun folgte, war greifbar. Der Rudergänger sah nervös in die Richtung des Kapitäns.

»Wir sehen uns die Sache an. Maschinen stop und Entfernung halten. Schroeder: Ein Beiboot zu Wasser lassen. Informieren Sie den Bordarzt. Sie und drei Sicherheitsleute werden ihn begleiten. Quaratäneausrüstung.«

»Aye.«

Mittlerweile hatte sich die Neuigkeit herumgesprochen. Alle wollten das Totenschiff sehen. Die Mannschaft hatte einiges zu tun, um Handgreiflichkeiten um die besten Plätze zu vermeiden. Franzen ließ den Bereich, an dem das Beiboot wieder anlegen würde und den Weg zum Krankenbereich von Passagieren freiräumen.

Der Schiffsarzt nahm sich gefühlt sehr viel Zeit. Obwohl die beiden Schiffe nicht einmal einen Kilometer auseinanderlagen, funktionierte die Funkverbindung nicht. Sehr zum Unwillen Franzens, denn er hätte nicht genehmigt, dass die Mannschaft auf der Barke einen größeren Gegenstand, der in Tücher eingewickelt zu sein schien, sowie mehrere kleine

Gegenstände, in Folie einpackten, von der Barke auf das Beiboot hievten und mit ihnen zur ›Princess‹ zurückkehrten.

»Was haben Sie sich dabei gedacht!«, fauchte die Sicherheitschefin den Schiffsarzt an. Ihr kurzfrisiertes, blondes Haar schien sich vor Empörung zu sträuben.

»Ich habe mir gedacht, dass alle ungewöhnlichen Dinge, die wir gerade erleben, möglicherweise miteinander zusammenhängen. Und deshalb untersucht werden müssen. Das Röntgengerät kann ich nun einmal nicht auf das andere Schiff bringen.«

Franzen hob beide Hände in einer beruhigenden Geste.

»Was ist mit eventueller Seuchengefahr?«

»Ich habe schon auf dem Boot erste Untersuchungen gemacht«, erwiderte der Arzt. »Und die mitgebrachten Proben nach allem durchleuchtet, was hätte gefährlich werden können. Inklusive altägyptischer Keime.« Er lächelte ratlos. »Jede Toilette auf diesem Schiff enthält mehr Keime als diese Barke oder die Mumie …«

»Mumie?«, echote Schroeder.

»Lassen Sie mich bitte ausreden. Die Barke und die Mumie sind vollkommen steril. Mit vollkommen meine ich, dass es nicht einen einzigen Keim darauf gibt, abgesehen von denen, die wir selber mitgebracht haben. Was meinem universitären Wissen komplett widerspricht. Kapitän?«

»Ja?«

»Ich möchte die Mumie obduzieren. Vielleicht liefert uns das einen Hinweis darauf, warum wir hier sind. Vielleicht ist die Todesursache in irgendeiner Weise dafür verantwortlich.«

»Ist das nicht ziemlich weit hergeholt?«

»Wie man es nimmt. Ich habe mich in der Schiffsbücherei umgesehen. Der Erste hatte recht. Es handelt sich um besagte Totenbarke. Was durch die Mumie unterstützt wird. Das

Problem ist allerdings, dass diese Art der Bestattung seit einigen tausend Jahren nicht mehr praktiziert wird, und definitiv nicht in der Südsee. Ich halte es da mit Sherlock Holmes.«

»Wenn man alle logischen, aber nicht zutreffenden, Lösungen eines Problems eliminiert, ist die unlogische, obwohl unmöglich, unweigerlich richtig.«

Die um den Tisch versammelten Personen sahen überrascht zur Tür. Ein hagerer Mann hatte sich bequem an den Türrahmen gelehnt. Auf dem schwarzen T-Shirt, was er trug, prangte ein goldener, gestickter Totenkopf, der die Anwesenden höhnisch anzugrinsen schien. Seine Augen blieben länger als nötig an Lydia haften, die den Blick unbewegt erwiderte. Er nickte der großen, schlanken, beinahe athletisch gebauten Frau anerkennend zu.

»Wer sind Sie? Was wollen Sie? Wie sind Sie hier hereingekommen?«, fuhr Franzen ihn an.

Der Angesprochene seufzte tief. »Gestatten: Mops. Inspektor Mops. Was ich will? Mich auf einer Kreuzfahrt entspannen, so weit wie möglich weg von meiner Arbeit. Wie es scheint, hat sie mich eingeholt.« Wie er es unbemerkt bis zum Besprechungsraum geschafft hatte, ließ er aus.

»Kommen Sie nicht ein wenig zu spät?«, fragte die Sicherheitschefin spitz.

»Das ist relativ«, gab Mops mit einem Lächeln zurück, das an den Totenkopf auf dem T-Shirt erinnerte. »Da ich niemanden hindern kann und werde, nehme ich das Ergebnis der Obduktion, von der ich abrate, vorweg: Der Passagier der Totenbarke ist eines natürlichen Todes gestorben. Unter den Bandagen werden Sie keine Mumie finden. Dennoch wurde ein Verbrechen begangen, als dessen Folge wir uns nun hier befinden.«

»Woher wollen Sie das wissen? Das hört sich für mich ziemlich schräg an.«

Mops nickte Schroeder zu. »Da haben Sie vollkommen recht. Es ist schräg. Schräger, als Sie es sich vorstellen können. Überprüfen Sie meine Identität, so gut es unter den gegebenen Umständen möglich ist. Untersuchen Sie, was Sie nicht lassen können. Wenn ich gebraucht werden sollte, was sehr wahrscheinlich ist, dann finden Sie mich in meiner Kabine.« Ohne eine Antwort abzuwarten, drehte er sich um und ging.

Schroeder hörte ihn etwas wie »Nicht einmal im Urlaub lasst ihr mich in Ruhe« murmeln.

Franzen räusperte sich. »In Ordnung. Nur röntgen. Nicht aufmachen.« Er sah zur Sicherheitschefin. »Wir beide statten diesem Mops umgehend einen Besuch ab.«

* * *

Mops streckte die Füße unter den Tisch im Aufenthaltsraum seiner Suite und starrte sein Gegenüber grimmig an.

»Ja! Eigentlich hätte es eine Reise zu zweit werden sollen! Aber nicht so! Darf ich jetzt nach dem werten Namen fragen? Nachdem ich mich in selbigem bei der Führung dieses Schiffes lächerlich gemacht habe?«

»Sicher. Ich bin, oder war, Imhotep.«

»Ein echter alter Ägypter also?«

»So ist es.«

»Darf ich ebenfalls danach fragen, was mir die Ehre deines Besuches verschafft? Üblicherweise kommen nur Mordopfer zu mir, um mich zu belästigen und mit dummen Bemerkungen an meiner Arbeit zu hindern. Wenn ich richtig verstanden und weitergegeben habe, wurdest du aber nicht ermordet.«

Der Angesprochene nickte. »Das ist eine Frage der Interpretation. Kennst du dich mit ägyptischen Bestattungsriten aus?«

Mops grinste ironisch. »Nicht wirklich. Abgesehen davon, dass ihr als mordende Mumien durch die heutige Filmlandschaft geistert.«

»Sehr komisch. Dann, für dich, die Kurzfassung. Nachdem meine Innereien entnommen wurden, welche getrennt vom Körper einbalsamiert werden …«

»Das wusste ich schon vorher. Du sagtest etwas von einer Kurzfassung.«

»Was du nicht weißt: Nach der Verbringung der Mumien und der Gaben auf die Barke mit anschließender Versiegelung der Gruft beginnt eine Reise, an deren Ende der Verstorbene vor dem Totengericht zu erscheinen hat. Alle Menschen treten nach ihrem Tode diese Reise an. Jeder Mensch entsprechend seinen Glaubensvorstellungen.«

»Auch die Atheisten?«

»Zeige mir einen Menschen, der tatsächlich an nichts glaubt. Für die, die nicht an das Leben nach dem Tode glauben, ist die Reise lediglich kürzer. Am Ende stehen alle vor dem Hohen Richter.«

»Zurück zu dir. Was ist schiefgelaufen?«

Der Geist schüttelte unwillig den Kopf. »Der Start der Reise beginnt – begann – in meiner Kultur mit einem starken Zauberspruch, der die Seele des Toten auf den Weg schickt.«

»Aha. Da hat jemand bei dir anscheinend daneben gezaubert.«

Wieder schüttelte der Geist den Kopf. »Das glaube ich nicht.«

Mops wandte dem Geist seine volle Aufmerksamkeit zu. »Willst du damit sagen, dass du vermutest, man könnte dich absichtlich auf den falschen Kurs gebracht haben?«

»Genau.«

»Und wer es war, weißt du nicht zufällig?«

»Nein. Ich weiß es tatsächlich nicht. Selbst wenn, dann dürfte ich es dir nicht sagen. Da gibt es leider keine Ausnahme.«

Mops grinste säuerlich. »Da mache ich mich auf eine Kreuzfahrt am anderen Ende der Welt, um einmal, nur einmal ...«

»Was?«

»Nicht von Toten angesprochen zu werden, die erwarten, dass ich ihr unnatürliches Ableben aufkläre. Es ist schlimm genug, dass das mein Beruf ist.«

»Mit Toten zu sprechen?«

»Vergiss es. Verrate mir lieber, wie wir weiterkommen. Seit deinem Tod sind in meiner Welt ein paar Tage vergangen. Wer auch immer dir das angetan hat, ist ganz bestimmt ebenfalls schon eine Weile tot.«

»Nein.«

Mops stutzte. »Nein?«

Imhotep lächelte verschmitzt. »Nein. Wer einem Toten den Zugang zum Hohen Richter verwehrt, wird mit Unsterblichkeit in der Welt der Lebenden bestraft.«

»Viele Menschen, die ich kenne, würden das als großes Geschenk ansehen und dafür morden.«

»Das liegt daran, dass viele lebende Menschen so tun, als ob ihr Gehirn sich bereits außerhalb ihres Körpers befände. War zu meiner Zeit auch nicht anders.«

»Was willst du damit sagen?«

»Dass es nichts Neues unter der Sonne gibt. Je länger sie dich bescheint, desto klarer wird es. Das Einzige, was vom ewigen irdischen Leben bleibt, ist die ewige Langeweile.«

»Von mir aus. Trotzdem haben wir ein Problem. Das Schiff meiner Welt fährt gerade nirgendwohin. Die Sonne ist weg, genau wie Mond und Sterne. Der Kapitän hat, nehme ich an, keine Ahnung, wo wir uns befinden.«

»Im Limbus, der Zwischenwelt. Hier gibt es keinen Ort. Zeit ist hier irrelevant.«

»Aber Hunger und Durst gibt es.«

»Das geht vorbei.«

»Ich glaube nicht, dass die auf diesem Schiff fahrenden Menschen den Rest ihres Daseins zusammen mit dir im Nirgendwo verbringen möchten.«

»Dann müssen wir die Person finden, die mir das eingebrockt hat. Sie muss mich begleiten, um den Zauber ungeschehen zu machen.«

»Du hast gerade gesagt, das wir von hier nicht wegkommen, wenn ich dich richtig verstanden habe.«

»Ich dachte, es ist offensichtlich. Wir sind hier, weil sich die magischen Elemente des Zaubers gefunden haben. Die Ursache und die Wirkung, könnte man sagen. Wie zwei Magnete, deren entgegengesetzte Pole sich anziehen. Die gesuchte Person befindet sich auf dem Schiff.«

Es klopfte an der Tür.

»Herein!«

Die Tür öffnete sich und Kapitän Franzen steckte seinen Kopf fragend durch den Spalt.

»Können wir Sie unter sechs Augen sprechen?«

»Sind Sie allein?«

Franzen sah verwundert in die Runde. »Nein. Ich habe meinen Sicherheitsoffizier mitgebracht.«

»Dann sind es acht Augen. Von denen Sie beide zwei nicht sehen werden. Geschweige denn, dass Sie mir das abnehmen. Egal. Kommen Sie herein.« Mops wies auf die Stühle rechts und links am Tisch, die für ihn leer waren. »Den mir gegenüber bitte nicht. Auch wenn es meinem Gast nichts ausmachen würde.«

Franzen stellte den Sicherheitsoffizier vor. »Lydia Brehm. Sie fährt seit über zehn Jahren mit mir auf der Princess.« Lydia nickte knapp, warf einen prüfenden Blick auf den von Mops gezeigten Stuhl und sah Mops unverwandt an. »Wie meinen Sie das mit dem Gast?«

»Es liegt daran, dass die Geister der Toten zumeist gegenstandslos sind. Trotzdem wäre es unhöflich, sich auf einen bereits besetzten Platz zu setzen, oder?«

Lydia setzte sich rechts neben Mops und beugte sich vor, um ihn näher in Augenschein zu nehmen.

Mops lächelte dünn. »Ich wäre Ihnen dankbar, wenn Sie auf die offensichtliche Frage, ob ich durchgeknallt bin, verzichten würden. Ihr Schiffsarzt wird in Kürze bestätigen, was ein bisher völlig uninteressanter Passagier vorhin gesagt hat. Nehmen Sie es einfach als Arbeitshypothese, dann tun wir beide uns im Gespräch leichter. Einverstanden?«

Franzen nickte ebenso zustimmend wie befehlend.

Lydia zuckte mit den Schultern. »Meinetwegen. Sie sind tatsächlich Kommissar?«

»Nein. Habe ich nie behauptet. Inspektor. Inspektor der Mordkommission. Eigentlich im Urlaub.«

»Und Sie haben – sagen wir einmal – die okkulten Fälle?«, wollte Franzen wissen.

»Nicht einmal das. Was mich von meinen Kollegen unterscheidet, ist, dass die Geister meiner Fälle bei mir vorbeikommen, um mich bei meiner Arbeit zu behindern.«

»Das kann man so aber nicht sagen«, sagte Imhotep.

Mops sah zu Imhotep hinüber. »Doch. Kann man. Wenn man ich ist.«

»Darf ich fragen, wer Ihr anderer – Gast – ist?«, fragte Franzen.

Mops deutete erneut linkisch auf den freien Stuhl. »Aber gern. Mir gegenüber sitzt Imhotep der Ägypter, Passagier der Totenbarke, neben der wir liegen, und Grund dafür, dass wir nirgendwohin fahren können.« Er hob beschwichtigend die Hände. »Jaja, er ist nicht der Grund, sondern vielmehr das Opfer eines Verbrechens. Was der Grund ist, dass er sich mit mir unterhalten kann.«

»Sie sprechen altägyptisch?«, wollte Lydia wissen.

»Wo denken Sie hin? Nach dem Tode gibt es anscheinend keine Sprachprobleme mehr.«

Lydia sprach langsam und deutlich. »Sie haben eine sehr konsistente …«

»Wahnvorstellung? Wenn Sie mich vom Gegenteil meiner angeblichen Vision überzeugen können, heirate ich Sie.«

Lydia lachte kurz. »Für den Zweck müssen Sie schon größere Geschütze auffahren.«

Mops lächelte interessiert. »Ich komme darauf zurück. Sie erinnern mich an eine Kollegin, die ich recht gern habe. Arbeitet in der Autopsie. Eigentlich wollten wir zusammen …«

»Aber?«

»Aber sie hat es sich anders überlegt«, brachte Mops diese Konversation zu Ende. »Was kann ich für Sie tun?«

»Tja«, begann Franzen. »Wir haben einen unidentifizierten Toten und somit einen Kriminalfall, oder?«

»Genau. Außerdem sorgt die Anwesenheit dieses Toten dafür, dass wir hier nicht wegkommen. Das hat Imhotep mir bestätigt.«

Lydia sah neugierig auf die Stelle, an der Imhotep saß. Imhotep schnitte eine Grimasse und wedelte mit den Händen. Lydia blieb unbeeindruckt.

»Der Imhotep?«

Imhotep nickte.

»Er sagt, das ja«, bestätigte Mops. »Kennen Sie ihn? Und woher?«

Lydia runzelte erstaunt die Stirn. »Sagt Ihnen der Name wirklich nichts?«

»Bis heute nein. Und ich hätte seinen Namen auch von anderen ägyptischen wie Nebukadnezar nicht unterscheiden können.«

»Das war ein Babylonier, du Tjesem!«

»Ist mir doch egal.« Mops wandte sich wieder Lydia zu. »Wer bitte also war dieser Imhotep, Frau Brehm?«

»Nennen Sie mich Lydia, bitte. Nach allgemeiner Lehrmeinung der Architekt der ersten Pyramiden. Soll auch sonst viel auf dem Kasten gehabt haben.«

»Und ob!«

»Hatte er Feinde? Ich meine: damals, zu seinen Lebzeiten?«, fragte Mops.

»Davon ist nichts überliefert.«

»Da wir hier sind, können wir wohl davon ausgehen, dass er mindestens einen hatte.«

»Einen? Heerscharen! Aber die haben sich vor Angst in ihre Höhlen verkrochen, wenn ich kam!«

»Wieso fragen Sie danach?«, wollte Franzen wissen.

»Imhotep hat mir, bevor Sie angeklopft haben, erzählt, dass jemand seine Reise zur jenseitigen Welt sabotiert hat. Sein Schiff, also die Barke da draußen, vom Kurs abgebracht. Und das derjenige, der das getan hat, sich an Bord dieses Schiffes befindet. Was gleichzeitig den Grund dafür darstellt, das wir uns jetzt und hier nicht im Pazifischen Ozean befinden. Sondern weder im Jetzt noch im Hier.«

»Aber das war doch vor viertausend Jahren!«, brauste Franzen auf.

Mops grinste. »Die Maßnahme des Saboteurs scheint eine ähnlich lange Halbwertzeit wie Uran zu haben.«

»Heißt das, wir können nichts tun?«, fragte Franzen bestürzt.

»Doch, können wir. Wir müssen die Person finden und dazu überreden, auf Imhoteps Barke umzusteigen und mit ihm seine Reise fortzusetzen.« Mops sah fragend zu Imhotep. »Richtig?«

»Im Großen und Ganzen.«

»Er sagt, das ist eine der Voraussetzungen, um den Zauber zu brechen.«

Franzen war alles andere als überzeugt. »Zauber! Geister! Das ist ein ziemlich langes Stück Seemannsgarn, was Sie da abwickeln, Herr Mops!«

Mops zuckte unbeeindruckt mit den Schultern. »Wenn Sie eine bessere Idee haben, dann nehmen Sie diese. Ich kann warten.«

Lydia versuchte, die Gemüter zu beruhigen. »Sehen Sie einen Weg, uns Ihre Behauptungen zu beweisen?«

»Keine Ahnung. Ich kann den Geist natürlich nach Details aus seinem Leben fragen. Aber wer auf dem Schiff wäre in der Lage …« Er schloss den Mund. Dachte kurz nach. »Das könnte klappen.«

»Ja?«, fragte Lydia.

»Wir müssen dafür sorgen, dass alle Passagiere und Mannschaften nahe bei Imhotep vorbeikommen.«

»Wie meinen Sie das? Wie soll das funktionieren?«

Mops lächelte Lydia an. »Da müssen wir uns etwas einfallen lassen.«

Franzen räusperte sich. »Ich würde die Angelegenheit gern zusammen mit einigen anderen Offizieren besprechen. Darf ich Sie zum Abendessen einladen, Herr Mops?« Nach kurzem Zögern. »Und Herrn Imhotep?«

Mops nickte zustimmend. »Natürlich.«

* * *

In der Kapitänsmesse hatten sich außer Franzen und der Sicherheitschefin der Bordarzt und der Erste Offizier eingefunden.

Mops rückte dem unsichtbaren Gast den Stuhl zurecht, bevor er sich zwischen ihn und Lydia setzte.

»Ignorieren Sie einfach, was Sie nicht sehen können«, schlug Mops vor. »Ich werde dolmetschen.«

Franzen sagte nichts, bis der Steward den Raum wieder verlassen hatte. Für Imhotep wurde nicht aufgedeckt, worüber er sich bei Mops beschwerte, was dieser nicht weitergab, sondern sich ein großes Bier eingoss und genießerisch daran nippte.

»Inspektor Mops«, begann Franzen, »hat für unsere Situation eine recht interessante Erklärung vorgebracht, die ich und Lydia in Ermangelung einer geeigneteren Darstellung fürs Erste als Arbeitshypothese akzeptieren werden.« Er atmete tief ein und aus. »Auch wenn es mir gegen den Strich geht. Ich halte es für wichtiger, dass wir mit dem Thema vorankommen, unabhängig davon, ob wir mit Inspektor Mops' Ansatz konform gehen oder nicht. Meine Herren, bitte beantworten Sie Herrn Mops jede Frage, und stellen Sie auch ihrerseits Fragen.«

Schroeder begann. »Wie erklären Sie es, dass unsere Navigation, Funk und Uhren ausgefallen sind?«

Mops stellte das Glas ab, neigte den Kopf ein wenig nach links, hörte eine Weile zu.

Schroeder wurde ungeduldig. »Bitte!«

»Ich versuche, es in einfache Worte zu fassen, da ich selbst kein Techniker oder Naturwissenschaftler bin. Wir, das heißt, dieses Schiff und die Barke, befinden sich an einem – Ort – an dem es keinen Ort gibt. Und keine Zeit. Sie werden mit Sicherheit schon ähnliche Gedanken verfolgt, aber sie verdrängt haben, da sie ihnen zu abwegig erscheinen. Schönes

Wortspiel übrigens: Abwegig erscheinen. Etwas Abwegiges ist erschienen, und wir befinden uns mittendrin.«

»Besteht Gefahr?«, fragte der Bordarzt, den Franzen als Helmut Streg vorgestellt hatte.

»Keine akute. Allerdings werden wir verhungern oder verdursten, wenn wir keinen Ausweg finden.«

»Wie soll ein Ausweg aus einem Ort aussehen, den es nicht gibt?«, hakte Schroeder nach.

»Dass wir uns hier befinden, wurde durch das Aufeinandertreffen von zwei Kräften bewirkt. Die eine Kraft ist der Unsichtbare neben mir, die andere mit hoher Wahrscheinlichkeit einer der Passagiere. Der Unsichtbare und der Passagier kennen sich. Von früher, gewissermaßen.«

Streg, der Bordarzt, grinste. »Sehr viel früher. Es ist eine original ägyptische Mumie, so weit ich feststellen konnte. Wenn auch ohne Körper im Inneren. Nur interessehalber: Wie heißt ihr unsichtbarer Sitznachbar?«

»Imhotep«, gab Lydia bekannt.

Streg lachte. »Haben Sie sich bei Mops angesteckt?«

Lydia warf ihm einen eisigen Blick zurück. »Irrsinn ist nicht ansteckend, das sollten Sie wissen. Erklären Sie uns doch bitte kurz die Anwesenheit der Barke und die der Mumie!«

»Das kann ich nicht! Trotzdem muss ich deshalb doch nicht jeden Quatsch verinnerlichen!«

»Meine Dame! Meine Herren! Bitte etwas mehr Professionalität«, mahnte Franzen. »Herr Streg, stellen Sie doch einfach eine Frage, die nur der Besitzer der Mumie beantworten kann.«

»Einverstanden. Da niemand von ihnen bisher das Röntgenbild gesehen hat: Was befindet sich innerhalb der Bandagen der Mumie?«

Schweigen folgte.

»Ein Ring mit einem Skarabäus.« Mops wartete.

Streg nickte verblüfft. »Ja, stimmt, mit zwei Perlen als Augen.«

Mops lächelte. »Sie haben schon einmal mit der Polizei zusammengearbeitet, nicht wahr? Der Skarabäus ist aus einem einzigen blauen Diamanten geschliffen. Und Sie haben, trotz Verbot, die Bandagen geöffnet.« Er streckte die rechte Hand aus. »Bitte geben Sie mir den Ring. Er ist nicht als Souvenir gedacht, sein Träger benötigt ihn noch.«

Streg fuhr auf. »Was erlauben Sie sich?«

Mops' Hand blieb ausgestreckt und offen. »Bitte. Sie haben den Ring in Ihrer rechten Hosentasche. Wenn Sie überlegen, woher ich das wissen kann, sollte Ihnen klar sein, dass links neben mir tatsächlich jemand sitzt.«

Streg wurde knallrot im Gesicht, griff verlegen in die Hosentasche und reichte Mops den Ring. »Ich wollte ihn später untersuchen. Ein extrem ungewöhnliches Stück«, murmelte er.

Mops streckte sich den Ring an den linken Mittelfinger. Die Tischrunde konnte sich dem tiefblauen Funkeln des zwei Finger durchmessenden Juwels nicht entziehen.

Schroeder brach das andächtige Schweigen. »Ich bin zwar kein Spezialist, aber ich schätze den Preis dieses Steines in heutiger Zeit mindestens auf den Neupreis der ›Princess‹. Sie sind jetzt ein sehr reicher Mann, Inspektor Mops.«

Mops lächelte schräg. »Weder ich noch jemand anderes würden damit glücklich werden. Der Ring und sein Träger gehören unzertrennlich zusammen. Nur der Träger könnte das ändern. Sie kennen das ja aus anderen Geschichten, nicht wahr?« Stregs Gesichtsfarbe schlug ins Blasse um. Er schluckte, sagte nichts mehr.

»Wir müssen uns bei Ihnen bedanken, Doktor. Ohne Ihren Einsatz würden wir Mops' Geschichte möglicherweise weiter für ein Hirngespinst halten.« Franzens Gesichtsausdruck drückte allerdings nicht direkt Dankbarkeit aus.

»Gern geschehen«, gab Streg kleinlaut zurück.

»Wir sind also tatsächlich in einer Nicht-Welt?«, fragte Schroeder.

Mops nickte. »Ja. Im Limbus. Zwischen der Welt der Lebenden und der der Toten. Imhotep ist durch ein Attentat der Weg ins Totenreich verwehrt worden. Der Verursacher dieser Misslichkeit ist hier auf dem Schiff. Wir müssen ihn oder sie finden.«

»Aber dieser Imhotep ist doch seit Jahrtausenden tot«, stellte Schroeder fest.

»Eben nicht«, gab Mops zurück. »Nicht vollständig. Und deshalb ist auch sein Widersacher noch am Leben.«

»Faszinierend.«

»Durchaus. Trotzdem wäre ich lieber in der Südsee als hier. Das gegenwärtige Kreuzfahrtziel habe ich nicht gebucht. Noch nicht.«

Mops widmete sich seinem Bier und die anderen kümmerten sich nach kurzem Zögern auch um Speisen und Getränke.

Lydia brachte die Diskussion wieder in Gang mit der Frage, wie man denn den Unbekannten finden könne. »Ich denke, die Person wird nicht einfach die Hand heben und sagen ›klar, wurde auch Zeit, dass jemand vorbeikommt und mich auf die Letzte Reise mitnimmt‹. Oder wird Imhotep denjenigen erkennen?«

»Menschen ändern sich über die Zeit«, sagte Streg.

»Besonders über so lange Zeit«, stimmte Mops zu. »Darüber hinaus hat Imhotep keinerlei Angaben machen können, wer es gewesen sein könnte.«

»Und da in unseren Geschichtsbüchern auch nichts darüber steht …«, fuhr Lydia fort.

»… haben wir eine interessante Aufgabe vor uns«, beendete Mops den Satz.

Streg hatte eine Idee. »Vielleicht ist es gar nicht ganz so schwer. Aufgrund des äußeren Erscheinungsbildes werden wir wohl nur eine grobe Selektion machen können. Aber wenn diese Person faktisch viertausend Jahre alt ist, dann wird sie sich in bestimmten Dingen vom Jetztzeitmenschen unterscheiden.«

»Sie meinen genetisch?«, fragte Schroeder.

»Das auch. Aber dafür fehlt uns die Ausstattung. Ich dachte an etwas Naheliegenderes. Blut zum Beispiel. Ich könnte mir vorstellen, dass bestimmte Ergebnisse eines Bluttests signifikant abweichen.«

»Alles schön und gut«, gab Franzen zu bedenken. »Aber sehen Sie sich den Altersdurchschnitt der Passagiere an. Da hat fast jeder eine signifikante Abweichung. Die Idee ist gut, aber wir brauchen etwas, was einfacher zu handhaben ist und nicht den ganzen Schiffsbetrieb auf den Kopf stellt.«

Mops hob die Hand. »Imhotep hat mir so etwas wie sich anziehende magnetische Pole erklärt, was zu unserer Lage geführt hat. Könnte es da nicht sein, dass die gesuchte Person ihn ebenfalls wahrnimmt? Vielleicht nicht so konkret wie ich, aber immerhin. Die Anzahl der auf dem Schiff mitfahrenden Medien dürfte wohl gering sein.« Er lächelte verbindlich. »Zusätzlich schlage ich vor, Fotos zu untersuchen, um den Kreis der Verdächtigen weiter einzugrenzen. Der Bordfotograf hat bestimmt schon die meisten abgelichtet.«

»Und dann?«, wollte Schroeder wissen.

Lydia antworte. »Klassische Polizeiarbeit. Wir verhören die verdächtigen Passagiere und hoffen, dass der Gesuchte sich verrät.«

Franzen war skeptisch. »Und falls nicht?«

»Dann müssen wir uns etwas anderes einfallen lassen.«

95

»Wir werden uns das andere zuerst einfallen lassen müssen«, sagte Mops. »Sobald wir anfangen, einzelne Passagiere zu verhören, wird sich das herumsprechen.«

Schroeder grübelte. »Wir brauchen etwas, an dem alle teilnehmen müssen oder wollen. Zum Beispiel eine Rettungsübung. Und eine Situation, in der sich der oder die Verdächtigen verdächtig verhalten. Das Ganze darf nicht zu lange dauern, sonst geht der Überraschungseffekt verloren. By the Way: Wir müssen unsere Passagiere in irgendeiner Weise die Situation erklären, ohne dass es zu einer Panik kommt.«

»Wir sollten ihnen besser nicht die Wahrheit sagen«, meinte Streg.

»Doch. Genau das werden wir«, gab Franzen zurück. »Aber nur so viel davon, dass man uns nicht für übergeschnappt hält.« Er lächelte listig. »Es gibt kaum etwas Schwereres als konsistent zu lügen, nicht wahr, Herr Mops?«

»Definitiv. Unsere Situation ist im Moment eher geheimnisvoll als gefährlich. Aus Sicht der Passagiere wahrscheinlich sogar spannend. Abgesehen von mir. Da die komplette Wahrheit so unglaubwürdig ist wie eine Lüge, können Sie sich das Passende heraussuchen. Darüber hinaus würde es zu unserem Plan passen.«

Lydia unterstützte den Vorschlag. »Das sollte machbar sein. In dieser Lage den Ernstfall zu proben ist einleuchtend. Wir selektieren die Verdächtigen mit den Fotos vor. Wenn wir mehrere parallele Stationen machen, können wir die Passagiere in zwei Stunden durchgeschleust haben. Die vorsortierten Passagiere müssen bei Inspektor Mops vorbei. Alle davon, die in die engere Auswahl kommen, gewinnen einen Abendevent, zusammen mit zufällig Ausgewählten.«

»Was schätzen Sie, wie viele übrig bleiben werden?«, fragte Franzen.

Lydia dachte kurz nach. »Ich schätze, nicht mehr als fünfzig oder hundert.«

»So viele?«

»Immerhin sind es die anderen tausendfünfhundert dann wahrscheinlich nicht.«

»Was ist mit der Mannschaft?«

»Die beziehen wir natürlich unter gleichen Bedingungen ein. Danke für den Hinweis.«

»Und dann?«

»Dann konfrontieren wir die Kandidaten mit dem Geist des Toten. Ich weiß nicht, ob sie ihn sehen können, aber zumindest deutlich spüren sollten sie ihn.«

»Das ist ihre Vermutung.«

»Ja. Aber wenn die Theorie mit der Anziehung stimmt, dann sollte irgendetwas passieren.«

»An welche Art von Abendevent haben Sie gedacht?«, fragte Franzen Lydia.

»Eine ägyptische Bestattungsparty. Mit Mumie.«

»Ist das nicht etwas makaber?«

»Ich erinnere mich an eine Kreuzfahrt, die einen Besuch im ägyptischen Museum in Kairo auf dem Programm hatte. War sehr interessant. Aus welchem Grunde sollte unsere Vorstellung makaber sein? Nur weil sie nicht behördlich genehmigt ist? Wir werden die Mumie natürlich vor direktem Kontakt schützen.« Sie sah zu Mops.

»Ich möchte nicht wiederholen, was Imhotep mir gerade über die öffentliche Zurschaustellung von Toten gesagt hat. Aber er sieht die Notwendigkeit ein.«

Franzen richtete sich auf und trommelte mit den Fingern auf den Tisch. »Dann machen wir es so. Danke für Ihre konstruktive Mitarbeit. Ich wünsche uns dann noch einen angenehmen Abend und genug Schlaf.«

Am späten Nachmittag – laut der mechanischen Uhr auf der Brücke – forderte der Klang der Schiffssirene Aufmerksamkeit. Kapitän Franzen informierte die Passagiere über die Übung und bat darum, diese mit allem Ernst durchzuführen und sich anschließend in den Aufenthaltsbereichen für eine wichtige Mitteilung bereitzuhalten.

Franzen räusperte sich. »Alles klar?«

Der Kameramann nickte.

»Dann wollen wir mal.« Er strich sich die Uniform glatt, sah so zuversichtlich wie möglich in die Linse und wartete auf das rote Licht.

In den folgenden Minuten gab er den Passagieren einen knappen Überblick über die ungewöhnliche Wettersituation sowie das, was bisher über die Barke, die neben der ›Princess‹ lag, herausgefunden worden war.

»… Es handelt sich, soweit wir es mit unseren beschränkten Mitteln feststellen konnten, in der Tat um eine altägyptische Totenbarke. Warum dieses Boot sich hier befindet und wie es herkam, darüber können wir nur Mutmaßungen anstellen. Wir haben uns entschlossen, ihnen einige Ergebnisse unserer Untersuchungen zur Verfügung zu stellen. Das heißt, Sie werden einer echten ungeöffneten Mumie sowie einigen Gegenständen aus diesem Schiff so nahe kommen, wie es in keinem Museum möglich wäre. Dennoch werden wir natürlich dafür Sorge tragen, dass nichts beschädigt wird oder abhandenkommt.« Er lächelte. »Wir haben für heute Abend einhundert Passagiere ausgelost, die im Rahmen einer dem Thema angemessen Abendveranstaltung die Stücke zuerst besichtigen dürfen. Die Stewards werden Sie informieren. Sie erhalten einen kleinen Gutschein für Einkäufe in unseren Boutiquen. Wir hoffen auf originelle Abendgarderobe im altägyptischen Stil. Falls Sie weitere Fragen haben sollten, scheuen Sie sich nicht, diese an unser Personal zu stellen. Ich danke für die Aufmerksamkeit und wünsche ihnen weitere erholsame Tage bei uns an Bord.«

Franzen nickte. Die Aufnahme wurde beendet. Das Telefon auf Franzens Schreibtisch klingelte.

Lydia war am Apparat. »Sie waren sehr überzeugend. Die Technik hat mitgespielt. Alle Passagiere haben die Rede sehen sowie die mehrsprachigen Untertitel lesen können.«

»Sehr gut. Dann bin ich gespannt, was der heutige Abend bringen wird. Sonst noch etwas?«

Am anderen Ende der Leitung folgte Schweigen.

»Lydia?«

»Inspektor Mops hat angekündigt, dass er auf der Veranstaltung als Anubis auftreten wird.«

»Sagt mir nichts.«

»Das ist der Gott, der die Toten ins Jenseits begleitet.«

»Sehr passend, finde ich. Und?«

»Er hat darauf bestanden, eine Waffe mitzubringen. Allerdings ist seine Sicht der Dinge, dass es sich nicht direkt um eine handelt.«

»Wie bitte? Schusswaffen trägt auf dem Schiff, wenn überhaupt, nur der Sicherheitsdienst. Und sonst niemand. Auch keine Inspektoren auf Kreuzfahrt. Sagen Sie ihm das.«

Kurzes Zögern. »Ja.«

»Haben Sie und Mops einen Blick auf die interessantesten Kandidaten werfen können?«

»Haben wir. Sie bekommen die Liste in der nächsten halben Stunde.«

»Danke. Wir sehen uns dann.«

Franzen legte auf und schüttelte den Kopf. »Wo kämen wir hin, wenn jeder Staatsdiener im Urlaub hier mit Knarre herumlaufen würde.«

99

* * *

Kurz nach Einbruch der dunkelgrauen Phase – von Dunkelheit konnte man beim besten Willen nicht sprechen – versammelten sich die geladenen Gäste im Starlight Club des Schiffes. Sowohl die Passagiere als auch das Bedienungspersonal hatten sich alle Mühe gegeben, stilecht aufzutreten, was Imhotep gegenüber Mops, mit dem er ein wenig abseits des Buffets stand, anerkennend vermerkte.

»Das letzte Mal bin ich als kleiner Junge in so einer Hose herumgelaufen«, grummelte Mops halblaut.

»Du kommst dem Anubis-Priester, der mir das Gehirn entfernt hat, recht nahe«, erwiderte Imhotep belustigt. »Selbst der Stab, den du trägst, wird dem gerecht.«

»Das kommentiere ich nicht. Lass uns anfangen.«

Im Laufe der nächsten Stunden verwickelten Mops und Lydia alle Gäste und das Personal in kurze Gespräche. Imhotep geisterte durch die Menge und versuchte Aufmerksamkeit zu erregen, indem er die Anwesenden überraschend anrempelte, durch sie hindurchschritt und einiges mehr tat, was, wenn er ein lebender Mensch gewesen wäre, für Aufruhr gesorgt hätte. Gelegentlich traf er mit Mops zusammen und gab ihm Informationen zu Personen, die seiner Meinung nach etwas gespürt haben könnten.

Um Mitternacht war es dann so weit. Kapitän Franzen öffnete den Vorhang der Bühne.

Oben waren Imhoteps Mumie sowie andere Gegenstände aus der Barke in Glasvitrinen ausgestellt. Auch der Ring.

Die Gäste und die Bedienungen stiegen nacheinander die Treppe auf der rechten Seite herauf, gingen langsam an den Exponaten vorbei und durften nach Lust und Laune fotografieren. Links, vor dem Bühnenabgang, befand sich die Vitrine mit dem Ring, welche von Mops und Lydia flankiert wurde. Oft musste Mops dem Betrachter mit dem Stab einen dezenten Schubs geben, damit dieser den Blick vom Juwel löste.

Gegen zwei Uhr war die Veranstaltung vorbei und die Gäste gegangen. Nur Mops und Lydia waren noch anwesend.

»Und?«, fragte Mops.

»Hast du heute Nacht noch etwas vor?«

Mops runzelte überrascht die Stirn. »Darauf wollte ich eigentlich nicht hinaus.«

»Nein? Hat aber den Eindruck gemacht.« Sie lächelte einladend. »Wer weiß, was der Morgen bringt.«

»Eigentlich bin ich schon vergeben.«

»Wo ist sie?«

»Wir hatten Meinungsverschiedenheiten.« Mops schloss die Vitrine auf, klappte den Deckel zurück und widmete seine Aufmerksamkeit dem Ring.

Lydia langte über die Vitrine hinüber und legte Mops ihre rechte Hand auf die Schulter. »Gewissensbisse?«

Mops steckte sich den Ring an, sah auf und ihr direkt in die Augen. »Eigentlich nein.«

Lydias Gesicht näherte sich Mops. »Das fühlt sich auch gar nicht so an.«

»Nein?«

»Nein.«

»Ist es angenehm?«

»Sehr.«

»Schade.«

Lydia sah Mops überrascht an. »Bitte?«

»Schade. Zwei Männer und eine Frau, das ist nicht mein Ding.«

Lydia löste ihren Blick von Mops und sah an sich herab. Imhotep, der hinter ihr stand, hatte seine Hand sehr besitzergreifend auf ihre rechte Brust gelegt.

»Lange her, das.«

Lydia wich einen Schritt zurück, durch Imhotep hindurch.

»Was?«

»Nein. Wer. Das ist die Frage.«

Lydia machte einen schnellen Schritt nach links, öffnete die neben ihr befindliche Vitrine, griff hinein. »Wie bist du darauf gekommen? Hat er mich erkannt?«

»Ich habe dein Pokerface bewundert, als du und Franzen mich in meiner Kabine besucht haben. Dass jemand so cool bleibt, nachdem ich wie ein Geistesgestörter in der Kapitänsmesse erschienen sein muss, ist äußerst ungewöhnlich.«

Lydia holte das, neben der Mumie und dem Diamanten, andere interessante Stück des Abends hervor: ein Chepesch, ein altägyptisches Krummschwert.

»Dann muss ich unser nettes Gespräch jetzt wohl beenden. Imhotep wird kaum in der Lage sein, das zu verhindern.«

Mops blieb gelassen. »Hast du schon einmal darüber nachgedacht, dass Tote zu sehen nicht das einzige Ungewöhnliche an mir sein könnte?«

Mops drückte den verborgenen Knopf am Stab. Mit einem endgültig klingenden Schnappen glitt die Sensenklinge nach oben und rastete oben ein.

»Meine Bekannte glaubt nicht daran, dass ich Tote sehen kann. Die einzigen Toten, die du siehst, sind die bei mir auf dem Tisch, sagt sie immer.«

»Was hat die denn für seltsame Hobbys?«

»Pathologie. Müssen wir das auf diese Weise austragen? Imhotep hat dich gefunden. Du wirst ihn nicht mehr los.«

»Glaubst du wirklich, dass du mich mit deiner Sense töten kannst?«

»Wahrscheinlich nicht.«

»Dann …«

»Aber bestimmt in einen Zustand versetzen, der dem Imhoteps ähnlich ist. Möchtest du ihn für den Rest des Universums bei dir haben?«

Imhoteps Augen leuchteten begehrlich, allerdings eher nicht sexuell. Mehr wie ein Kohlebecken, mit sehr heißen Kohlen.

»Deine Sense …«

»Ist mindestens so ungewöhnlich wie meine Gabe. Kostprobe gefällig?«

»Sieht nach Unentschieden aus.«

Mops schüttelte bedächtig den Kopf. »Nein. Deine Zeit auf der Erde ist abgelaufen. Du kannst dich entscheiden, mit allen Anwesenden im Limbus zu bleiben, oder zusammen mit Imhotep einen Weg zu finden, diesen Zauber aufzuheben.«

»Wir werden zusammen den Fluss des Todes überqueren.«

Imhotep sah Lydia fragend an. »Wer bist du? Ich kenne dich nicht. Warum hast du mir das angetan?«

»Ich bin Mry. Nein, hoher Herr. Du kennst mich nicht. Meine Mutter kannte dich. Zu gut.«

Das Schwert in ihrer Hand zitterte. Sie warf es zu Boden.

»Ich habe nie eine Frau gegen ihren Willen genommen.«

»Das ist wahr. Genauso wenig wie du gehalten hast, was du versprachst.«

»Wer war deine Mutter?«

»Das wirst du nie von mir erfahren!«

Mops klappte die Sense wieder an den Stiel zurück.

»Wirst du mich begleiten? Du hast dich fast viertausend Jahre vergnügen können, während ich nur mit mir selbst reden konnte. Ist das nicht Strafe genug?«

Mrys Gesichtszüge wurden nachdenklich. »Meine Rache habe ich gehabt. Sie war gerecht, dafür wird man mich nicht verurteilen. Wenn hier Menschen wegen meiner Rache sterben, dann wird das die Waagschale ungünstig beeinflussen. Denn das Gericht ist unausweichlich. Selbst das hier geht irgendwann einmal zu Ende. Allerdings«, schränkte sie mit einem verschmitzten Lächeln ein, »werden wir unsere Reise nicht ohne Unterstützung antreten können. Es müssen zwei Leben genommen werden damit die Rechnung am Ende aufgeht. Dein Leben ist bereits genommen, Imhotep.«

»Du meinst, es besteht ein Ungleichgewicht?«

»Ja. Drei müssen gehen, damit zwei für immer bleiben können.«

Mops schnaufte unzufrieden. »Wieso immer ich?«

Mry lächelte Mops verführerisch an. »Dass musst du den fragen, der sich das ausgedacht hat, wenn du eines Tages vor ihm stehst.« Sie kam auf ihn zu und hakte sich bei ihm ein. »Ich möchte diese Welt mit einer schönen Erinnerung verlassen. Das ist der Preis für meine Kooperation.«

»Kannst du dafür sorgen, dass alle Dinge wieder auf die Barke zurückkommen?«, fragte Mops.

»Sicher. Ich werde es sofort anordnen.«

Mops warf einen Blick zu Imhotep. »Kannst du dafür sorgen, auf der Barke zu warten?«

»Wofür hältst du mich?«, fuhr Imhotep auf.

Mops grinste. »Wenn du, wie ich, ständig mit Toten zu tun hättest, die dich an der Ermittlung ihrer Mörder hindern, hättest du diese Frage auch gestellt.«

»Akzeptiert. Du wirst meinen Ring ab jetzt tragen.«

Mops zog überrascht die Augenbrauen hoch. »Ich hatte nie vor, ihn zu behalten. Ich will ihn auch nicht geschenkt, selbst wenn mein Gehalt im Verhältnis zu dem Klunker eher überschaubar ist.«

»Er hat recht«, unterstützte Mry Imhotep. »Der Ring wird dafür sorgen, dass du uns begleiten kannst.«

»Du machst es ganz schön spannend.«

»Wird es auch. Du hast meine Aufforderung noch nicht beschieden.«

Mops wand sich. »Das wäre nicht fair ihr gegenüber.«

Mry lachte Mops an. »Ich werde es ihr nicht erzählen.«

»Das habe ich nicht gemeint.«

Für den verführerischen Glanz der Augen, den Mry für Mops produzierte, hätte Nofretete getötet. »Soll ich dein Zögern als Interesselosigkeit deuten?«

»Ich finde dich schon sehr attraktiv«, gab er zu.

Mry drehte sich ins Profil. In ihrer Verkleidung sah sie wie eine der Musikerinnen auf alten Papyri aus. Prall, aber nicht füllig oder gar dick. Sehr betont wohlgeformt. Und sehr lebensfroh.

Imhotep seufzte. »Ich glaube, ich weiß, wer deine Mutter war. Es tut mir leid.«

»Mir auch.«

Mops seufzte. »Gut. Einverstanden.«

Mry lächelte herausfordernd. »Es wird nicht zu deinem Schaden sein.«

»Du kennst Leonie nicht.«

»Wenn diese Leonie sich mehr um dich bemüht hätte, dann gäbe es jetzt ein echtes Problem«, kommentierte Imhotep.

* * *

Die Barke glitt über die topfebene Wasseroberfläche, weg von der Princess.

»Wohin fahren wir?«, fragte Mops.

Imhotep sah in Fahrtrichtung. Falls es tatsächlich etwas zu sehen gab außer Grau, dann sah nur er es. »Auf die andere Seite.«

»Kein Kurs?«

»Doch, sicher. Weg von der Welt der Lebenden.« Er lächelte. »Sieh: Nach meinem Tode bin ich auf diesem Wasser gefahren, in jede Richtung, bis ich begriffen habe, dass kein Kurs mich irgendwohin bringen wird. Du kannst dir nicht vorstellen, was für eine grausame Bestrafung das darstellt. Insbesondere, weil ich dir nicht sagen könnte, wie lange ich unterwegs war, bis wir«, er warf einen grimmigen Blick auf Mry, »zusammengetroffen sind. Was bedeuten viertausend Jahre, wenn du keinen Zeitmesser hast und alles immer gleich hell oder grau ist!«

Mops schauderte und packte seine Sense fester. »Wie hast du – überlebt – ohne verrückt zu werden?«

»Die Götter haben es mir wohl verboten, mich auf diese Art und Weise davonzustehlen.«

Mops drehte sich um. Das Kreuzfahrtschiff wurde zusehends kleiner, verschwand aber nicht hinter dem Horizont, wie er erwartet hatte.

Mry lachte auf. »Das Universum ist eine Ebene, unser Leben eine Spur darauf. Die Zeit ist der Wind, der alle Spuren verwehen wird. Alles ist, aber nichts bleibt.«

»Das wollte ich gerade fragen: Wir bewegen uns, aber es ist vollkommen windstill.«

»Das kommt dir nur so vor. In Wirklichkeit«, Mry lachte erneut, »reisen wir mit der Geschwindigkeit eines Gedankens im Traum.«

»Wann werden wir am Ufer ankommen?«

»Ja.«

Mops strich nervös über den Sensenstiel.

»Komm nicht auf die Idee, die Sense auszuklappen, solange wir unterwegs sind. Der Wind, den du vermisst, würde dich festnageln, während die Zeit an dir vorbeiströmt.«

Das gleichförmige Hellgrau wich einem gleichförmigen Dunkelgrau, dann wurde es schwarz. Imhoteps Ring leuchtete stark genug, dass die Passagiere sich wie blaue Scherenschnitte sehen konnten. In der Ferne erschien ein weißes Licht. Ein Rabe ließ sich krächzend am Bug der Barke nieder. Seine Augen glommen rot in der Dunkelheit.

Imhotep bewegte das Ruder. »Da liegt unser Ziel.«

»Was erwartet euch da? Das Totengericht?«

Zum ersten Mal zeigte Imhotep Unsicherheit. »Ich weiß es nicht. Nicht mehr. Ich rechne mit Wesen, die uns dorthin geleiten werden.«

Mry starrte Imhotep entgeistert an. »Du weißt es nicht mehr?«

»Ich hatte sehr lange Zeit, um darüber nachzudenken. Ich bin mir nicht mehr sicher, ob ...«

»Du bist dir nicht mehr sicher?« Mry machte einen schnellen Schritt auf Imhotep zu und packte ihn am Kragen. »Du zerrst mich auf die Totenbarke, um am Ende der Reise, deiner Reise, zu sagen, dass du nicht mehr an das Totengericht glaubst?«

Imhotep zuckte mit den Schultern. »Meine Reise wäre schon lange zu Ende gewesen, wenn du dich nicht eingemischt hättest. Wie sieht es denn mit deinem Glauben aus? Was erwartest du?«

Mry ließ ihn los. »Er ist stark genug.«

»Dann werde ich dir nicht nachstehen.«

Mrys Augen leuchteten Mops sanft an. »Obwohl ...«

»Keine Chance. Nicht um den Preis so vieler Menschen.«

»Könige haben für weniger schon mehr Menschen getötet.«

»Mag sein. Aber ich bin kein König. Nur ein nekromantischer Inspektor, der sich zu Karneval gern als Tod kostümiert.«

»Deine Sense ist mehr als nur stilecht«, sinnierte Imhotep.

»Ich weiß. Mit dem Ding habe ich schon manchem einen gewaltigen Schrecken eingejagt.« Mops Zähne leuchteten weiß.

»Sehr eindrucksvoll. Pass auf, dass die dich nicht behalten wollen.«

»Da sprichst du ein interessantes Thema an. Wie komme ich eigentlich zurück, falls das überhaupt vorgesehen ist?«

»Wärst du denn mitgekommen, wenn die Antwort nein ist?«

»Natürlich. Berufsehre.«

»Die hat man schon zu meiner Zeit für ein paar kleine Münzen kaufen können«, stichelte Imhotep.

»Ich bin da etwas aus der Art geschlagen.«

Mry lachte verführerisch. »Ich vermisse dich schon jetzt, Inspektor Mops. Lass dich überraschen.«

Der Strand kam in Sicht. Mops erkannte ihn daran, dass er noch dunkler war als das umgebende Wasser. Der Strand war eindeutig schwärzer als Schwarz.

Imhotep erklärte, was Mops sah oder vielmehr nicht sah. »Vergiss, was du über Naturgesetze weißt. Hier wohnen die Götter. Die machen die Gesetze nach Tageslaune.«

»Mit anderen Worten: Leute wie du und ich.«

»Natürlich. Wo soll denn sonst der Glaube herkommen? An diesem Ort manifestiert er sich. Mry und ich sind in der Überzahl, Vorstellungen vom Leben nach dem Tod betreffend. Wenn ich mich umsehe, dann glaubst du nicht allzu viel.«

»Ich glaube, dass ihr mich auf den Arm nehmen wollt.«

Mry lächelte Mops an. »Zumindest lässt du dich nicht so leicht beeindrucken.«

»Warum auch? Dass verstellt den Blick auf die Realität.«

»Dann kannst du ab hier beruhigt die Augen schließen.

Nichts von dem, was du siehst, ist real. Selbst du bist es hier nicht mehr.«

»Das ist mir alles zu esoterisch.«

»Sagt ein Nekromant.«

Die Barke kam mit einem sanften Knirschen am Ufer des Strandes zum Halt. Die drei Reisenden stiegen vorsichtig aus dem Boot ins Wasser und gingen dann den Strand hinauf, der in einer Böschung endete. Auf der Böschung begann ein Weg, an dessen Ende die Umrisse einer Mauer und eines Tores auszumachen waren.

»Du musst die Sense hier zurücklassen.«

Mops sah Imhotep fragend an. »Warum?«

»Weil sie nicht zum Kontext passt.«

»Und was ist mit mir?«

»Du auch nicht. Aber du bist ein Mensch und damit entschuldigt.«

»Hm.« Mops rammte den Sensenstiel in den Strand. Der Sand bewegte sich wellenförmig vom Stiel weg.

»Siehst du?«, fragte Mry.

»Du hast mir noch nicht gesagt, wie ich zurückkomme.«

»Wir werden sehen.« Sie steckte das Chepesch in den Gürtel.

»Kann ich meinen Ring wiederhaben?«

Mops streifte ihn vom Finger und reichte ihn Imhotep. »Natürlich.«

»Danke. Nun komm mit uns.«

Am Anfang des Weges war ein steinerner Tisch aufgebaut, an dem eine Person in altägyptischem Gewand saß, einen Papyrus vor sich liegend und eine Schreibfeder in der Hand.

»Eure Namen?«

»Imhotep. Bin etwas spät dran, ich weiß.«

»Mry. Einfach Mry.«

»Mops. Einfach Inspektor Mops.«

Der Schreiber sah auf. »Humor ist hier …«, er zögerte, »Moment. Es waren nur zwei angekündigt.«

»Das ist eine längere Geschichte, die ich nur einmal erzählen möchte«, sagte Imhotep.

»Ich habe nur zwei Einladungen für das Totengericht.«
Mops wischte sich imaginären Schweiß von der Stirn. »Da bin ich aber beruhigt.«

Der Schreiber starrte Mops an. »Was machst du hier? Wie kommst du hierher?«

Mry antwortete. »Er ist das Gegengewicht.«

Es blitzte kurz in den Augen des Schreibers. »Ach so. Gut.« Er vermerkte etwas auf dem Papyrus. »Geht weiter.« Er sah Mops vielsagend an. »Wir sehen uns. Später.«

Als sie am Schreiber vorbeigingen, wandte Mops den Blick zur Seite. Der Stuhl, auf dem der Schreiber saß, schien aus demselben Material wie der Tisch zu sein. Genau wie der untere Teil des Schreibers, der aus dem Material des Stuhls herausgehauen war.

»Am Tor ist deine Reise zu Ende, Inspektor Mops. Für dieses Mal.«

Mops wandte sich Imhotep zu. »Wie meinst du das?«

»Deine Zeit für das Gericht der Toten ist noch nicht gekommen.«

»Heißt das, dass ich vor dem Tor warten muss, bis ich dran bin?«

»Ich hoffe nicht. Der Wächter wird es entscheiden.«

Am Tor, welches aus glatt behauenen grauen Steinen bestand, wartete eine Gruppe von Wesen, die auf den ersten Blick als nichtmenschlich zu erkennen war.

»Tierköpfe sind hier wohl groß in Mode. Wer von denen ist Offler?«, fragte Mops halblaut.

Woraufhin Mry in schallendes Gelächter ausbrach. Imhotep sah sie verständnislos an.

Es dauerte eine Weile, bis Mry wieder sprechen konnte. »Entschuldige, das kann ich nicht in einem Satz erklären.« Imhotep verzog säuerlich das Gesicht. »Wie schön. Dann wird uns ja in der Ewigkeit nicht langweilig werden.«

Ein Wächter mit Schlangenkopf verstellte den Weg. »Es waren nur zwei angekündigt.«

Mry nickte. »Ich weiß. Meine Schuld. Der Körper Imhoteps hat die Reise schon lange beendet. Aber zum Durchschreiten des Tores ist die Nähe eines Körpers zur Seele erforderlich.«

Der Wächter nickte. »Ich verstehe.« Er sah Mops an. »Du hast die beiden freiwillig bis hierhin begleitet?«

Mops spürte ein Kribbeln hinter den Schläfen. »Ja. Mir wurde versprochen, dass meine Tat viele Menschen in meiner Welt der Lebenden retten wird.«

»Er hat einen Anker hier«, erklärte Imhotep.

Der Wächter nickte und gab den Weg frei.

Mops sah Imhotep an. »Du redest immer mehr in Rätseln.«

Imhotep reichte ihm die rechte Hand. »Danke. Ich werde dich für immer in Erinnerung behalten. Das ist, an diesem Ort, kein leeres Versprechen.«

Mops schüttelte langsam Imhoteps Hand. »Wow! Das erste Mal, dass ich einen Geist anfassen kann und etwas fühle.«

Das Chepesch drang glatt in Mops' Rücken ein und zerstörte sein Herz. Er war tot, bevor sein Körper den Boden berührte.

Mops steht am Strand. Dort, wo bei der Ankunft das Wasser gewesen war, ist jetzt – nichts. Die Barke ist ebenfalls fort. Mry hält Mops' linke Hand. »Nimm deine Sense.«

Mops tut wie geheißen.

»Zeit für den Abschied.« Sie umarmt Mops und gibt ihm einen langen Kuss. »Danke, dass du uns zurückgebracht hast.«

»Verabschiedest du dich so von allen deinen Liebhabern? Mit einem großen Messer in den Rücken?«

»Nein. Hätte ich das vorher mit dir diskutieren sollen?«

Mops grinst. »Möglicherweise hätte ich Einwände gehabt?«

»Das habe ich befürchtet. Ich wollte dich nicht verwirren.«

»Danke dafür. Muss ich nun hier warten, bis meine Zeit gekommen ist?«

»Ja. Nein. Ja. Ich weiß nicht. Klappe die Schneide aus.«

Mops zögert. »Ich dachte, dann werde ich dort, wo ich bin, festgenagelt? Das hast du jedenfalls behauptet.«

»So ist es. Du wirst verharren, bis deine Zeit und dein Ort an dir vorbeikommen.«

»Das kann aber lange dauern.«

Mry löst sich sanft von Mops. »Was ist lange an einem Ort, an dem die Zeit keine Bedeutung hat? Ich werde dich vermissen. Und wenn es dich beruhigen sollte: Unsere heiße Nacht hat nie stattgefunden. Obwohl ich mich in alle Ewigkeit an sie erinnern werde. Leb wohl, Inspektor Mops.«

Mops streicht ihr sanft über das Haar. »Danke für eine außergewöhnliche Nachtod-Erfahrung.«

Mry dreht sich um und geht. Mops betätigt den Mechanismus, der die Sense aufklappt. Es ist das einzige Mal, dass er mit den Augen verfolgen kann, wie die Schneide unendlich langsam in die Mäh-Stellung gleitet. Dann steht er allein im Nichts. Das Multiversum rauscht an ihm vorbei.

»Ich langweile mich jetzt schon.«

* * *

Franzen ließ die Schiffsgeschwindigkeit auf Fußgängertempo reduzieren. Das dezente Wummern der Dieselgeneratoren verklang im Rauschen des Meeres. Die Digitaluhr auf der Brücke sprang von 23:59 auf 00:00. Schroeder klickte mit der Maus auf die vorbereitete Musikkonserve, und überall erklang leise der Mitternachtswalzer. Einige gutgelaunte Paare tanzten zur Musik.

Mops räusperte sich. Die große, fast athletische Frau drehte sich von der Reling weg und fixierte Mops misstrauisch.

»Lydia Brehm?«

»Die bin ich. Was wollen Sie? Kennen wir uns?«

Mops legte sein interessiertestes Lächeln auf. »Im weitesten Sinne schon. Sicherheitspersonal erkennt sich irgendwie weltweit. Scheint eine Art von Magie zu sein. Darf ich mich vorstellen: Mops. Inspektor Mops. Ich würde Sie gern zum Tanz auffordern wollen.«

»Und wenn ich ablehne?«

Lydia musterte Mops von oben bis unten. Der hagere, schwarzhaarige Mann verzog keine Miene und erwiderte die Beschau gelassen. Er zwinkerte ihr zu.

»Dann muss ich Sie verhaften.«

* * *

Mops wurde vom hellen Schein der Sonne geweckt, die durch das Kabinenfenster drang. Er drehte sich zur Seite und räkelte sich behaglich.

Neben ihm, auf der Bettkante, saß Mry.

»Ich muss nun gehen.«

Mops riss die Augen auf.

Mry lachte hell.

»Vertraue nie dem Geist einer Toten.«

Mops sah zur Seite. Auf dem Nachttisch lag der Ring mit dem Skarabäus.

»Den wirst du noch brauchen«, orakelte Mry.

»Warum?«

»Wegen Leonie.«

Mops richtete sich auf und griff nach Lydia/Mry. Überraschenderweise fanden seine Hände Substanz.

»Was hat das hier mit Leonie zu tun?«

»Eigentlich gar nichts. Es hat etwas mit dir zu tun. Himmel und Hölle sind in Aufruhr. Deine Leonie war zur falschen Zeit am falschen Ort. Wobei ich da anderer Meinung bin.«

Mops erstarrte. »Ist sie tot?«

»Nein. Noch nicht. Was mit ihr passiert, ist von einigen Entscheidungen abhängig, die du und sie in nächster Zeit treffen werden.«

»Kannst du nicht ein wenig konkreter werden?«

»Nein. Es tut mir leid.«

»Also gut.«

Mry stand auf. »Danke für zwei wunderbare Nächte.«

»Gleichfalls«, antwortete Mops verlegen.

»Erhole dich gut. Du wirst es brauchen. Sei ein netter Kerl und gib mir einen Kuss zum Abschied.«

»Es gibt nur eines, was ich lieber täte.«

Mops und Mry umarmten sich für einen unendlich langen Kuss. Mry wurde transparent und verschwand, als Mops, tief schlafend, auf das Bett zurückfiel.

Vorsicht! Hier kommt ein Karton

Leonie schreckte hoch. Sie sah nach rechts. Ein Spalt hatte sich in der Dunkelheit geöffnet, verbreitete sich zu einer Türöffnung.

Zwanzig Tage gleich zwanzig Flaschen hatte sie geplant, geschwiegen, jede Bewegung in Gedanken geübt. Jetzt oder nie!

Karla kam lautlos bis zur Liege und wartete, wie immer, eine Thermosflasche in der rechten Hand.

Leonie setzte sich auf. »Himbeerlimonade?«

Karla reichte Leonie die Flasche. »Nein. Und selbst wenn: Hier schmeckt alles gleich.«

»Wo bin ich?«

»Wundert es dich nicht, mit einer Toten sprechen zu können? Immerhin hast du mich auf dem Tisch gehabt.«

Leonie tastete vorsichtig nach Karla, berührte sie mit den Fingerspitzen am Hals. Der Körper hatte Raumtemperatur, eine gefühlte Kühle, die ganz sicher unter der Betriebstemperatur für einen lebenden Menschen lag.

»Du bist tot«, stellte Leonie fest. »Du warst es bereits, als du in der Autopsie angeliefert wurdest.«

Karla setzte sich zu Leonie auf das Bett. »Hat es dir Spaß gemacht, meinen Körper überall anfassen zu dürfen?« Sie streckte ihre rechte Hand aus. Die Hand durchdrang Leonies Körper ohne Widerstand und verhielt in ihrem Herzen.

Leonie verlor das Körpergefühl. Dort, wo ihr ihre Brust sein sollte, war – nichts. Sie schnappte verzweifelt nach Luft.

Karla lächelte eisig und zog ihre Hand zurück.

Heiße Stecknadeln tobten durch Leonies Brust.

»Spaß ist etwas anderes«, keuchte sie. »Spaß mit Toten ist nicht mein Geschäft.«

»Hast du mitgezählt?«, fragte Karla.

»Natürlich!«

»Du hast bisher nicht zu fliehen versucht. Wartest du auf ein Wunder?«

»Worauf wartest du eigentlich? Und Herrmann? Was ist euer Preis, euer Lohn?«

Leonie griff nach der Flasche, schraubte sie auf und trank einen großen Schluck. Sie schraubte die Flasche wieder zu.

»Bewundernswert und sinnlos«, kommentierte Karla.

»Warum?«

»Was glaubst du, wird mit deinem Getränk passieren, nachdem du uns verlassen hast?«

Leonie unterdrückte den Brechreiz. Räusperte sich.

»Keine Ahnung. Ich weiß nur, was nicht passiert, solange ich trinke.« Sie rülpste vernehmlich.

»Na dann viel …«

Der Schwall des Getränkes übergoss Karlas Gesicht und Hals. Karla erstarrte, ihre Hände schlugen wild und ziellos umher. Leonie zog Karla auf sich zu und drehte sich um, so das Karla unter ihr zum Liegen kam, die Decke zwischen ihr und Karla. Sie griff unter das Kopfkissen, holte die alte Thermosflasche heraus und schraubte den Becher ab, Karlas Arme ignorierend. Sie drehte die Flasche um, knapp über Karlas Kopf haltend. Ein Eisklumpen glitt heraus und in Karlas Kopf hinein. Ihre Arme und Beine hörten auf, sich zu bewegen. Ihr Blick wurde starr.

Leonie nahm die neue Thermosflasche, stand auf und hustete sich die Lunge aus dem Hals, Schritt für Schritt auf dem weißen Belag zur Tür gehend.

»Tut mir leid. Du hast recht. Ich muss fliehen.«

Sie schloss die Tür von der anderen Seite.

Die Tür fiel geräuschlos zu. Die weiße Wand vor Leonie wurde fugenlos und glatt.

»Na super!«

Leonie sah hinunter. Dort, wo sie den Boden vermutete, auf dem sie stand, war alles weiß. Genau wie die Wand vor ihr und die Decke über ihr. Dummerweise gab es keinerlei Kanten, an denen sie den Unterschied zwischen Boden, Wand und Decke hätte ausmachen können. Sie drehte sich vorsichtig um, eine Hand an dem, was sie für sich als Wand definiert hatte, lassend. Weiß.

Sie schloss die Augen. Schwarz.

Der Rest des Getränkes drängte nach draußen. Leonie krümmte sich zusammen und würgte in ihre Hände. Zurück blieb ein schwarzer Klumpen, der sich hier überraschenderweise nicht in ihre Hand hineinzufressen versuchte. Er war unangenehm warm. Leonie brachte ihn vorsichtig an die ›Wand‹ und nahm ihn sofort wieder weg. Ein dunkler Punkt blieb zurück. Sie setzte den Klumpen vorsichtig wieder an und zog eine Linie. Dann ging sie einige Schritte, den Klumpen an der Wand lassend.

Sie sah zurück. Die Linie verlor sich im Unendlichen.

»Geiler Stoff! Ich komme mir vor wie in einem Cartoon.«

Leonie erstarrte. »Cartoon! Das ist es! Was für ein beschissener Traum!«

Der Klumpen zerfiel zu Staub, der sich schnell auflöste.

Leonie genehmigte sich einen neuen Schluck und wartete. Diesmal hustete sie sich das Zeug auf die offenen Hände. Die schwarzen Spritzer dessen, was daneben gegangen war, sahen wie Löcher aus.

Mit der rechten Hand zeichnete sie die Umrisse einer Tür ins weiße Nichts. Drückte die Klinke herunter. Öffnete sie.

Auf der anderen Seite stand Herrmann, der blitzschnell seinen Fuß in die Tür steckte und sie aufriss. Leonie stolperte zurück, fiel, rappelte sich auf und rannte weg.

Sie sah über die Schulter. Herrmann wurde überraschend schnell kleiner.

Bis er anfing, ihr in gemächlichem Tempo zu folgen.

Leonie verlangsamte ihre Geschwindigkeit, drehte sich um und ging rückwärts weiter.

»Was soll das?«, rief sie Herrmann zu.

»Ich muss dich zurückbringen.«

»Mein Bett ist belegt.«

Herrmann zögerte, blieb dann stehen.

»Du hast Klara ausgetrickst?«

»Wäre ich sonst hier?«

»Respekt.«

»Könntest du netterweise stehenbleiben und mir erklären, was gespielt wird?«

Herrmann zuckte mit den Schultern und blieb stehen.

»Klar. Warum nicht? Du kommst hier sowieso nicht lebend weg.«

»Warum?«

Herrmann grinste. »Weil du dafür tot sein müsstest.«

Leonie seufzte. »Scheiße. Hab ich mir fast schon gedacht. Nur der Vollständigkeit halber: Du und Klara, ihr seid tatsächlich tot?«

»Toter geht nicht.«

»Den Himmel oder die Hölle habe ich mir anders vorgestellt.«

»Bis dahin ist es für uns alle noch ein Stück Weg.«

Leonie hatte einen Gedanken. Der völlig absurd war. Deshalb führte sie ihn aus. Sie öffnete die Thermosflasche und nahm einen weiteren Schluck.

»Das wird dich nicht hier raus bringen.«

»Aber Leben retten, wenn mich der Typ nicht belogen hat.«

»Hat er nicht.«

»Wer von euch beiden ist eigentlich der Gute? Du oder Klara?«

Herrmann grinste. Das Grinsen breitete sich bis zu den Ohren aus, bis sein Kopf wie der der Grinsekatze aus ›Alice im Wunderland‹ aussah.

»Interessante Frage.« Er brachte seine Gesichtszüge wieder in eine menschliche Form.

»Ich kapier das nicht. Ihr beide seid wie Feuer und Wasser. Trotzdem macht ihr zusammen den Job, mich zu bewachen und zu tränken.«

»So sieht's aus.«

Leonie würgte in ihre Hände. Den entstandenen Klumpen warf sie mit Kraft auf den Boden. Ein schwarzer Kreis entstand, sie trat hastig ein paar weitere Schritte zurück, genau wie der überraschte Herrmann. Und dann noch ein paar Schritte. Der Kreis wuchs, bis er, gefühlt, zwanzig Meter Durchmesser hatte.

»Was soll das?«, fragte Herrmann.

»Ich glaube, es fehlt dir an Fantasie, um das zu begreifen.«

»Ich muss dich zurückbringen.«

»Zu Klara? Never ever! Dann ist das Spiel zu Ende, weil ich mit euch beiden in meiner Zelle bin. Solange Klara nicht hier auftaucht, gehe ich nirgendwo hin. Und dann ganz sicher nicht mit euch.«

»Ich habe andere Instruktionen.«

»Sieh dich vor. Ich kann Halma!«

»Du willst es also auf die harte Tour?«

»Yess!« Ein heißes Gefühl durchströmte Leonie. Leben!

»Ist mir auch recht.«

Herrmann setzte sich in Bewegung, einen Meter Abstand vom schwarzen Loch wahrend. Leonie ging ebenfalls los.

»Du weißt, dass ich nicht ermüden werde? Ich bin tot.«

Leonie setzte ein überlegenes Grinsen auf, obwohl ihr nicht danach war. »Mag sein. Aber bis dahin ist mir bestimmt etwas Neues eingefallen.«

»Oder Karla hat sich befreit.«

Leonie verfiel in leichten Trab, um Abstand zu halten.

»Wenn ich jetzt schon aufgebe, habe ich auf jeden Fall verloren, nicht war? Also was soll's!«

* * *

Mops wanderte, den Blick auf den dünnen schwarzen Faden gerichtet, den er in der Ferne sah. Oben am Faden befand sich eine Scheibe. Zumindest sah es so aus. Die Scheibe bewegte sich, wie im Wind. Unten, bei Mops gab es keine Luftbewegung. Es war heiß. Mit jedem Schritt, den Mops auf den Faden zu machte, wurde es kühler. Der Faden verbreiterte sich zu einem Tau.

Mops hatte das Tau erreicht und sah nach oben. Die Scheibe trieb vor einem grauen Himmel und es sah aus, als ob sie dort, wo sie sich befand, ein kreisrundes Stück aus der Wirklichkeit hinausschneiden würde.

Mops fasste das Tau an und zog leicht daran. Das Tau gab nach, rollte sich auf dem Boden auf. Als er es losließ, bewegte es sich wieder nach oben.

Mops zog kräftig an dem Tau. Es sank nach unten, immer schneller. Der schwarze Kreis wurde größer und größer, füllte das Sichtfeld aus. Es wurde eiskalt.

Mops rannte.

Der schwarze Kreis warf sich über Mops wie eine Mütze. Mops verging im Sinne des Wortes das Hören und Sehen.

* * *

Als er die Augen aufschlug, stand er knöcheltief in einem schwarzen, kreisförmigen Etwas. Vor ihm, etwa zehn Meter entfernt, stand Herrmann.

»Morgen auch!«, rief Mops. »Wie gehts?«

Herrmann antwortete nicht und schritt schnell am Rand des Kreises entlang nach rechts.

Mops drehte sich um und sah Leonie.

»Hey! Was soll das? Was machst du in meinem Traum?«

»Träum weiter! Komm zu mir. Bitte!«

»Habe ich gerade ein ›Bitte komm zu mir‹ aus deinem Mund gehört? Ich muss träumen!«

»Mach's nicht so spannend!«

Mops schritt durch die schwarze Masse, die seiner Bewegung nur ungern nachgab. Er bemerkte, dass Leonie darauf bedacht war, einen möglichst großen Abstand von Herrmann zu halten. Ein paar weitere kräftige Schritte brachten ihn hinter Leonie. Er sah über die Schulter.

Herrmann hielt den Abstand. Er schien alle Zeit der Welt zu haben.

»Was will Herrmann von dir?«

»Kann ich dir nicht in einem Satz erklären.«

»Kannst du mir dann vielleicht erklären, warum sich hier alles wie in einem schlecht gezeichneten Comic anfühlt?«

»Ja. Malen war noch nie meine Stärke.«

Leonie nahm einen Schluck aus der Thermosflasche.

»Darf ich auch?«, fragte Mops.

»Besser nicht. Außer für mich ist das Zeug wahrscheinlich für jeden sofort tödlich.«

»Aha. Und das soll ich dir abnehmen? Ich meine, rein hypothetisch, denn ich träume ja.«

»Mops! Wenn du hier stirbst, dann wirst du nie mehr aufwachen!«

»Da habe ich andere Informationen. Wie auch immer: Normalerweise bin ich derjenige, der den Blödsinn erzählt. Nettes Wortspiel, übrigens.«

Leonie blieb stehen, Mops lief gegen sie.

»Aua.«

»Tschuldigung.«

Leonie lief einen Schritt weiter, blieb stehen.

Mops lief erneut gegen sie.

»Wieso bleibst du stehen?«

»Weil Weitergehen keinen Sinn macht.«

Am anderen Ende des Kreises, ihnen gegenüber, stand Karla.

Mops streckte seine rechte Hand aus. »Leonie?«

»Ich habe Herrmann gesagt, dass ich es auf die harte Tour will«, flüsterte sie ihm zu. »Ich denke, dass Karla darüber nicht anders denkt als Herrmann.«

Sie würgte.

»Geht es dir gut?«, fragte Mops besorgt.

»Willst du mich verarschen?«

»Was muss ich tun, damit das klappt?«

Leonie hustete, lachte rasselnd und zeigte ihm den schwarzen Klumpen in ihrer rechten Hand. »Pass auf! Der wirkt an diesem Ort wie Kreide auf einer Leinwand. Kannst du mir folgen?«

»Wohin du willst.«

»Du stalkst mich doch nicht etwa?«

»Wenn ich nicht schon Inspektor wäre, würde ich das wahrscheinlich privat tun. Also, wie sieht es aus? Eine Nacht mit dir, wenn wir aus der Sache lebend rauskommen?«

Herrmann und Karla näherten sich den beiden von rechts und links.

»Ihr wartet, bis Leo geantwortet hat!«, rief Mops.

»Und falls nicht?«, fragte Herrmann.

Mops grinste. »Dann ändert das auch nichts an eurem Schicksal.« Er sah zu Leonie. »Also?«

»Ich überlege.«

»Mry hatte …«, er schloss den Mund.

»Wer ist Mry?«, wollte Leonie wissen.

»Eine weitläufige Bekannte, die mich verführt hat. Sonst noch was?«

»Das sage ich dir, wenn wir unter uns sind!«, fauchte Leonie.

»Eifersüchtig?«

»Ich! Da kannst du lange drauf warten!«

»Deine Antwort. Jetzt.«

»Meinetwegen.«

»Meinetwegen?«

»Deinetwegen. Und meinetwegen. Können wir anfangen? Der Klumpen hält nicht ewig. Was würde helfen, hier wegzukommen?«

Die Sense erschien in Mops' rechter Hand.

»Weiß ich noch nicht.«

Mops fasste die Sense mit beiden Händen. »Überleg dir was, während ich die beiden beschäftige.«

»Wo bist du eigentlich hergekommen?«, wollte Leonie wissen.

»Kreuzfahrt. Ich liege im Bett und träume von Frauen.«

Der Sensenstiel fuhr herab und traf Karla am Kopf. Ihr Körper wurde undeutlich, bildete Wellen und glitt einige Meter zurück, bevor er wieder stabil wurde.

Mops drehte sich mit Schwung um und traf Herrmann mit dem Sensenstiel in der Körpermitte. Auch er verformte sich, als ob Mops mit einem Stein ins Wasser geworfen hätte, und entfernte sich.

»Aha«, meinte Mops.

Karla sah Herrmann an. Sie blieben außerhalb der Reichweite der Sense, gingen aufeinander zu und nahmen sich an den Händen. Der Boden um sie herum bekam Risse, die sich spinnennetzartig ausbreiteten. Die Risse erreichten Mops und Leonie, zogen sich unter ihren Füßen hindurch zum ›Loch‹. Das wurde klein und verschwand.

»Das war es wohl mit Laufen«, kommentierte Mops, der genau wie Leonie, die Füße nicht mehr von der Stelle bekam.

Karla und Herrmann kamen, Hand in Hand, langsam näher.

Mops ließ die Sense in die ›Mäh-Stellung‹ schnappen. Leonies Klumpen begann, sich aufzulösen.

Karla und Herrmann glitten weiter auf Mops zu. Mops zog mit der Spitze der Sense eine Linie auf den Boden. Es hörte sich an wie Fingernägel auf der Schiefertafel, nur lauter und unangenehmer. Die Linie glühte hellrot, Karla und Herrmann wichen zurück. Der Boden selbst blieb unversehrt.

»Falsches Material. Schade.«

»Mops! Halt die Sense so, dass ich an die Klinge komme!«

»Vorsicht. Die ist mit viel scharf.«

»Deine Kalauer sind unterirdisch!«

Mops hielt die Klinge hin.

Leonie strich mit dem Rest des Klumpens darüber. Der bekannte, kalte Schmerz breitete sich in ihrer Hand aus.

Die Sensenklinge wurde tiefschwarz. So schwarz, dass sie wie ein Scherenschnitt in dem wirkte, was an diesem Ort angeblich die Realität war.

»Nimm die Sense vorsichtig weg. Ich kann meinen Arm nicht mehr bewegen.«

Mops tat wie geheißen.

Leonie lehnte sich an Mops und drehte ihr Gesicht zu ihm. »Und jetzt schneidest du den Boden um uns herum aus.«

»Wozu soll das gut sein?«

»Hast du keine Fantasie?«

»Ich bin Polizist.«

Leonie klammerte sich an ihn. »Tu es trotzdem!«

Mops verschaffte sich mit einer Mähbewegung den nötigen Abstand von Karla und Herrmann. Dann zog er, von hinten rechts beginnend, aus der Hüfte einen Kreis nach links. Diesmal drang die Sense in den Boden ein.

»Beende den Kreis.«

»Warum?«

»Mops! Das ist Zauberei für Arme! Mach es einfach!«

»Zu mir oder zu dir?«

»Zu dir! Weil ich nicht weiß, wo dein Kreuzfahrtschiff ist. Vielleicht verschafft uns das etwas Zeit!«

Mops vollendete den Kreis.

Für einen Moment sahen Leonie und Mops in die überraschten Gesichter von Karla und Leonie. Dann schoss das Bodenstück zusammen mit ihnen senkrecht nach unten.

»Und jetzt?«, rief Mops, die vorbeirauschende Luft übertönend.

»Kennst du Karl den Kojoten und Road Runner? Die Cartoonfiguren?«

»Schon mal gesehen.«

»Fein! Wir beide sind nun Kojote!«

Der Fall stoppte abrupt. Das Stück Boden wartete eine Sekunde, dann fiel es allein weiter und verschwand in der Tiefe. Neben ihnen erschien ein Schild: ›Noch tausend Meter bis ganz unten‹.

Mops klappte die Sense ein und nahm Leonie in den Arm. »Meep! Meep! Was für ein beschissener Traum!«

Das Schild verschwand.

»Waaaaaaah …«

* * *

Mops schlug die Augen auf. Er lag auf dem Bett seiner Kabine, Leonie links neben ihm.

»Ich muss träumen.«

Er stieß Leonie sanft an.

Sie schreckte hoch. »Was?!«

Mops stand auf und ging zum Fenster.

Draußen war es dunkel. Das Vibrieren des Schiffsmotors war zu spüren.

»Hm.« Er drehte sich um und ging zum Bad. »Hinter der Tür auf deiner Seite ist ein zweites Bad. Du weißt ja, wie das bei Lastminute Trips ist. Man nimmt, was man kriegt.«

Leonie setzte sich auf. Die Thermosflasche lag neben ihr. Sie stellte sie auf den Nachttisch. »Wo sind wir?«

»Da, wo ich Urlaub machen und entspannen wollte.«

»Und wo soll das sein?«

»Sieh dich um und rate mal.«

»Kreuzfahrtschiff?«

»Die Kandidatin hat hundert Punkte. Was ist mit unserer Vereinbarung?«

»Welche Vereinbarung?«

»Lass dich nicht aufhalten. Gute Nacht.« Mops öffnete die Tür zum Bad.

»Hey! Moment!«

»Ich verspüre gerade ein dringendes Bedürfnis, was nichts mit dir zu tun hat. Wäre nett, wenn ich allein bin, wenn ich wiederkomme. Wenn du verstehst, was ich sagen will. Im Schrank sind Schlafanzüge, die dir etwas zu groß sein sollten. Was ich zu entschuldigen bitte.«

»Diese Mry …«

»War toll. Sie hat alles gegeben. Ich auch. Sonst noch was?«
Leonie stand auf und ging zum Schrank. »Wir sehen uns
in zwanzig Minuten. Wenn du dich traust.«
Mops schloss ohne Antwort die Tür zu seinem Bad.

Als Leonie wieder zurück ins Schlafzimmer kam, war das
Licht aus. Im Schein des Mondes sah sie Mops auf seiner
Seite des Bettes liegen, im Schlafanzug, auf dem Rücken
und leise schnarchend. Sie schlüpfte unter ihre Decke und
gab Mops einen kräftigen Schubs. Das Schnarchen hörte auf
und wurde durch tiefe, gleichmäßige Atemzüge ersetzt.
Leonie rutschte zu Mops. Ihre Hand glitt unter seine Decke
und tastete seinen Körper ab. Nach zwei Minuten gab sie auf.
»Wenn du DAS simulieren kannst, dann bist du entweder
tot oder tatsächlich im Tiefschlaf«, flüsterte sie und drehte
sich von ihm weg. »Und ich weiß nicht, ob ich nun lachen
oder weinen soll.«
Etwas strich ihr über den Kopf. Sie hörte ein leises, spötti-
sches, definitiv weibliches Lachen.

* * *

Mops wurde vom Sonnenlicht geweckt, das durch das Kabi-
nenfenster drang.
»Was für ein dämlicher Traum.«
Er drehte sich nach links. Riss die Augen auf. Kniff sie
zusammen. Öffnete sie vorsichtig wieder.
»Leonie?«, flüsterte er zu ihrem Rücken.
»Hmmm?«
Mops stupste Leonie sanft in den Rücken.
Leonie zuckte zusammen, atmete heftig ein und bekam
einen Hustenanfall. Sie drehte sich zu Mops. »Was soll das?
Willst du mich zu Tode erschrecken?«

»Ähmm.«

»Genau.«

»Genau was machst du hier?«

»Ich liege im Bett und habe bis eben geschlafen.«

»Interessant.« Mops kratzte sich am Kopf. »Ich habe immer noch das Gefühl, dass ich träume.«

Leonie sah über Mops' Schulter. »Ich wünschte, es wäre so.«

Mops fuhr herum. Vor seinem Bett stand Herrmann.

»Hey! Das ist eine Zwei-Personen-Kabine. Schon mal was von Privatsphäre gehört?«

»Frühstück«, sagte Herrmann. Er ging um das Bett herum auf Leonies Seite und reichte ihr eine Thermosflasche.

»Zählst du weiter mit?«

Leonie biss die Zähne zusammen. »Ja«, brachte sie schließlich heraus.

Herrmann produzierte die Andeutung eines Grinsens. »Ich soll dich von Karla grüßen. Sie freut sich auf morgen.«

»Das hätte aber nicht nötig getan.«

Herrmann verschwand.

»Also kein Traum?«

Leonie funkelte Mops an. »Erst beorderst du mich in dein Bett, dann pennst du ein, bevor IRGENDETWAS passiert! Und jetzt beschwerst du dich, dass ich hier bin?«

»Könnten wir vielleicht da weitermachen, wo wir gestern aufgehört haben?«

»Nein.«

»Nein?«

»Nein.« Leonie zeigte anklagend auf die Thermosflasche. »Das Zeug schmeckt hier bestimmt genauso mies wie da drüben.«

»Was hat es damit eigentlich auf sich? Außer dass es wie Zauberkreide wirkt?«

»Es sorgt dafür, dass woanders keine Menschen sterben, solange ich es austrinke. Ich nehme an, dass es mit der gestohlenen Substanz zu tun hat, von der dieser Herr Schmidt uns berichtet hat.« Sie sah Mops ernst an. »Wir haben nicht mehr viel Zeit.«

»Warum?«

»Weil ich schon zwanzig von diesen Flaschen trinken durfte. Der blonde Hüne hat mir gesagt ...«

»Welcher Hüne?«

»Keine Ahnung. Er hat gesagt, dass ich nach einem Monat an dem Zeug sterben werden. Und danach viele oder alle anderen Menschen.«

»Großer Typ? Schulterlanges Haar? Spricht in Rätseln?«

»So ungefähr. Kennst du ihn?«

»Ich fürchte das ja.« Er schwang die Füße aus dem Bett. »Wir müssen zurück.«

»Zurück wohin?«

Mops legte sich wieder hin. »Gute Frage.«

»Mops!«

»Entschuldige. Aber ich bekomme die Teile gerade nicht zusammen. Kannst du die Flasche bitte auf den Nachtisch stellen? Ich möchte nicht, dass du mir damit aus Versehen den Schädel einschlägst.«

Leonie tat wie gebeten. Sie legte sich unter dem Laken auf den Rücken, den Blick an die Decke gerichtet.

»Mops. Ich habe Angst.«

»Angst zu sterben?«

»Nein. Vor dem, was ich gerade von deiner Welt zu sehen bekomme. Und vor dem, was nach dem Tod kommt.«

»Da geht alles seinen geregelten Gang.«

»Du bist unmöglich!«

»Ich muss mir angewöhnen, dich zu belügen. Jedes Mal, wenn ich dir eine ehrliche Antwort gebe, bist du gereizt.«

»Mops. Liebst du mich?«

»Nein.«

»War das jetzt gelogen?«

»Nein.«

Leonie seufzte. »Beim nächsten Mal kommst du in mein Bett, wenn ich es sage. Klar?«

»Ja.« Mops sah ebenfalls an die Decke. »In der Zwischenzeit denke ich an …«

»Mops!«

»Ich bestelle Frühstück, einverstanden? Und dann muss ich mich darum kümmern, dass du nicht als blinder Passagier eingesperrt wirst, wenn das Schiff im nächsten Hafen einläuft. Ich nehme an, dass du keine Papiere bei dir hast.«

»Na gut.«

»Leonie?«

»Ja?«

»So, wie es aussieht, haben wir beide noch eine Menge Arbeit vor uns.«

»Ich habe das mit deiner Anwesenheit geklärt.« Mops biss in sein belegtes Brötchen und wartete auf Leonies Reaktion.

»War es schwer?«

»Nun … nein. Es war leichter, als ich dachte. Weißt du, ich hatte — gestern? — mit der Sicherheitsoffizierin angebändelt. Sehr attraktive Frau übrigens.«

»Heißt sie Mry?«

»Das ist eine andere Geschichte. Lydia war etwas enttäuscht, dass mein Interesse für sie abgekühlt ist, hat uns aber dennoch zum Mittagessen eingeladen. Und keine Ablehnung akzeptiert.«

»Ich wusste nicht, dass du so hinter den Frauen her bist.«

»Weißt du: Die Seeluft, Langeweile, und das Gefühl, dass die Welt in ein paar Tagen untergeht …«

»Was willst du mir damit sagen?«

»Ich bin ein Mann. Viele Männer wollen Frauen.«

»Willst du mir gerade einen flotten Dreier aufschwatzen?«

»Ich kann mir deutlich schlechtere Konfigurationen als letztes Stündlein vorstellen.«

»Du bist unmöglich!«

»Nein. Nur unwahrscheinlich.«

»Ist das jetzt dein Ernst?«

Mops grinste breit. »Den Versuch war es wert. Lydia hat ebenfalls dankend abgelehnt.«

Nach dem Frühstück deckten sich Mops und Leonie in den Geschäften des Schiffes mit neutraler und strapazierfähiger Kleidung ein.

Leonie beschwerte sich sowohl über die hohen Preise als auch darüber, dass Mops bezahlte.

»Ich bin erwachsen und verdiene mein eigenes Geld, was soll das? Warum willst du es später nicht zurückhaben?«

»Gönnst du mir überhaupt keinen Spaß? In ein paar Tagen ist das nichts mehr wert, wenn es schlecht läuft.«

»Das ist doch kein Argument.«

Mops baute sich vor Leonie auf. »Pass auf«, sagte er mit ruhiger Stimme. »Wir kennen uns nun schon ein paar Tage, und ich schätze deine Selbstständigkeit sehr. Auch wenn du es mir vielleicht nicht ansiehst: Ich brauche das jetzt. Damit ich mich auf die wichtigen Dinge konzentrieren kann. Entweder du spielst mit, oder wir versuchen getrennt, die Welt zu retten. Wenn du auf reine Ernsthaftigkeit stehst, dann hättest du bei Herrmann und Karla bleiben können.«

Leonie sah Mops überrascht an. »So kenne ich dich gar nicht.«

»Ich entschuldige mich ausdrücklich dafür.«

»Also gut. Weil du es bist.«

»Danke.« Mops sah auf die Uhr. »Nachdem das geklärt ist: Mittag mit Lydia in der Offiziersmesse in einer Stunde. Sei pünktlich.«

Er drückte Leonie die Einkaufstaschen in die Hand, ließ sie stehen und verließ das Geschäft.

Leonie schüttelte den Kopf. »Was soll das denn?«, flüsterte sie zu sich selbst. »Wieso benimmt der sich jetzt wie ein Arsch?«

Sie zuckte zusammen. »Mist! Ich muss die Flasche noch austrinken!«

* * *

Lydia sah Leonie besorgt an, als sie die Messe betrat.

»Seekrank? Sie sehen ja schlimm aus.«

Leonie nickte vorsichtig. »Nicht nur. Geht schon wieder. Können wir uns bitte duzen? Ich finde es seltsam, wenn ich hier die Einzige sein sollte, die mit ›Sie‹ angesprochen wird. Ich fühle mich dann so alt, wie ich gerade aussehe.«

»Gerne.«

Leonie sah Mops finster an. »Ich habe gerade den Meeresspiegel zerbrochen.«

Mops lächelte nicht. »Das habe ich befürchtet. War das Loch schwarz oder weiß?«

Leonie setzte sich neben Mops. »Weiß.« Nach einem kurzen Blick auf Lydia fragte sie. »Du nimmst das ebenfalls gänzlich humorlos auf. Das überrascht mich.«

»Weißt du«, begann Lydia, »in den vergangenen Tagen – wenn es denn solche waren – sind auf dem Schiff einige seltsame Dinge passiert. Mops war mittendrin. Er hat dafür gesorgt, dass die Zeit auf dem Schiff wieder so verläuft wie gewohnt.«

»Davon hat er mir gar nichts erzählt.«

»Ich war damit beschäftigt, dich aus einem Cartoon herauszuschneiden. Irgendwie ist mir das andere da nicht so wichtig vorgekommen.«

»Tatsächlich?«, fragte Lydia ungläubig.

Leonie lachte auf. »Meine Geschichte ist mindestens so unglaubwürdig wie die, die auf dem Schiff passiert ist. Können wir es dabei belassen?«

Lydia lächelte. »Ungern. Ich höre mir gern schräge Geschichten an. Besonders dann, wenn ich selbst Teil von einer bin, nicht wahr?«

Mops räusperte sich vernehmlich.

Leonie warf Mops einen schelmischen Blick zu. »So billig kommst du nicht davon. Das hast du verdient, wegen vorher.«

»Gnade.«

»Nix da. Du brauchst das. Also: Ich erzähle jetzt meine Geschichte ab dem Zeitpunkt, an dem du mich zuletzt gesehen hast. Mit allen Details, an die ich mich erinnern kann. Und dann …«

Mops nickte ergeben. »… erzähle ich meinen Teil. Ich bin gespannt, wer von euch beiden Damen dann noch mit mir redet.«

»Habe ich nun mit dir geschlafen oder nicht?«, fragte Lydia, sichtlich irritiert.

Mops sah Lydia offen an. »Ganz ehrlich: Ich weiß es nicht. Ich habe gerade ziemliche Schwierigkeiten, zu unterscheiden, was real ist und was Traum.«

Leonie fragte Lydia, wobei ihr die Professionalität sichtlich schwerfiel. »Hast du irgendetwas bei dir festgestellt? Samenflüssigkeit zum Beispiel? Oder hast du das Gleiche geträumt wie Mops? Habt ihr zusammen seltsames Zeug geraucht?«

Lydia schüttelte den Kopf. »Wir haben einige aufregende

Tage hinter uns. Ich bin nach dem Dienst ins Bett gefallen und habe wie ein Stein geschlafen. Das Letzte, woran ich mich im Zusammenhang mit Mops erinnern kann, ist, dass er mich auf eine sehr sympathische Weise angemacht hat, als wir die Datumsgrenze überquerten. Wir haben getanzt.« Sie fuhr halb enttäuscht, halb entschuldigend fort. »Ja, ich war durchaus willig, den Rest der Nacht mit Mops zu verbringen. Aber ich kann weder bestätigen noch abstreiten, dass es passiert ist.«

»Hast du etwas zu deiner Entschuldigung zu sagen?«, wandte sich Leonie an Mops.

»Warum soll ich mich bei dir entschuldigen, dass ich ein Mann bin und auf Frauen stehe? Sind wir verliebt? Verlobt? Verheiratet? Geschieden?«

»Weil ... weil ...«

»Sag es mir, wenn es dir einfällt. Bis dahin sollten wir uns um die wichtigen Dinge kümmern.«

Mops griff in die rechte Hosentasche und holt den Ring Imhoteps heraus. »Zumindest ein schwacher Hinweis darauf, dass irgendetwas tatsächlich so passiert ist, wie ich es in Erinnerung habe.«

Leonie sah den Ring mit großen Augen an. »Ist der echt?«

»Imhotep hat es behauptet. Ich habe keinen Grund, an seiner Aussage zu zweifeln.« Er warf Leonie den Ring zu.

Sie fing ihn geschickt auf und betrachtete ihn von allen Seiten. »Darf ich?«

»Wenn du versprichst, ihn nicht zu verlieren.«

Leonie steckte sich den Ring vorsichtig an den rechten Mittelfinger.

»Wieso passt der?«, fragte sie, sichtlich verblüfft.

»Wahrscheinlich, weil es ein magischer Ring ist.«

»Magie gibt es nicht.«

»Wo warst du, als du mich herbeizitiert hast?«

Leonie schüttelte den Kopf. »Magie ist die temporäre Erklärung für einen realen Sachverhalt, der mit vorhandenem Wissen noch nicht erklärbar ist.«

Lydia verzog belustigt das Gesicht. »Du dehnst den Begriff ›Realität‹ ziemlich weit.«

Leonie lächelte. »Das muss von Mops abgefärbt haben. Apropos: Wo ist eigentlich deine Sense abgeblieben?«

»Keine Ahnung. Sie wird da sein, wenn ich sie brauche.«

»Sicher?«

»Das hat der große Blonde mir zugesagt.«

»Darf ich einen Gedanken äußern?«, fragte Lydia.

Mops und Leonie nickten.

»Als einigermaßen Unbeteiligte habe ich den Eindruck, dass dieser große Blonde seine Rolle klein erscheinen lässt. Nach dem, was ihr erzählt habt, hat er euch beide nach seinem Willen herumgeschoben. Was alles andere als eine neutrale Rolle ist. Ich könnte mir sogar vorstellen, dass er für den Tod von Herrmann und Karla verantwortlich ist. Ob er auch Imhotep hierhin verschoben hat, oder ob es sich um einen Zufall handelt, dafür fehlen mir Informationen. Vielleicht hat es jemand anderes getan, der bisher noch nicht in Erscheinung getreten ist.«

»Wenn mir das jemand auf dem Revier erzählen würde, dann käme der ohne gründliche ärztliche Untersuchung nicht weg. Das ist ja eine Verschwörungstheorie in einer Verschwörungstheorie.«

»Genau. Ein Plan in einem Plan.«

»Ich habe im Moment nicht den Hauch eines Plans, wozu das Ganze gut sein soll«, gab Mops zurück. »Abgesehen davon, dass wir dahinterkommen müssen.«

* * *

»Was nun?«

Mops und Leonie standen an der Reling der Brücke und bewunderten den mitternächtlichen Sternenhimmel.

»Keine Ahnung«, antwortete Mops. »Meine Kontakte in die andere Welt sind, trotz allem, recht eingeschränkt. Es wäre mir lieb, wenn es noch ein paar Jahre so bleiben könnte.«

»Mir auch.«

Rechts neben Leonie wurde die Luft schlierig. Karla trat heraus. Ihre Augen glühten rot, was nicht an der Tageszeit und dem Ambiente lag.

Leonie wich zurück.

Mops stellte sich zwischen die beiden, die Sense in der rechten Hand, die aus dem Nichts heraus erschienen war.

»Tag auch.«

Karla zischte wie ein Dampfkochtopf. »Er hat mich bestraft.«

Sie wollte Mops umgehen. Mops brachte die Sense zwischen sie und Leonie.

»Wer sich mit solchen Leuten einlässt, dem gehört es nicht anders. Sag dein Sprüchlein und verzieh dich.«

Karla hatte die Thermosflasche in der Hand.

»Stell sie auf den Boden«, befahl Mops. »Und denk dran: Der Blonde hat die Regeln vorgegeben. Wenn es nicht das erwartete Getränk ist, dann kann ich mir vorstellen, dass deine nächste Bestrafung etwas heftiger ausfallen wird. Egal, was du dieses Mal abbekommen hast.«

Karla sank zusammen und verbarg die Thermosflasche, holte sie aus einer unmöglichen Ecke des Raumes wieder hervor und stellte sie dann wie verlangt ab.

»Ich kann es kaum erwarten, euch beide auf meiner Seite wiederzusehen«, stieß sie hervor.

Leonie schob die Sense zur Seite und ging einen Schritt

auf Karla zu. »Es tut mir leid, dass du das alles durchmachen musst. Ist der einzige Weg, dir und Herrmann zu helfen, dass wir das Spiel verlieren?«

Karla stand plötzlich vor Leonie. Sie schlug Leonie mit einem Kinnhaken nieder, bevor Mops reagieren konnte. »Nein.« Karla verschwand.

Leonie saß auf dem Boden und hielt sich stöhnend das Kinn. Franzen kam herausgelaufen und wollte sich auf Mops stürzen.

Leonie winkte heftig ab. »Nein! Nicht!«

Franzen war verblüfft. »Aber er hat Sie …«

»Hat er nicht.« Leonie ließ sich von Mops aufhelfen. »Wo ist der nächste Eisbeutel?«

Franzen schüttelte den Kopf. »Das verstehe ich nicht. Egal. Kommen Sie mit.« Er winkte Schroeder, das Kommando zu übernehmen.

»Nichts gebrochen«, meinte Streg. »Aber nahe dran. Sie haben eine verdammt harte Rechte, Mops.«

»Ich war es nicht.«

»Wer dann?«, wollte Franzen wissen. »Außer ihnen beiden war niemand zu sehen.«

»Können wir uns darauf einigen, dass niemand gesehen hat, dass ich Leonie geschlagen habe, sie aber plötzlich auf dem Boden lag?«, bat Mops.

Leonie gab Streg die Hand. »Danke.«

Streg starrte auf den Ring und wollte die Hand gar nicht loslassen, bis Leonie sie entschieden zurückzog.

»Dafür würden viele einen Mord begehen«, murmelte er. Er schüttelte sich. »Entschuldigung.«

»Wollen Sie ihn haben?«, fragte Mops.

Streg starrte Mops an. »Was?«

»Ob Sie ihn haben wollen, habe ich gefragt. Leonie?«

Leonie streifte den Ring ab und legte ihn Mops in die rechte Hand. Mops reichte Streg den Ring in der geöffneten Hand. »Nehmen Sie ihn. Wenn Sie ihn sich anstecken können, dann gehört er Ihnen.«

»Einfach so?«

Mops lächelte sein Totenkopflächeln. »Ja. Einfach so. Ich werde ihn nicht zurückfordern.«

Streg nahm den Ring vorsichtig auf und machte Anstalten, ihn sich an den linken Ringfinger zu stecken. Das schien jedoch nicht so einfach zu sein. Er konnte die Hände nicht zusammenbringen, obwohl er sich sichtlich bemühte. Er sah Mops fragend an.

»Nur zu«, feuerte Mops ihn an. »Das bekommen Sie mit dazu, wenn Sie es schaffen.« Er zeigte auf die Sense, die in seiner linken Hand erschienen war.

Streg begann zu zittern. Er versuchte noch einmal, sich den Ring anzustecken, schaffte es aber nicht.

»Es geht nicht«, gab er schließlich auf. Er schnaufte, als ob er versucht hätte, hundert Meter in zehn Sekunden zu laufen. Schweiß stand ihm auf der Stirn.

Er reichte Mops den Ring zurück. Mops gab ihn Leonie, die ihn wieder ansteckte.

»Hätten Sie ihm wirklich den Ring überlassen?«, fragte Franzen.

»Natürlich. Dann hätten ich und Leonie hier noch ein paar schöne Tage verbringen können. Theoretisch jedenfalls. Aber offensichtlich geht das nicht, weil jemand anderes andere Pläne mit uns hat.«

Streg wischte sich den Schweiß mit dem Ärmel seines Arztkittels von der Stirn. »Ich gebe Ihnen etwas gegen die Schmerzen«, wandte er sich an Leonie. »Wenn Sie wollen.«

»Besser nicht. Danke.«

»Wir ziehen uns in unsere Gemächer zurück«, sagte Mops.

»Darf ich Sie zum Frühstück einladen?«, fragte Franzen.
»Lydia hätte ebenfalls gern noch mit ihnen gesprochen.«
»Das wird terminlich wahrscheinlich nicht klappen. Wir müssten dringend woanders sein, wissen aber noch nicht genau, wo das ist.«
»Wie wollen sie dahin kommen? Mit einem Rettungsboot?«
»Das wissen wir auch noch nicht«, antwortete Leonie ausweichend.
»Das mit dem Rettungsboot war ein Scherz. Wir sind noch ein ganzes Stück vom nächsten Hafen entfernt.«
»Trotzdem Danke für das Angebot«, gab Mops zurück.
Franzen kratze sich mit der Rechten am Kopf. »Ich habe den Eindruck, dass ich unserem Gespräch nicht mehr folgen kann.«
Leonie lächelte unverbindlich. »Das ist nicht Ihre Schuld. Wir nehmen das Angebot zum gemeinsamen Essen gern an, sobald wir können.«
Franzen räusperte sich. »Na gut. Falls es auf diesem Schiff sein sollte, würde ich mich freuen, wenn Sie mich vorher informieren. Wann immer Sie wollen.«
Mops schmunzelte. »Danke. Wir werden darauf zurückkommen.«

Mops verschloss die Tür zur Kabine, ging zum Bett und ließ sich rücklings darauf fallen.
»So!« Leonie setzte sich auf ihre Seite und hielt die Thermosflasche hoch. »Wo wollen wir hin?«
»Bist du sicher, dass es funktioniert?«
»Genauso sicher wie du mit deiner Sense.«
»Gut.«
»Mops?«
»Ja?«

139

»Wie heißt du eigentlich mit Vornamen?«

Mops schwieg.

»Bist du empfindlich oder abergläubisch? Dass ich Macht über dich bekomme, wenn ich deinen Vornamen kenne?«

»Empfindlich.«

Leonie stellte die Thermosflasche auf den Nachttisch und legte sich, Brust auf Brust, auf Mops. Sie nahm seinen Kopf in ihre Hände und sah ihm in die Augen. »Und wenn ich dich ganz lieb bitte? Und du dir vorstellst, was ich mit dir mache, wenn du meiner Bitte nicht nachkommst? Ich kann ganz miserabel zeichnen.«

»Was ist mit kochen?«

»Was willst du als Gegenleistung gekocht haben?«

»Kürbissuppe. Zum nächsten Halloween. Punkt Mitternacht.«

Leonie leckte sich die Lippen. »Einverstanden.«

Mops seufzte. »Also gut. Mein Vorname ist Follerich.«

»Haben deine Eltern dich geliebt?«

»Keine Ahnung. Ich habe sie nie kennengelernt.«

Leonie legte sich neben Mops. »Follerich. Unglaublich. Ich muss unbedingt nachschlagen, was der Name bedeutet.«

»Es wird dir gefallen. Ich hatte befürchtet, dass du mich auslachst.«

»Ich bin heute schon einmal verprügelt worden.«

»So etwas traust du mir zu?«

»Ich will es einmal so ausdrücken: Ich schätze dich als jemanden ein, der keine Unterschiede macht, wenn es um seine Arbeit geht.«

»Das stimmt.«

»Ich bin mir nicht sicher, ob ich wirklich herausfinden will, wo deine persönliche Schmerzgrenze ist.«

»Du hast Angst vor mir? Die hast du in den Jahren, die wir uns kennen, aber gut verborgen.«

»Nein. Keine Angst. Du bist mir sympathisch. Und unheimlich. Nachdem ich nun Einiges aus deiner Welt gezwungenermaßen mitbekomme, bin ich völlig unsicher, wie ich das einordnen soll. Einmal abgesehen von der eigenen Lebensgefahr in diesem Spiel.«

»Vertraust du mir? Abgesehen davon, dass du mich in dieser Cartoonwelt heraufbeschworen hast? Unsere nächsten Schritte könnten die professionelle Verbundenheit zwischen uns auf die Probe stellen.«

»Was willst du damit sagen?«

»Meiner Einschätzung nach haben wir die Vorrunde des Turniers hinter uns gelassen. Den leichteren Teil also.«

Leonie schüttelte sich. »Leicht? Ich hätte sterben können!«

»Wann genau warst du in akuter Lebensgefahr? Ich meine: durch den direkten Einfluss anderer?«

»Mist! Du hast recht.«

Mops nahm Leonies rechte Hand in seine linke. »Lass uns ein wenig ausruhen. Und dann weiterziehen.«

»Kein Frühstück mit dem Kapitän?«

»Ich glaube, es ist besser so.«

* * *

Um vier Uhr morgens piepste der Wecker.

Leonie schreckte hoch.

»Ganz ruhig. Wir leben noch.« Mops brachte den Wecker zum Schweigen.

»Frühstück?«

»Nur du und dein Getränk. Nachdem wir im Bad waren. Ich möchte nicht durch körperliche Bedürfnisse behindert werden.«

»Du meinst …«

»Ich meine noch gar nichts.«

141

»Mir wird schon schlecht, wenn ich daran denke.«

»Wir brauchen die Kreide. Und der Rest der Welt deinen Einsatz.«

»Höre ich da eine gewisse Schadenfreude?«

Mops drehte sich zu Leonie. Das Mondlicht reichte, um seine Zähne sichtbar werden zu lassen.

»Ich wüsste niemanden, mit dem ich das hier lieber durchziehen würde.«

»Leihst du mir kurz die Sense?«

»Wann immer du sie brauchst.«

»Versprochen?«

In Mops' Augen blitzte es kurz auf. »Ja, versprochen.«

»Also gut. Ring frei zur nächsten Runde.«

Leonie stand neben Mops, einen weißen Klumpen in der Hand. »Wo soll es hingehen?«

»Zu mir oder zu dir.«

»Das ist jetzt nicht der richtige Moment.«

»Doch. Ist es. Wir müssen zurück. Den Faden dort aufnehmen, wo wir ihn verloren haben.«

»Als ich dich herbeigezaubert habe, habe ich nicht gewusst, wo du bist.«

»Aber ich habe es gewusst. Nachdem ich ein Loch in deine Cartoon-Realität geschnitten habe, konnten wir von dort aus nur dahin zurück, wo ich herkam. Wenn du die Sense benutzt hättest, wären wir in der Autopsie gelandet, deinem letzten bekannten Aufenthaltsort in der Realität. Zumindest interpretiere ich diese Art von Magie so.«

»Ich verstehe. Du willst keinen Umweg über Toontown machen.«

»Genau. Und ich will nicht in mein Büro oder die Autopsie. Da habe ich Hausverbot. Das heben wir uns für später auf, falls nötig.«

»Dann zu mir.«

»Ich werde mich benehmen, versprochen. Wie gut ist dein Kühlschrank gefüllt?«

»Warum?«

»Vielleicht sollten wir doch eine Kleinigkeit essen, bevor wir was auch immer.«

»Ich hoffe, der Kühlschrankinhalt kommt uns nicht entgegen nach zwanzig Tagen.«

Leonie zeichnete mit dem Klumpen eine Tür in die Luft, dann den Rahmen. Tür und Rahmen nahmen Form und Substanz an.

»Ja, das ist meine Haustür!«, rief Leonie überrascht.

Mops seufzte. »Ich hätte eine der inneren Türen der Wohnung gezeichnet.«

»Zu spät. Mist! Den Schlüssel habe ich in der Autopsie gelassen.«

»Dann zeichne einen.«

»Da hätte ich auch selbst drauf kommen können.«

Mops fing den Schlüssel auf und reichte ihn Leonie. »Du hast keine Kinder in der Wohnung?«

»Nein. Warum?«

»Nur so. Ich bin mir im Moment nicht sicher, was real ist und was nicht.«

»Da kann ich dich beruhigen. Es gibt überhaupt keine absolute Realität, sagt die Wissenschaft. Alles spielt sich nur in deinem Kopf ab. Wie die Welt wirklich aussieht, weiß kein Mensch.«

»Dann zeichne uns bitte noch dunkle Sonnenbrillen.«

»Die Kreide ist alle.«

»Man kann nicht alles haben.«

Leonie nahm den Schlüssel und schloss auf.

* * *

Leonie öffnete die Tür. Zusammen mit Mops schritt sie hindurch. Es gab ein schnappendes Geräusch, dann schlug die Tür zu.

Ein Blick aus dem Fenster zeigte, dass es später Nachmittag war.

Leonie gähnte. »Oh Mann, das gibt ein Jetlag! Was jetzt? Essen und ausschlafen? Oder gibt es etwas, was sofort und dringend erledigt werden muss?«

Mops überlegte. »Nein. Hast du einen Schleifstein da?«

»Tut es ein Wetzstahl?«

»Ich denke schon. Ich brauche etwas Zeit, um meine Gedanken wieder auf die Reihe zu bekommen. Abendessen. Und dann eine Stunde schweigen, das wäre gut.«

Herrmann erschien und reichte Leonie wortlos eine neue Thermosflasche.

Leonie nahm sie genauso wortlos in Empfang.

Herrmann verschwand.

»Kommt mir auch sehr entgegen.«

Mops setzte sich ein Stück weg vom Küchentisch, hatte die Sense oben an der Schneide gefasst und zog den Wetzstahl, von der Stielseite kommend, langsam und vorsichtig nach vorne. Dort, wo der Stahl die Sensenschneide berührte, entstanden kleine Blitze. Es roch nach Ozon und Schmiede. Im Wetzstahl bildeten sich deutliche Riefen.

Leonie sah eine Weile zu. »Woraus ist die Sense?«

»Der Stiel ist aus Eiche. Nehme ich an. Aber genau weiß ich es nicht. Was die Mechanik und die Sensen-Klinge angeht: keine Ahnung. Es gibt da ein paar interessante Features. Ich habe große Zweifel, dass der Vorbesitzer damit grüne Landwirtschaft betrieben hat.«

»Und wo hast du die her? Ich glaube nicht, dass Amazon so was auf Lager hat.«

Mops lächelte. »Ich bin in einem Trödelladen darüber gestolpert und habe sie aufpoliert. Der Besitzer schien sehr froh zu sein, dass er das Ding endlich losgeworden ist. Das Ganze war eine Schnapsidee von mir: Wie bekommt man junge Menschen dazu, einem Polizisten zuzuhören, der Verhaltensregeln loswerden will? Eines Tages bin ich auf Tod und Kindergeburtstage gekommen. Ich kann mich vor Anfragen kaum retten, alle haben Spaß und ich einige wichtige Botschaften untergebracht. Zu Karneval bekomme ich so übrigens immer einen Sitzplatz in jeder Kneipe.«

Leonie lachte leise.

»Was ist daran komisch?«

»Kann ich nicht erklären. Was ist mit den Toten, deinen Fällen? Hat die Sense etwas damit zu tun?«

»Irgendwie schon. Seit ich sie habe, haben die Toten mehr Respekt vor mir. Kann aber auch Einbildung sein. Weißt du, als ich die Sense das erste Mal mit dem mitgelieferten Schleifstein bearbeitet habe, ist der Rost wie Staub abgefallen. Wenn man sich nicht gerade mit außernatürlichen Wesen herumschlägt, wird sie nie stumpf. Sie ist für mich wie ein Mantra.« Er grinste. »Bei mir ist halt eine Schraube locker. Aber das weißt du ja.«

»Als ich dich herbeigerufen habe, war es auch deswegen, weil ich geglaubt habe, dass diese Sense alles schneidet.«

»Tut sie normalerweise auch.«

Das obere Ende des Wetzstahls klapperte auf den Boden.

Mops klappte die Sense ein, bückte sich und hob die herabgefallene Hälfte des Wetzstahls auf. Er legte die beiden Teile auf den Küchentisch. »Ich kaufe dir einen neuen.«

»Nicht nötig.«

»Fängst du schon wieder an?«

»Womit?«

»Mit dem Emanzen-Ding. Hast du das Gefühl, dass ich dich nicht ernst nehme?«

»Manchmal schon.«

Mops lächelte. »Da hast du recht. Können wir uns darauf einigen, dass ich dir ersetze, was ich kaputtmache, und du mir zum Ausgleich und zum Erhalt deiner Männlichkeit etwas schenken darfst?«

Leonie runzelte die Stirn. »Warum gehst du so mit mir um? Ich weiß ja, dass du die Ironie erfunden hast, aber das geht zu weit.«

»Weil ich das Gefühl habe, dass das notwendig ist?«

Leonies Gesicht rötete sich. »Willst du mich erziehen?«

»Nein. Ich versuche, dich zu trainieren.«

»Zu welchem Zweck?«

»Meinst du die Frage im Ernst?«

»Ich ...« Leonie schwieg, was ihr schwerfiel.

Mops stand auf und ging um den Tisch herum zu Leonie. »Steh bitte auf.«

»Warum?«

Mops rollte mit den Augen, sagte nichts und wartete.

»Na gut.«

Leonie stand vor Mops. »Und jetzt?«

Mops reichte ihr die Sense. Leonie fuhr zurück und stieß den Stuhl um.

»Keine Angst. Die beißt keine kleinen Mädchen.«

Leonie biss die Zähne zusammen und streckte die rechte Hand aus. Mops übergab ihr die Sense.

»Wie geht die auf?«

»Der einfache Weg ist der Knopf auf der Hülse oben am Stiel, aber ...«

Klick! Die Spitze der Sense war einen Fingerbreit von Leonies Kopf entfernt.

»War das Absicht?«

Leonie räusperte sich und drehte die Schneide von sich weg. »Klar.«

»Dann bin ich beruhigt. Ich dachte schon, du wolltest dich umbringen.«

Leonie wedelte vorsichtig mit der Sense herum. Mops bückte sich, räumte den umgefallenen Stuhl weg und stellte sich hinter sie.

»Schon ganz gut. Jetzt hebe die Sense etwas höher und fasse den Stiel mit der linken Hand am unteren Griff. Nun die rechte Hand auf den Griff in der Mitte. Als ob das ein Besen wäre.«

»So?«

»Ja. Du bist die perfekte Hausfrau.«

»Mops!«

»Lass die Hände an der Sense und die Gefühle draußen. Es sei denn, du willst deine Wohnung in Trümmer legen.«

»Du bist ganz schön anstrengend.«

»Genau. Ich zeige dir nun ein paar einfache Bewegungen. Du achtest nur auf das, was ich dir zeige und was ich dir sage. Nicht auf irgendeine Randbemerkung, die ich mache. Du sagst jetzt ja. Oder du gibst mir die Sense zurück.«

»Ja.«

»Einfach so?«

Leonie wartete.

»Sehr gut! Für den Anfang. Noch eine Frage, der Form halber: Hast du eine gute Hausratversicherung?«

Leonie kam aus dem Bad. Die Thermosflasche war verschlossen.

»Niemand hat gesagt, dass ich das Zeug auf den Boden husten muss. Ist auch besser wegen der Nebenwirkungen. So hält das ein paar Stunden, bevor es sich auflöst.«

»Wieso bist du auf diese Weise nicht aus deiner Zelle geflohen?«, fragte Mops.

»Weil es da nicht funktioniert hat.« Leonie sah auf den gedeckten Frühstückstisch. »Mensch! Du kannst ja sogar Kaffee kochen!«

»Klar. Ich bin das typische Polizistenklischee.«

Leonie setzte sich hin und griff nach dem Brötchen. Sie zögerte. »Irgendwie habe ich ein schlechtes Gewissen. Wir lassen es uns gutgehen …«

»Während die Welt darauf wartet, von uns gerettet zu werden«, ergänzte Mops. »Meinst du das?«

»Ja. So ungefähr.«

»Ich kenne das Gefühl. Es ist sinnlos.«

»Warum?«

»Erstens: weil niemand die Welt gegen ihren Willen retten kann. Zweitens: Weil ich immer noch nicht weiß, was unser nächster Schritt sein könnte. Da ist jede Richtung die richtige oder die falsche. Deshalb lass uns einfach den Augenblick genießen.«

Nach dem Frühstück bat Mops Leonie um ein paar Zettel und etwas zum Schreiben.

»Hilf mal mit. Wer sind die uns bekannten Spieler?«

»Der Blonde. Karla und Herrmann. Imhotep?«

Mops schrieb auf. »Imhotep hat seinen Zug gemacht. Er ist nun tot, definitiv und endgültig. Dass du seinen Ring trägst, halte ich allerdings nicht für Zufall.«

»Müller?«

»Mein Assistent? Ja. Der ist auch im Spiel. Obwohl ich gerade nicht weiß, wo genau. Und dieser Herr Schmidt.«

»Warum der?«

»Weil der Zugang zum Giftschrank hat. Und weil bei so einem Fall erst einmal jeder verdächtig ist.«

»Lydia?«

Mops zögerte. Dann schrieb er auch ihren Namen auf. »Ja. Im Zusammenspiel mit Mry.«

»Der würde ich eine eigene Karte spendieren.«

»Warum?«

»Weil die dich so was von um den Finger gewickelt hat.«

»Aber jetzt ist sie weg.«

»Das glaube ich erst, wenn sie es mir sagt.«

»Wieso dir? Ist mir da etwas entgangen?«

»Allerdings.«

»Schade.« Mops hielt inne. »Der Schreiber.«

»Welcher Schreiber?«

»Der aus dem Totenreich. Er sagte, dass wir uns später sehen würden. Eventuell hat er damit nicht meinen letzten Tod gemeint.«

»Du meinst, er weiß etwas?«

»Ich glaube, diese Frage lässt sich nicht mit gesundem Menschenverstand beantworten. Wenn der noch im Spiel ist, dann hat er keine aktive Rolle, sondern ist ein Punkt, der auf dem Weg erreicht werden muss.«

»Hast du eine Idee, wer auf welcher Seite spielt?«

»Das ist kompliziert. Karla und Herrmann scheinen sich nicht zu mögen. Trotzdem versorgen dich beide mit dem Getränk. Man könnte das auch als Ausgleich von Gegensätzen verstehen.«

»Ja. Sobald beide mir zusammen die Flasche bringen, habe ich verloren.«

»Ich vermute, dass der Blonde etwas mit dem Tod der beiden zu tun hat. Aber warum ist er dann angeblich nur der Schiedsrichter? Wer ist die andere Mannschaft?«

»Wir beide?«

»Und warum bevorzugt er eine Seite? Herrmann und Karla?«

»Was ist mit Imhotep? Bist du allein auf die Idee mit der Kreuzfahrt gekommen?«

»Wenn ich genau darüber nachdenke, dann nein. Der Blonde hat mich dahin manövriert.«

»Warum hat er dann Karla bestraft? Wie auch immer?«

»Weil sie im Raum mit dir gesprochen hat und deshalb unaufmerksam war? Karla hat irgendwo gegen die Regeln verstoßen, erinnerst du dich?«

Leonie rieb sich das Kinn. »Habe es noch nicht vergessen.«

»Auf der anderen Seite hat der Blonde dich darin bestärkt, dass du fliehen kannst. Sehr seltsam.«

»Karla hat gesagt, dass wir nicht verlieren müssen, damit es ihr und Herrmann besser gehen wird. Ich nehme an, damit meint sie, dass sie aus dieser Zwischenwelt verschwinden können.«

»Mit anderen Worten: Auch wenn wir gewinnen, verlieren sie nicht.«

»Wer gewinnt dann, wenn wir verlieren?«

Mops runzelte die Stirn. »Wenn unsere Teilnehmerliste vollständig ist, bleiben als Antwort auf diese Frage nur zwei übrig: Müller und Herr Schmidt.«

»Müller? Kann ich mir nicht vorstellen. Dann bleibt nur noch ...«

»Schmidt.« Herr Schmidt stand in der Küchentür. Seine Mauser Schnellfeuerpistole war auf die Sitzenden gerichtet. Der aufgesetzte Schalldämpfer gab der Waffe kein freundlicheres Aussehen. Eher ein endgültigeres.

»Interessant«, kommentierte Mops und stand auf.

»Ja. Nicht wahr?«

»Haben Sie Herrmann und Klara umgebracht oder umbringen lassen?«, fragte Mops.

Schmidt lachte. »Was für eine dumme Frage.«

»Was wollen Sie von uns?«

»Sie aus dem Verkehr ziehen, bis die Show vorbei ist. Stehen Sie auf. Wir machen einen kleinen Ausflug.«

Hinter Schmidt betraten drei maskierte Personen die Küche. Leonie stand auf und kam um den Tisch herum zu Mops. Mops legte seine linke Hand über ihre rechte. Leonie nahm die Thermosflasche wurfbereit in die linke Hand.

»Das würde ich an ihrer Stelle lassen«, drohte Schmidt.

»Sonst?«, fragte Mops.

»Sonst werde ich Sie erschießen. Widerstand gegen die Staatsgewalt. Sie kennen das ja. Stellen Sie die Flasche wieder hin. Und legen Sie den Ring ab. Sofort!«

Mops packte Leonies Hand fest.

»Aua!«

»Nun wirf schon!«

Leonie hob die Thermosflasche.

Mops griff nach der Sense, die neben ihm an der Wand lehnte und ließ sie aufschnappen.

Schmidt schoss präzise wie auf dem Schießstand erst Leonie, dann Mops direkt ins Herz.

* * *

»Da sind Sie ja.« Der Schreiber sah kaum von seinen Unterlagen auf.

Leonie sah sich neugierig um. »Sind wir jetzt tot?«

Mops brach in Lachen aus und konnte sich kaum wieder einkriegen.

»Was ist daran so komisch?«, schnaubte Leonie.

Mops grinste breit. »Den Tag muss ich mir im Kalender fett anmalen. Ich hätte nie erwartet, dass du so eine Frage im Ernst stellst, nachdem Schmidt uns offensichtlich abserviert hat.«

»Offensichtlich? Du meinst wohl eher scheinbar.«

»Anscheinend ist unsere Geschichte noch nicht zu Ende.«
Leonie trat Mops gegen das Schienbein.

»Aua!«

»Sind Sie fertig mit dem Liebesspiel?«, fragte der Schreiber
in einem milde gelangweilten Ton.

Leonie gluckste. »Entschuldigung. Ich bin zum ersten Mal
tot. Ich meine: so richtig tot. Soweit ich mich erinnern kann.«
Der Schreiber sah auf seine Papiere. »Da gibt es ein Problem. Nach meinen Unterlagen sind Sie beide noch nicht
tot. Noch nicht gemäß dem Zeitablauf der Welt.« Er sah
Mops strafend an. »Ihnen scheint die Sache so viel Spaß zu
bereiten, dass Sie regelmäßig hier erscheinen.«

Mops nickte. »Ja. Mörderischen Spaß. Ich kann mir kaum
etwas Lustigeres vorstellen. Ein Messer im Rücken. Eine
Schussverletzung im Herzen. Was kommt als Nächstes?«

Er beugte sich über den Schreibtisch, um auf die Papiere
des Schreibers zu sehen.

»Wie gut ist Ihr geschriebenes Uruk?«, fragte der Schreiber.

»Geht so. Nicht so gut wie Ihres.«

Der Schreiber wandte seine Aufmerksamkeit Leonie zu.
»Geben Sie mir bitte die Flasche.«

Leonie reichte sie ihm. »Vorsicht. Der Stoff reißt Löcher in
die Realität.«

Der Schreiber schraubte die Flasche auf. Ein Wirbel aus
schwarz-weißem Rauch stieg auf, der sich nicht vermischte.
»Habe ich mir gedacht«, kommentierte er. »Kinderkram.«

Leonie starrte ihn an. »Hallo? Das Zeug kann angeblich
eine Welt vernichten!«

Der Schreiber blieb unbeeindruckt. »Aber sicher.« Er zeigte
auf den Sand unter ihren Füßen. »Eine von — schätzen Sie
mal.«

»Ich mag meine. Ich will nicht, dass sie zerstört wird.«

»Das wollen alle.« Der Schreiber drehte die Flasche um und der verbliebene Inhalt ergoss sich schwarz-weiß über den Sand. »Ich habe gerade eine Trillion intelligenter Lebewesen ausgelöscht«, meinte er beiläufig. »Irgendwann. Irgendwo.«

»Aus einer Laune heraus? Zufällig?«, fragte Mops.

»Natürlich nicht. Sie waren da, wo sie sein mussten, als ich es tat.«

»Ich verstehe. Auch wenn ich es nicht erklären könnte.«

Der Schreiber verschloss die Flasche sorgfältig und gab sie Leonie zurück. Dann wandte er sich an Mops.

»Sie kennen das Verfahren. Gehen Sie zum Strand. Drehen Sie die Schneide der Sense in Richtung Land. Zählen Sie bis drei.«

»Warum drei?«

»Weil das in Ihrem Universum eine Bedeutung hat. Außerdem würden Sie sich bei Pi garantiert verzetteln.«

»Was ist mit dem Ring?«, fragte Leonie.

Der Schreiber lächelte. »Ich weiß nicht, wovon Sie reden.«

* * *

»Wohin?«

Mops sah in die graue Leere vor ihnen. »Der Schreiber hat es nicht verraten. Ich habe eine Ahnung. Ich überlege gerade, wie wir das elegant hinkriegen.«

Leonie sah an sich herab, betastete ihre Haut durch das Einschussloch in der Bluse hindurch. »Das muss wohl weg. Schade. Die war so gut wie neu.« Sie sah zu Mops hinüber. »Mit dem Loch in der Brusttasche siehst du auch nicht besonders dekorativ aus.«

»Zum Glück waren es glatte Durchschüsse. Ich nehme an, dass du in deiner Wohnung keine Männerkleidung hortest.«

Leonie fuhr zusammen. »In meiner Wohnung? Du meinst …«

»Ich vermute, dass wir dorthin zurückkehren. Wahrscheinlich kurz nachdem wir getötet worden sind. Damit wir nicht zwei Mal zur selben Zeit am selben Ort sind.«

»Das gefällt mir ganz und gar nicht.«

Mops verzog das Gesicht. »Weißt du was? Ich habe den Eindruck, dass wir bisher nach Belieben durch Zeit und Raum geschoben wurden. Nur um dort, wo wir sind, irgendetwas zu tun, was für uns in keinerlei Zusammenhang mit dem steht, was wir davor gemacht haben. Genau wie Karla und Herrmann auch.«

»Kann es sein, dass die, die mit uns spielen, wie du behauptest, auf Irrationalität ausgewichen sind?«

»Wie meinst du das?«

Leonie kicherte. »Ereigniskarte: Lass deine Figuren etwas völlig Sinnloses tun und ziehe drei Felder weiter.«

»Auf so seltsame Ideen komme sonst nur ich. Also gut. Bereite die Flasche vor, dass du sie schnell öffnen kannst. Schraubverschluss ab, Deckel drauf.«

»Warum?«

»Der Schreiber hat uns einen Tipp gegeben. Offensichtlich wird der jetzige Inhalt der Flasche in unserem Universum etwas bewirken, was uns hilft. Wenn wir angekommen sind, schwingst du die Flasche mit der Öffnung in Richtung von Schmidt und seinen Kumpanen. Und dann legst du dich flach auf den Boden.«

»Und du?«

»Ich tue das, was von mir in einer solchen Situation erwartet wird: Ich schwinge die Sense.«

»Ist das nicht sehr klischeehaft?«

»Du könntest noch ein wenig kreischen, um das Szenario komplett zu machen. Aber überzeugend bitte.«

»Du siehst zu viele schlechte Filme.«

Mops drehte die Sense in der Rechten so, dass sie nach hinten zeigte. Er fasste Leonie mit der Linken um die Hüfte.

»Bereit?«

Leonie bereitete die Flasche vor.

»Bereit.«

»Eins, zwei, drei!«

Mops stieß den Sensenstiel in den Strand.

Um sie herum breitete sich eine schwarze Welle aus, die alles andere verdrängte. Ein von allen Seiten gleichzeitig kommendes Rauschen trug sie davon.

* * *

Mops und Leonie sahen zur Wand von Leonies Küche. Hinter ihnen war ein erschreckter Ausruf zu hören.

»Nach links drehen«, flüsterte Mops. »Action!«

Leonie riss den Deckel von der Flasche und schwang herum. Eine schimmernde durchsichtige Wand bildete sich zwischen ihnen und den Eindringlingen. Während Schmidts Kumpane schreckerstarrt verharrten, riss Schmidt die Pistole hoch und feuerte.

Mops schwang die Sense. Die drei Helfer lösten sich in Nichts auf. Bei Schmidt stieß die Sense auf Widerstand. Für einen Moment klang es, als ob Mops gegen eine massive Mauer geschlagen hätte. Mops ließ die Sense fallen und gab einen Schmerzensschrei von sich. Ein Blitz, der alles überstrahlte, zwang Mops und Leonie, die Augen zu schließen. Schmidt verschwand mit einem »Plopp!«

Leonie ließ sich elegant zu Boden gleiten und stieß einen kurzen, hohen Schrei aus. Dann fing sie an zu lachen. »Gut so?«, brachte sie mit Anstrengung heraus.

»Hätte ich nicht besser machen können. Verdammt, das tut weh!«

Karla erschien neben Leonie. Leonie hörte schlagartig auf zu lachen und setzte sich auf. Karla reichte Leonie wortlos die Flasche mit der Linken und streckte fordernd die Rechte aus. Leonie gab ihr die leere Flasche. Karla verschwand.

»Scheiße! Jetzt fängt der Spaß wohl richtig an.« Leonie zeigte Mops die Flasche. In Höhe der Mitte waren, rund um die Flasche, sieben Totenköpfe angeordnet, die abwechselnd grinsten.

Mops rieb sich die Handgelenke und stöhnte leise.

Leonie rappelte sich auf. »Alles in Ordnung?«

»Wahrscheinlich nicht gebrochen.«

»Darf ich mal sehen? Ich bin Ärztin.«

Mops zeigte Leonie seine Hände. Leonie stand auf und untersuchte sie vorsichtig, trotzdem verzog Mops das Gesicht.

»Setz dich hin. Ich habe was dafür in der Hausapotheke.« Sie ging zu einem Schränkchen, das an der Wand hing und entsprechend gekennzeichnet war.

Mops bückte sich und versuchte, die Sense aufzuheben.

»Autsch!«

»Jetzt warte doch, bis ich fertig bin!« Leonie kramte im Schränkchen. »Ja. Das sollte gehen.«

Mops nahm gehorsam Platz.

Leonie bestrich Mops' Handgelenke mit einer Salbe, verteilte sie und wischte sie nach einer Minute mit einem Handtuch ab. »Das ist gegen die Schmerzen.« Sie begann, die Gelenke mit einem kinesiologischen Tape zu fixieren.

»Ich wusste gar nicht, dass du auf Fesselspiele stehst«, sagte Mops.

»Sehr komisch. Du wirst für eine Weile Schmerzen haben,

wenn du etwas hebst oder aus dem Handgelenk bewegst. Immerhin hat deine Aktion gereicht, um Schmidt fürs Erste zu vertreiben.« Sie beendete die Behandlung. »Kannst du die Sense schließen?«

Mops hob die Sense mit sichtlicher Anstrengung auf, stellte sie senkrecht auf den Boden. »Mach du das. Du brauchst nicht mehr Kraft als für ein Schweizer Taschenmesser. Nur oben anfassen. Vorsichtig.«

Leonie wollte nach der Klinge greifen. Hielt inne. »Die Klinge sieht stumpf aus.«

Mops sah genauer hin. »Tatsächlich. Ich nehme an, das ist dem Widerstand geschuldet, den dieser Schmidt geleistet hat. Die Sense muss geschliffen werden, sonst ist sie halb nutzlos.«

»Wieso halb?«

»Mit dem Stiel kann man auch gut austeilen.«

»Ach so. Ich fürchte, mein Wetzstahl wird dazu nicht ausreichen.«

Mops drückte den Sperrknopf. »Stimmt. Einklappen bitte.«

Leonie tat wie geheißen.

»Das ist schon wieder der Klassiker«, grummelte Mops.

»Wie meinst du das?«

»In jedem spannenden Film fehlt den Helden eine Kleinigkeit, damit sie ihren Auftrag erfüllen können. Diese Kleinigkeit zu beschaffen ist meist mit großen Gefahren verbunden. Die Mannschaft trennt sich, der eine Teil der Mannschaft wird gefangen genommen und er andere Teil bekommt das magische Schwert, mit dem der gefangen genommene Teil befreit werden kann und der Bösewicht besiegt wird.«

»Du meinst ...«

»Das erwartet wird, dass ich dir die Sense in die Hand

drücke und dich in meine Wohnung schicke, damit du dort die Sense schärfst. Währenddessen mir hier irgendetwas Unangenehmes, aber voraussichtlich nicht Finales, zustößt.«

»Das erscheint mir ziemlich vorhersehbar.«

»Anscheinend.«

»Wir sind also derselben Meinung?«

»Was das angeht: ja. Der offensichtliche Punkt ist, dass wir deine Wohnung umgehend verlassen müssen, da uns hier auf jeden Fall Unannehmlichkeiten erwarten werden. Die Frage ist nur, wo wir hingehen sollen. Bis du hin- und wieder zurückgekehrt bist, würden etwa zwei Stunden vergehen. Laut dieser Art von Drehbuch wäre der unangenehme Besuch recht schnell nach deinem Weggang aufgetaucht. Schade, ich hätte mir mehr Zeit gewünscht.«

»Aber um sich unkaputte Kleidung anzuziehen reicht es doch hoffentlich?«

Mops grinste. »Immer. Hast du jemals eine schlecht gekleidete Heldin gesehen?« Sein Grinsen wurde breiter. »Wann warst du das letzte Mal beim Frisör?«

Leonie starrte Mops an. »Bist du jetzt komplett übergeschnappt?«

»Nein. Die Heldin erscheint gut frisiert auf der Szene, um sich von den Bösen wieder verstrubbeln zu lassen. Das heißt, dass die Zeit, die du beim Frisör verbringst, nicht zur Handlung gehört.«

Er bewegte vorsichtig die Hände. »Wie lange wirkt das Schmerzmittel?«

»Ein, zwei Stunden. Ich gebe dir noch ein paar Tabletten, die du später einnehmen kannst.«

»Prima. Bei mir in der Nähe ist ein guter Frisör. Der weiß, dass ich Polizist bin. Mit einer dienstlich klingenden Ausrede sowie einem schönen Trinkgeld ist der gern hilfsbereit. Welche Farbe?«

»Farbe?«

»Ja, Farbe. Damit man dich nicht sofort erkennt. Außerdem dauert Färben länger als Schneiden. So gewinnen wir Zeit zum Nachdenken.«

Leonie zeigte auf die Thermosflasche. »Aber dafür nicht.«

»Leider nein. Nimm Kleidung zum Wechseln zum Frisör mit. Am besten genug für ein oder zwei Tage.«

»Wa — ach so! Und was ist mit dir?«

Mops überlegte. »Warum eigentlich nicht? Grau. Damit ich besser zu dir passe?«

Leonie streckte ihm die Zunge heraus. Sie lächelte verschlagen. »Auf dem Weg kaufen wir für dich ein. Du willst wohl kaum mit dem durchgeschossenen Hemd beim Frisör auftauchen. Und ich zahle.«

»Einverstanden.« Mops ging seine Jacke holen.

* * *

»Grau? Wieso bin ich nur auf grau gekommen?« Mops schüttelte den Kopf.

Sie besahen sich im Spiegel. Niemand hätte sie wiedererkannt. Graues Haar, abgetragene, völlig unmoderne Kleidung. Nicht ganz die Leute, die auf der Straße leben, aber kurz davor. Und alt, sehr alt.

»Glaubst du im Ernst, dass wir diese ›höheren Wesen‹ auch nur eine Sekunde mit unserem neuen Aussehen täuschen können?«, fragte Leonie.

»Ehrlich gesagt nein. Es sei denn, dass sie laut Spielregel eingeschränkt sind.«

»Ich bin sicher, dass beide Seiten schummeln.«

»Hast du schon einmal daran gedacht, eine Polizeikarriere zu machen? Als Inspektor zum Beispiel?«

»Habe ich. Bis ich dich kennengelernt habe.«

»Danke.«

»War rein beruflich gemeint.«

»Aber natürlich. Trotzdem Danke. Außerdem hast du unrecht und gleichzeitig recht. Wenn beide Seiten schummeln, dann behindern sie sich gegenseitig. Daher ist es egal.«

»Ich habe den Hausschlüssel noch auf dem Schiff. Wollte nicht, dass er im Getümmel verlorengeht.«

»Das sagst du mir jetzt?« Leonie zog die Stirn kraus, was sie noch zehn Jahre älter machte.

»Ich bin sicher, dass das Schloss auch meiner stumpfen Sense keinen Widerstand leistet.«

»Du …«

»Ich hatte dich um etwas gebeten. Erinnerst du dich?«

»Ja. Ungern.«

»Ich meine das mit Ruhe bewahren.«

»Ich auch.«

»Ich muss an mir arbeiten. Du bist mir dialogisch fast ebenbürtig.«

»Das war ich schon immer.«

»Wenn du meinst. Gehen wir.«

Die Wohnungstür zu öffnen war tatsächlich kein Problem, nachdem ein Nachbar den vermeintlichen Postboten allein aufgrund Leonies Behauptung am Türsprecher eingelassen hatte. Mops verbarrikadierte mit Leonies Hilfe die Tür mit einer Kommode. In der Küche holte er den Schleifstein aus einem Schrank, setzte sich an den Tisch und begann mit dem Schleifen. Ein deutlich raspelndes Geräusch begleitete sein Tun.

»Die hat dieses Mal wirklich etwas abbekommen«, kommentierte Mops. »Sonst hört sich das Schleifen wie ein sanfter Wind an.«

»Was mache ich mit meinem Getränk?«

»Bis wann musst du es ausgetrunken haben?«

»Innerhalb eines Tages.«

»Dann warte bitte noch. Du kannst zwar Karla und Herrmann nicht entkommen, aber ich habe das Gefühl, dass unsere Spieler immer etwas Zeit brauchen, bis sie herausfinden, wo wir sind, wenn wir uns auf diese Weise bewegen.«

»Das könnte heißen, dass sie da etwas haben, was sie nicht vollständig beherrschen. Abgesehen davon, dass es absolut tödlich ist.«

»Interessanter Gedankengang. Wenn es so ist, dann brauchen sie einen Menschen, also dich, damit sie es zumindest für eine Zeit in Schach halten können.«

»Noch fünf Tage, um genau zu sein. Danach nicht mehr.«

»Was passiert dann? Schmidt wird es freisetzen. Viele oder alle Menschen werden dann sterben. Aber zu welchem Zweck? Wenn es nur darum ginge Menschen zu töten, wäre der ganze Aufwand nicht notwendig. Karla hätte das Zeug einfach in die Trinkwasserversorgung kippen können.«

»Vielleicht hat sie es ja getan. Und es braucht 30 Tage, bis es alle Menschen vergiftet.«

»Dann bräuchte Schmidt nicht hinter uns her zu sein. Was ist für ihn so wichtig daran, dass wir nicht mehr mitspielen? Was ist der Hebel, den wir bedienen können?«

Leonie machte sich auf die Suche nach Ess- und Trinkbarem, während Mops weiter an der Sense arbeitete. Sie zog eine Dose aus dem Vorratsschrank und beäugte misstrauisch das Etikett.

»Linsensuppe mit Würstchen.« Sie rümpfte die Nase. »Abgelaufen.«

»Blödsinn. Das ist das Mindesthaltbarkeitsdatum. Solche Konserven halten 20 Jahre und länger. Im Gegensatz zu im Kühlschrank vergessener Milch fangen die nicht an, sich zu bewegen.«

»Igitt!« Leonie schüttelte sich.

»Keine Sorge. Vor meiner Kreuzfahrt wäre es nicht sinnvoll gewesen, frische Nahrungsmittel zu kaufen. Ich habe ausgemistet. Wenn ich Gäste geplant einlade, ist alles frisch.«

»Also Dosenfutter?«

»Such dir aus, was du magst. Ich werde mich nicht beschweren.«

Leonie kramte im Vorratsschrank. »Mir kommt da ein Gedanke. Ablaufdatum. Ablaufdatum! Verdammt, was ist die Assoziation? Karla hat das Gift nicht sofort freigesetzt. Ich werde das Zeug noch fünf Tage trinken, weil ich ein guter Mensch bin und die Welt retten will oder so. Was ist an dem Zeug und an dem Spiel so wichtig, dass es in genau fünf Tagen abgelaufen sein muss? Welches wichtige Ereignis findet in fünf Tagen statt. Oder endet da?« Sie drehte sich zu Mops um. »Herr Inspektor: Was meinen Sie dazu?«

Mops war verschwunden.

»Hey, das ist unfair!«

So wie es aussah, hatte niemand Interesse, diesen Punkt mit Leonie zu diskutieren.

Leonie nahm eine Handvoll Dosen aus dem Schrank und stellte sie auf den Tisch. »Na gut. Wie ihr wollt. Ich kann auch anders.«

Sie öffnete die Thermosflasche, trank sie halb aus, verschloss sie und wartete grimmig auf die Übelkeit.

Mit der magischen Zeichenkreide malte sie einen Ring auf jede Dose, den sie dann mit der Tischplatte verband. Sie hob eine der Dosen an. Die schwarze Linie gab wie ein Gummiband nach.

»Alles eine Sache der Einbildung. Jetzt wird's wild.«

Sie stand auf, trat vor den Tisch und zeichnete rechts

ein lebensgroßes Strichmännchen in die Luft, welches eine Sense in der rechten Hand hielt. Als sie fertig damit war, schwebte die Figur vor ihr und grinste sie auf eine Weise an, die sie so nicht gezeichnet hatte.

»Ich wusste es!« Leonie runzelte die Stirn. »Aber weiß er es auch?«

Gegenüber zeichnete sie eine Drehtür in die Luft.

»Das wird lustig!«

Sie trank die zweite Hälfte der Flüssigkeit, stellte die Thermosflasche auf den Tisch, stand auf, nahm eine der Dosen in die rechte Hand und wog sie.

»Ja!«

Sie warf schnell hintereinander drei Dosen mit aller Kraft rechts am Strichmännchen vorbei. Sie verschwanden, bis auf eine schwarze Linie, die sie mit dem Tisch verband. Die vierte Dose in der Hand, packte sie die Zeichnung und zog sie kräftig auf sich zu.

Mops erschien, einen überraschten und erleichterten Ausdruck auf dem Gesicht.

»Durch die Tür!«, rief Leonie.

Mops rannte los, ohne zu fragen. Leonie folgte ihm. Hinter ihnen, in einer unmöglichen Ecke der Küche, erschien Schmidt.

Leonie warf ihm die vierte Dose an den Kopf. Schmidt überschlug sich und trieb zurück, rappelte sich auf und wankte vorwärts. Leonie schob den Tisch zwischen Schmidt und die Drehtür, nahm die fünfte Dose und betrat die Drehtür.

Auf der anderen Seite wartete Mops.

Leonie schaffte es, zwei volle Umdrehungen innerhalb der Drehtür zu rennen, bevor Schmidt an die Tür trat.

Er starrte Leonie wütend an, das Loch in seiner Stirn ignorierend.

Leonie stemmte sich gegen den Zug der Dose und Schmidts

Bemühungen. Mops begriff und hielt die Drehtür auf seiner Seite fest. Leonie tauchte unter dem schwarzen Gummiband durch, zu Mops.

Von den drei zurückkehrenden Dosen zertrümmerten zwei die Scheiben der Drehtür, die Dritte erwischte Schmidt im Rücken. Er prallte gegen die Tür, taumelte zurück. Mops ließ die Drehtür los, die aus der Verankerung riss und in Richtung Schmidt verschwand. Zurück blieb eine weiße Fläche in einem weißen Raum ohne Kontur.

»Danke.«

Leonie würgte. »Gern geschehen. Wohin bist du plötzlich verschwunden?«

»Wollte Schmidt mir nicht verraten. Sah ziemlich ungemütlich aus.«

Leonie drehte sich von Mops weg und hustete.

»Zauberkreide?«

»Ja. Einen Wunsch haben wir heute noch frei. Wohin?«

Mops sagte es ihr.

»Wohin? Willst du mich veralbern?«

»Erinnerst du dich an unser Halloween-Abendessen?«

»Ja. Das war echt lecker. Und die Beleuchtung im Kürbis war ... magisch.« Sie zuckte zusammen. »Magisch! Du willst doch nicht im Ernst behaupten ...«

»Ich will und kann im Moment überhaupt nichts mehr im Ernst behaupten. Weil ich daran gehindert werde!«

»Aber was hat das mit dem Kürbis zu tun?«

»Im Kürbis war keine Kerze. Sondern eine Kohle. Die hat mir der Mörder freundlicherweise geliehen. Erinnere dich! Du hast sie mir damals in der Autopsie gezeigt.«

Die Kreide in Leonies Hand begann zu zerfließen.

»Ich kann dir nicht folgen.«

»Male einen Eingang, der nirgendwohin führt. Ich schätze, der, den ich suche, wird leicht zu finden sein.«

»Der Mörder?«

»Ja.«

»Ich ...«

»Leonie. Bitte. Das ist der einzige Ort, an den uns Schmidt nicht folgen kann.«

»Warum?«

»Leonie.«

»Na gut.«

Leonie versuchte, so gut es ging, an nichts zu denken.

»Es ist genau zwischen Himmel und Hölle«, sekundierte Mops.

Ein Nichts erschien im Weiß. Mops packte Leonie um die Taille und schritt mit ihr hindurch.

»Hey! Was soll das!«

Hinter ihnen erlosch das Nichts. Es wurde vollkommen schwarz.

»Toll! Und warum genau kann Schmidt uns nicht hierhin folgen?«

»Weil er der Böse im Spiel ist. Oder auch nicht.«

»Und wir sind die Guten?«

»Das wurde noch nicht entschieden. Erinnerst du dich an den Schreiber? Wir haben noch keinen Termin beim Totengericht.«

»Und was ist mit dem Mörder? Warum hast du ihn laufen lassen?«

»Weil er seit Jahrhunderten tot ist.«

»Logisch.«

»Erkläre mir kurz, was an dem, was wir gerade tun, logisch ist.«

»Der Punkt geht an dich.«

»Dann lass uns die Zeit, die wir hier haben, überlegen, wie wir wieder die Kontrolle über unsere Realität zurückgewinnen können.«

Back 2 Reality

Die Stille der Dunkelheit wurde durch eine Stimme unterbrochen. In der Ferne erschien ein schwaches, gelbrotes Glühen, begleitet von einer rauhen Stimme, die ›Seven Drunken Nights‹ sang. Zuerst konnte nur ›Monday‹ geraten werden, aber je näher der Sänger kam, desto deutlicher war der restliche Text zu verstehen.

Mops sang die sechste und siebte Strophe mit. Das nun das Dunkel füllende Licht war wohl nicht der einzige Grund für Leonies Gesichtsfarbe.

»Machos!«

»Darf ich vorstellen: Jack O'antern.«

»Hallo, schöne Frau. Auf so ein Wiedersehen habe ich nicht zu hoffen gewagt.« Der rothaarige Mann mit der Laterne in der linken Hand verneigte sich.

Bevor Leonie es verhindern konnte, hatte er ihre rechte Hand gepackt und ihr einen Handkuss aufgedrückt.

Er zwinkerte Mops zu. »Ein rassiges Pferdchen hast du da.«

Leonie zog ihre Hand zurück. »Was heißt Wiedersehen?«, fragte sie verärgert.

»Ich habe einen Blick werfen dürfen, als ich die Kohle zurückgeholt habe, während Mops dich aus seiner Wohnung geleitet hat. Dieser Mops ist ein echter Gentleman. Ich hätte dich bestimmt nicht gehen lassen, so wie du dich angeboten hast.«

»Können wir zur Sache kommen?«, fragte Mops.

»Natürlich. Was führt euch hierher in diese langweilige Ecke von Was-weiß-ich-wo-das-ist?«

»Meine Arbeit.«

»Verstehe ich nicht. Wir waren uns doch einig. Oder?« Misstrauen glomm in Jacks Augen auf.

»Waren wir. Leonie ...«

»Welch ein schöner Name für eine schöne Frau!«

»... und ich haben ein kleines Problem. Wir sind zum Spielball eines Spieles geworden, das man am besten mit ›Himmel und Hölle‹ umschreiben könnte.«

Jack grinste verschlagen. »Ihr wollt hier nicht auf Dauer einziehen? Platz wäre genug.«

Leonie sah Jack freundlich und interessiert an.

Jack schmolz förmlich dahin.

»Nein. Mops meinte, wir könnten uns hier eine Weile aufhalten, um Pläne zu machen. Da wir hier gewissermaßen zwischen Himmel und Hölle sind.«

Herrmann erschien aus dem Nichts. »Tach auch.«

Leonie streckte angewidert die rechte Hand aus.

Herrmann reichte ihr die Thermosflasche und grinste.

»Fünf und der Rest von heute.« Dann war er verschwunden.

»Jetzt wird es aber langsam voll«, beschwerte sich Jack.

»Der ist auf der Durchreise. Wie Karla. Wie wir.« Leonie seufzte. »Nur das Ziel wissen wir noch nicht.«

Jack sah die Thermosflasche neugierig an. »Darf ich?«

»Dein Wort«, forderte Mops.

»Mein was?«

»Dein Wort. Dass du nichts tust, was unserem Auftrag schadet.«

»Meinetwegen«, brummte Jack.

»Wir revanchieren uns, wenn wir das überleben. Versprochen.«

»Und wie?«

»Weiß ich noch nicht«, gab Mops zu.

Jacks Blick wanderte zu Leonie. »Gebadet und rasiert bin ich gar nicht mal so übel.«

Mops räusperte sich vernehmlich.

»Wolltest du etwas sagen?«, fragte Leonie angelegentlich.

»Ich? Nein, wieso?«

»Dann ist es ja gut. Also, Herr …«

»Jack. Bitte.«

»Zu denselben Konditionen, wie du mich bei Mops gesehen hast. Nur ansehen. Vielleicht noch ein Handkuss. Zum Abschied.«

Jack warf Mops einen vielsagenden Blick zu. »Ist sie das wert?«

»Ich versuche gerade, es herauszubekommen.«

»Einverstanden. Wie geht das Ding eigentlich auf?«

Leonie öffnete die Thermosflasche und reichte sie Jack. »Die muss ich im Laufe eines Tages trinken. Macht weder schön noch stark.«

Jack roch an dem Gebräu. Fast hätte er die Flasche fallengelassen. Er reichte sie Leonie zurück. »Ihr habt ein großes Problem.«

»In dem Punkt sind wir uns einig«, bestätigte Mops. »Darüber hinaus machen uns einige Leute das Leben schwer, von denen weder Leonie noch ich wissen, ob wir sie den Lebenden oder den Toten zuordnen können. Hermann — der von eben — und seine Vertretung Karla sind tot. Dann gibt es noch einen angeblichen Engel und einen Gegenspieler.«

»Du hast einen interessanten Beruf, Mops.«

»Ja, habe ich. Wenn wir das Rätsel nicht in fünf Tagen lösen, dann wird Leonie nicht die Einzige sein, die dieses Zeug trinkt.«

Jack sah Leonie ungläubig an. »Du bekommst das Zeug schon länger?«

»Seit fünfundzwanzig Tagen.«

»Respekt.«

»Was weißt du, was wir nicht wissen?«, fragte Mops. »Du scheinst wohl doch ab und zu Besuch zu bekommen.«

Jack wand sich, sah in alle Richtungen. »Ja. Zugegeben. Das mit nur einmal im Jahr rausdürfen ist Folklore. Ich bin in der Gewerkschaft …«

»In der was?«

»In der Gewerkschaft für Märchen- und Fabelwesen sowie Folklore. So was Ähnliches wie die für den Öffentlichen Dienst bei euch.« Es klang verlegen. »Du glaubst nicht, wie einsam man hier ist. Und nur ein freier Tag im Jahr ist …«, er lachte, »unmenschlich. Daher haben wir gemeinsam durchgesetzt, dass wir uns regelmäßig treffen dürfen. Geschichten erzählen und so.«

Mops setzte den typischen Kriminalistenblick auf. »Und so?«

»Und so. Wenn du mehr wissen willst, dann musst du dich uns schon anschließen.«

»Das ist für mich im Moment kein Thema. Du weißt, was das für ein Zeug ist?«

»Nicht genau. Ich weiß, was passiert, wenn normale Menschen es trinken.«

»Sie sterben«, vermutete Leonie.

»Nicht sofort.«

»Du meinst, sie müssen vorher noch leiden?«

»Das ist eine Sache des Standpunktes.«

»Bitte etwas genauer«, forderte Mops.

»Sie … sie verlieren den Verstand. Den Teil davon, der unterscheiden kann, was wirklich ist und was unwirklich ist. Sie leben mehr und mehr in einer Welt aus – wie soll ich es verständlich ausdrücken – alternativen Fakten. Dingen, die nur in ihrem Kopf existieren, aber nicht außerhalb.«

»Demnach sind Leonie und ich bereits völlig verrückt.«

»Nein.« Jack lächelte. »Obwohl auch das eine Frage der Definition ist. Ihr habt ein weniger beschränktes Sichtfeld als die meisten Menschen. Und Werkzeug. Zum Beispiel deine Sense. Leonies Ring und die ... Flasche. Das sind Repräsentationen für ... etwas anderes. Besser kann ich es nicht erklären.«

»Verstanden.«

»Die Menschen ohne Werkzeug, die das trinken, finden niemanden mehr, den sie fragen können. Sie bekommen Angst. Werden besorgt. Rotten sich zusammen. Wer nicht zu einer Rotte gehört ... und dann kämpfen die Rotten gegeneinander. Jeder glaubt, dass das andere das Böse ist. Natürlich sind alle am Ende tot. Früher als es notwendig gewesen wäre.«

»Ich hätte nie erwartet, dass Dummheit in irgendeinem Universum Substanz hat«, meinte Mops.

Jack grinste. »In Wirklichkeit macht sie den bei weitem größten Teil eines jeden Universums aus. Das habe ich euch aber nicht verraten.«

»Dennoch sind wir nicht chancenlos. Richtig?«

Jack nickte. »Richtig. Sonst würde das Spiel ja keinen Spaß machen.«

»Lassen wir das Spiel und den Spaß für einen Moment beiseite. Ich habe zwei Morde aufzuklären. Selbst wenn der oder die Täter nicht einer irdischen Gerichtsbarkeit zugeführt werden können, will ich herausbekommen, wer es war, und warum. Das bin ich meiner Rolle schuldig. Idealerweise möchte ich mit Leonie dann auch noch die Welt retten, wenn es nichts ausmacht.«

»Und am Ende die Prinzessin flachlegen, oder?«

»Wenn sie es will.«

»Was ist mit vorher?«

»Das scheint mir nicht der geeignete Zeitpunkt zu sein.«

»Hey! Wieso redet keiner von euch mit mir darüber!«, beschwerte sich Leonie.

»Weil du gerade nicht dran bist«, gab Jack zurück.

»Pffft!«

»Also, Inspektor Mops. Stell dir vor, du bist in einer Stunde tot. Richtig tot. Mit Termin bei du-weißt-schon-wem.«

Mops nickte. »Kann ich mir gut vorstellen.«

»Dann zieh dich aus«, fuhr Jack fort. »Und deine Prinzessin soll Selbiges tun.«

»Wie bitte?«

Leonie seufzte. »Warum um alles in der Welt gehe ich überhaupt noch shoppen?«

»Zieht euch aus. Ich bringe euch in eure Realitäten zurück. Ab da müsst ihr sehen, wie ihr klarkommt. Euer Versprechen gilt?«

»Ja.«

»Ja.«

Jacks Augen leuchteten. »Bist du sicher, Mädchen?«

»Wenn du glaubst, dass nur du so komische Sachen kannst, dann hast du dich geschnitten, Jack Dingsbums!«

Jack lachte. »Ich mag euch. Ich kenne nicht viele, die alles für Menschen tun würden, die ihnen völlig unbekannt sind.«

»Ich vertraue darauf, dass wir nicht die Einzigen sind«, gab Leonie zurück.

»Schön. Dann leere jetzt die Flasche. Und …«

»Muss das sein?«

»Was soll die Frage? Wer sollte es sonst tun?«

»Ich mag es nicht, andere Leute ohne Grund vollzuspucken.«

»Keine Angst. Es gibt einen Grund. Braucht ihr Licht?«

»Wofür?«, fragte Mops.

»Nein!«, fauchte Leonie, die verstanden hatte.

»Schade. Ich lasse euch nun allein. Wir sehen uns. So oder so. Und denkt daran: Realität ist das, was in euren Köpfen stattfindet.«

»Danke«, sagte Mops.

»Beeilt euch. Euer Vorsprung wird nicht ewig halten.«

Jack schritt schnell von dannen, ein zotiges Lied auf den Lippen. Mops und Leonie waren dankbar, dass es dunkel wurde, als er samt seiner Laterne entschwand.

»Mops?«

»Ja. Was?«

»Du...«

»Entschuldige, ich bin ein Mann. Noch.«

»Ja. Stimmt.«

»Hey!«

»Das habe ich nicht gemeint.« Es klang nicht ganz wahrheitsgemäß.

»Aha. Was dann?«

»Halt mich bitte fest. Mir wird schlecht.«

»Romantik ist irgendwie nicht unsere Stärke.«

»Nein. Zum Glück-k-k-k-k...«

* * *

Das Laken fühlte sich an, als ob es schon länger seine Aufgabe wahrgenommen hätte. Es roch nach Schweiß, aber nicht unangenehm. Und es war warm.

Leonie drehte den Kopf nach rechts und riskierte einen kurzen Blick in das Halbdunkel. Der Mann ihr gegenüber hatte wohl gleichzeitig dieselbe Idee gehabt.

»Kennen wir uns?«, fragte er.

»Mo... ich denke schon. Sonst würde ich wohl kaum in Ihrem Bett liegen.«

»Ach? Das ist mein Bett?« Der Mann grübelte. »Verzeihen Sie, aber mich scheint meine Erinnerung verlassen zu haben. Wer sind Sie?« Der Mann schien durch Leonies Anwesenheit beruhigt genug, um nicht besorgt zu sein.

»Leonie. Klingelt es bei Ihnen?«

Der Mann horchte. »Nein. Erwarten Sie einen Anruf?«

Leonie seufzte.

»Sie sehen gut aus. Sehr gut.«

»Danke. Verraten Sie mir Ihren Namen?«

Der Mann überlegte angestrengt. Seine grauen Augen sahen durch Leonie hindurch. »Nein«, sagte er schließlich. Schulterzuckend, aber irgendwie nicht enttäuscht. »Ich habe ihn gerade nicht parat.«

»Sie wissen aber schon, dass das Ihre Wohnung ist?«

Er nickte. »Ja, gewiss. Aber woher ich das weiß, das weiß ich nicht.«

»Die Sense da an der Wand gehört Ihnen auch.«

»Wenn Sie es sagen.«

Leonie stand auf. »Ich gehe duschen, wenn es nichts ausmacht.«

»Sicher.«

Karla erschien. Sie warf Leonie einen eindeutigen Blick zu. »Schätzchen, du bist zum Anbeißen.«

Leonie nahm die Thermosflasche in Empfang. »Kein Interesse.«

»Schade. Wahre Liebe gibt es nur unter Frauen. Denk darüber nach.«

Karla verschwand, nicht ohne ihr vorher einen Kuss zuzuhauchen.

Leonie sah zu dem Mann, der sich nicht daran erinnern konnte, Inspektor Mops zu sein. »Gehen Sie zuerst duschen. Ich versuche, mich nützlich zu machen.« Sie sah auf die Uhr, die auf dem Nachtisch stand: 07:45.

»Meinetwegen.« Mops stand auf, streckte sich und verließ das Schlafzimmer.

Leonie wäre ihm beinahe gefolgt. Sie atmete tief durch, nahm den Weg in die Küche. Ein kurzer Blick in den Spiegel zeigte ihr, dass von der Verkleidung nichts übriggeblieben war.

»Wenn ich diesen Jack zu fassen kriege!«

Die nachfolgende Suche brachte zwar ihre Ersatzkleidung, aber nichts wirklich als Frühstück Verwertbares zum Vorschein.

»Ich brauche Hilfe«, murmelte sie zu sich selbst. »Wir brauchen Hilfe.«

Sie nahm das Telefon und rief Müller an.

* * *

Die Unterlage fühlte sich weich an. Und warm. Die Oberlage auch. Licht schlich sich durch die Lider in die Augen, reizte dazu, sie zu öffnen.

Mops widerstand der Versuchung. Links neben ihm war etwas, das wärmer war als die Decke. Und sich, soweit er es, bewegungslos bleibend, feststellen konnte, recht angenehm anfühlte.

Er drehte wie zufällig seinen Kopf nach links. Riskierte einen kurzen Blick, der ihm zuschnappende Augenlider offenbarte. »Kennen wir uns?«

Sie öffnete die Augen. »Ich weiß nicht. Warum liegen Sie neben mir, wenn Sie mich nicht kennen? Sollte ich Sie kennen?«

Die Frage klang weder hilflos noch neugierig. Eher unbeteiligt. Unbesorgt.

Mops schlug die Augen auf. »Gestatten: Mops. Inspektor Mops.«

»Lustiger Vorname, den Sie haben.«

»Und Ihrer ist …«

Die Frau überlegte. Mops sah förmlich, wie die Räder hinter ihren tiefblauen Augen sich drehten.

Sie lächelte. »Fällt mir gerade nicht ein. Ist das wichtig?«

»Was haben wir zuletzt gemacht?«

Eine steile Falte bildete sich zwischen ihren Augen. »Wir? Keine Ahnung. Ich weiß nicht, wie ich hierhergekommen bin. Da wir beide nackt sind — vermute ich jedenfalls — kennen wir uns besser, als ich mich im Moment erinnere. Kann das sein?«

»Ja, durchaus.«

»Wo sind wir überhaupt?«

Mops richtete sich auf und sah sich im Halbdunkel um. »Könnte mein Schlafzimmer sein.«

»Das da an der Wand ist eine echte Sense?«

»Ja. Eine Sense.«

»Die sieht echt scharf aus!«

»Ist sie auch. Darf ich einen Vorschlag machen?«

»Gerne.«

»Wie wäre es, wenn Sie aufstehen und kalt duschen? Vielleicht bringt das Ihre Erinnerung zurück.«

Die Frau schlängelte sich aus dem Bett und blieb fragend vor Mops stehen. »Wo ist die Dusche?«

»D …« Mops holte tief Luft und ließ sich länger als nötig Zeit mit der Antwort. »Da. Nächste Tür rechts.«

Nachdem die Frau, die Mops als Leonie kannte, verschwunden war, blieb Mops noch liegen, bis er sicher war, dass sie unter der Dusche stand. Dann schlüpfte er aus dem Bett und warf einen kurzen Blick in den Spiegel. Die Verkleidung war weg. Er zog sich an und ging in die Küche. Immerhin lagen Leonies mitgebrachten Sachen noch da. Er nahm sie auf und ging in Richtung Schlafzimmer.

Leonie steckte den Kopf aus dem Bad.»Föhn?«

»Wunderfön.«

Ihr Blick wurde fragend.

»Entschuldigen Sie. Nein, tut mir leid. Ich hole noch ein Handtuch.« Er zeigte auf die Kleidung.»Scheint Ihnen zu gehören. Erinnern Sie sich?«

»Nein. Gefällt mir. Ich ziehe sie an.«

Sie nahm Mops die Kleidung ab und ging ins Schlafzimmer. Mops folgte ihr, kramte ein Handtuch aus dem Schlafzimmerschrank und gab es ihr.»Ich suche in der Zeit etwas zum Essen und Trinken.«

Karla erschien und reichte Leonie die Flasche. Mit einem anzüglichen Grinsen zu Mops meinte sie:»Wahre Liebe gibt es nur unter Frauen.« Sie gab Leonie einen zärtlichen Klaps auf die Schulter, bevor sie verschwand.

»Was soll ich mit der Flasche?«

Mops biss die Zähne zusammen. Auch das noch! Er lächelte Leonie an.»Trinken.«

Sie öffnete die Thermosflasche und roch am Inhalt. Schüttelte den Kopf.»Lieber nicht.« Sie machte die Flasche wieder zu und stellte sie auf den Nachttisch.

»Es ist für dich. Nur du kannst es trinken.«

»Ich will nicht.«

Mops sah auf den Wecker auf dem Nachttisch. Er zeigte 07:30.

»Zieh dich bitte an und behalte die Flasche bei dir. Falls du es dir anders überlegen solltest. Es ist wichtig, dass du die Flasche austrinkst.«

»Warum?«

»Lass uns zuerst versuchen, dass du deine Erinnerung zurückbekommst, dann ist es einfacher zu erklären. Einverstanden?«

»Meinetwegen. Was war mit Frühstück?«

»Bin unterwegs. Du setzt dich hier auf das Bett und gehst nirgendwo hin, bis ich es dir sage. Bekommst du das hin?«

Sie zuckte mit den Schultern.»Bestimmt.« Sie setzte sich auf das Bett.

»Ziehst du dich vorher an? Und dann wartest du auf mich? Ja?«

»Ja.«

Mops stürmte in die Küche, durchwühlte Kühl- und Vorratsschrank. Außer Kaffee und einer Dose Erdnüssen war nichts Brauchbares zu finden.

»Na gut. Dann auf die Harte.« Er griff zum Telefon und rief Müller an.

Müller drückte an der Tür und Mops zog an der Kommode. Müller trat ein.»Das Schloss ist aufgebrochen.«

»Ja. Ich hatte den Schlüssel verlegt. Er liegt noch auf dem Kreuzfahrtschiff.«

»Kreuzfahrtschiff?«

»Ist eine längere Geschichte.«

»Sie wissen, dass Sie zur Fahndung ausgeschrieben sind?«

»Nein. Wollen Sie mich gleich sofort verhaften?«

»Eins nach dem anderen.«

Leonie steckte den Kopf aus dem Schlafzimmer.»Oh? Besuch?«

Müller erstarrte. Wollte etwas sagen. Sah zu Mops, der unauffällig eine ratlose Geste machte. Verstand.

»Sie sehen verdammt hübsch aus. Gestatten: Müller.«

»Angenehm. Ich … äh … ich glaube, ich habe meinen Namen vergessen.«

»Ist das nicht unangenehm?«

»Geht so. Mops … richtig? …«

Mops nickte.

»Kümmert sich sehr liebevoll um mich.«

»Aha.«

Mops drehte sich zu Müller und rollte mit den Augen.

»Haben Sie etwas mitgebracht?«

»Oh. Natürlich! Moment. Liegt noch vor der Tür.«

Müller kam mit einer Tüte zurück, gefüllt mit …

»Croissants, Brötchen, Erdbeertorte.« Leonie nahm die Tüte entgegen, stellte sie auf den Tisch und begann, ihn zu decken.

»Was haben Sie mit ihr angestellt?«, raunte Müller Mops zu.

»Nichts. Wir sind heute Morgen in meinem Bett aufgewacht, und weder sie noch ich können uns erinnern, wie wir da hineingekommen sind.«

»Leonie wirkt sehr … gefügig«, flüsterte Müller. »Ist sonst gar nicht ihre Art.«

»Das liegt nicht an mir. Wir müssen es hinbekommen, dass sie sich wieder erinnert. Zumindest an ihren Namen, und warum wir jetzt hier sind.«

»Warum?«

»Das ist eine noch längere Geschichte. Was ist mit diesem Schmidt? Steht der Ihnen immer noch auf den Füßen?«

Müller verzog das Gesicht. »Und wie. Wenn der nicht diesen tollen Dienstausweis hätte, dann würde ich ihn einlochen. Das, was der macht, ist kriminell.«

»Hat er auch auf Sie geschossen? Mit einer Schnellfeuerpistole?«

Müller sah Mops seltsam an. »Nein. Sollte er?«

Mops grinste. »Sie sind ein guter Vertreter für mich. Respekt.«

»Danke.«

»Frühstück ist fertig!«

Müller sah zu Leonie, dann zu Mops. »Wollen Sie wirklich, dass sie sich erinnert?«

»Ja. Unbedingt.«

»Gut. Dann helfe ich. Wie gesagt, eigentlich müsste ich Ihnen beiden Handschellen anlegen. Leonie ist seit fast einem Monat spurlos verschwunden. War sie mit Ihnen auf der ... Kreuzfahrt?«

»Nein, nur die letzten paar Tage. Das Schiff befindet sich im Moment mitten auf dem Pazifik.«

Müller runzelte die Stirn. »Haben Sie beide irgendwelche seltsamen Sachen zu sich genommen?«

»Nur Leonie. Ich bin schon immer seltsam, das wissen Sie doch. Vergessen Sie die Kreuzfahrt für den Moment.«

Müller schenkte sich Kaffee ein und widmete sich einem Croissant.

Mops tat das Gleiche.

Müller entdeckte den Ring an Leonies Hand. »Schicker Ring, den Sie da tragen.«

Leonie sah überrascht auf ihre rechte Hand. »Nanu, wo kommt der denn her?«

»Leihgabe aus Ägypten. Erinnerst du dich?«, fragte Mops.

»Ich war in Ägypten?«

»Nein.«

»Schade. Oder?«

»Keine Ahnung.«

»Waren Sie?«

»Auch nicht. Gehst du bitte ins Schlafzimmer und ziehst dich aus? Ich komme gleich nach.«

»O.k.« Leonie stand auf und verließ die Küche.

Mops verzog das Gesicht. »Mist! Das darf doch nicht wahr sein!«

Müller schüttelte den Kopf. »Sie wissen, welches Zeug ich meine, dass das bewirkt.«

»Ich schwöre ihnen, bei allem, was mir heilig ist, dass ich so etwas nicht tue. Leonie und ich haben in den letzten Tagen viel durchgemacht. Und noch einiges vor uns. Vielleicht hat ihr Verstand einfach keine Lust mehr. Erinnern Sie sich an die Substanz, wegen der wir Schmidt auf dem Hals haben?«

»Sicher.«

Mops wandte sich in Richtung Schlafzimmer. »Holde Schöne! Bringst du uns bitte die Thermosflasche?«

»O.k.«

Leonie erschien und stellte die Flasche auf den Tisch. Müller schnappte nach Luft.

Mops räusperte sich. »Du kannst jetzt wieder gehen. Und zieh dich bitte wieder an.«

»Gut.« Leonie drehte sich um und entschwand.

Müller zwang seinen Blick auf die Thermosflasche. »Was ist da drin?«

»Der Stoff, der gestohlen wurde. Nehme ich an. Schmidt ist deswegen hinter uns her.«

»Kann ich verstehen.«

»Leonie trinkt jeden Tag eine dieser Flaschen. Seit fast einem Monat. Sie muss es trinken, sonst landet es im Trinkwasser. In drei Tagen wird sie daran sterben. Dann werden alle Menschen so wie sie. Befürchte ich. Stellen Sie sich vor, was passieren wird, wenn es niemanden mehr gibt, der Anweisungen erteilt.«

»Das ist eine ziemlich steile Story, die Sie mir da erzählen.«

»Gut. Dann einfacher. Leonie ist noch drei Tage immun. Der Typ, der das Zeug geklaut hat, hat uns gesagt, dass er es in drei Tagen nicht mehr an Leonie verfüttert, sondern an die ganze Welt.«

»Dagegen müssen wir etwas unternehmen!«

»Schmidt steckt mit den Leuten möglicherweise unter einer Decke.«

»Hört sich plausibel an. Aber Sie wissen: Ohne Beweise oder zwingende Indizien keine Verhaftung.«

»Ist mir klar. Ich dachte, wir bringen Leonie in die Autopsie. Lebend. Ich vermute, dass Schmidt uns überwacht. Vielleicht können wir ihm eine Falle stellen. Und vielleicht hilft ihr das auch, ihren Namen wiederzufinden.«

Müller ging voran, als sie das Präsidium betraten. Mops hatte Leonie untergehakt, was sie kommentarlos über sich ergehen ließ.

»Kommt dir irgendetwas hier bekannt vor?«, fragte Mops Leonie.

»Ja. Schon.«

»Aber?«

Leonie lächelte sonnig. »Ich habe keine Ahnung, wo ich es einsortieren soll.«

»Gehen wir weiter«, schlug Müller vor.

Mops sah auf seine Uhr. 09:05. »Ja. Wie besprochen.«

Sie gingen weiter, die Treppe hinunter, den Gang entlang und kamen vor der Tür der Autopsie an.

»Schlüssel?«, fragte Mops.

»Ich?« Leonie lächelte entschuldigend. »Nein.«

»Weißt du, was dahinter ist?«, fragte Mops.

»Kalt.«

»Warum?«

»Weiß nicht.«

»Ich habe einen Schlüssel.«

Sie drehten sich um. Schmidt stand vor ihnen, die Schnellfeuerpistole in der Hand.

Müller wollte sich auf ihn stürzen.

Mops fiel ihm in den Arm. »Nein!«

»Wir sind zu dritt!«

»Glauben Sie mir, es wird nicht funktionieren.«

»Na gut.«

Schmidt wartete, bis Müller seine Waffe auf den Boden gelegt und weggeschoben hatte. Er drückte Leonie den Schlüssel in die Hand. »Aufschließen!«

Nichts geschah. Schmidt starrte Leonie an. Leonie sah durch ihn hindurch.

»Was ist mit ihr?«, fragte Schmidt.

»Wissen Sie es nicht?«, fragte Mops zurück.

Schmidt versetzte Mops mit der Linken einen Kinnhaken, der ihn gegen die Wand warf. Seine Waffe zielte auf Leonies Kopf.

»Schließ bitte auf«, sagte Mops gepresst.

Leonie sah auf ihre rechte Hand hinab. »Oh, ein Schlüssel.« Sie steckte ihn in das Schloss und drehte ihn um, öffnete die Tür.

»Rein da!«, befahl Schmidt.

Als alle im Autopsieraum waren, verschloss er die Tür.

»Wo sind die Sesterze?«

Mops rieb sich sein Kinn und trat einen Schritt zurück, außerhalb Schmidts Reichweite. »Das reimt sich auf schlechte Scherze.«

»Schaffen Sie tausend Meter in einer Sekunde?«

»Locker. Vielleicht sagen Sie uns endlich, was Sie wollen. Und warum.«

»Und wenn nicht?«

»Dann warten wir hier auf Herrmann und Karla. Oder so.«

»Sie drei werden in den Schubladen warten, schlage ich vor.«

»Sie sollten es mit Wachs probieren«, meinte Mops.

»Was?«

»Das Loch in Ihrer Stirn. Da hält normale Schminke nicht.«

Schmidt steckte den linken Zeigefinger in das Loch in seinem Kopf. »Sie haben recht.«

Müller lief grün an. »Sie sind tot!«

»Was dagegen?«

»Haben Sie schon eine entsprechende Meldung bei Ihrer Dienststelle gemacht?«, fragte Müller.

Mops sah Müller überrascht an. »Mann! Sie haben ja Humor!«

»Ich gehe zum Lachen immer in den Keller.«

Schmidt nahm den Finger aus dem Loch in seinem Kopf.

»Ach so. Verstehe. Wo sind die Sesterze?«

»Komische Frage. In der Asservatenkammer natürlich.«

Die Pistole zielte auf Mops' Kopf.

Mops breitete seine Arme aus. »Gut. Müller: Tun Sie Schmidt den Gefallen.«

»Sind Sie sicher?«

»Ja. Oder glauben Sie, dass ihn jemand auf dem Revier aufhalten kann?«

»Nein.«

Schmidt sah sich suchend um. »Wo ist eigentlich Ihre Sense?«

»Zuhause vergessen.«

»Das glaube ich Ihnen nicht.«

»Wollen Sie mich durchsuchen?«

»Ich habe Angst«, sagte Leonie. Sie zitterte.

Mops sah sie aufmerksam an. »Warum?«

»Weiß nicht. Es ist kalt hier. Mir ist schlecht.«

»Dann trink doch etwas«, schlug Mops vor.

»Ich will nicht.«

Schmidt zeigte mit der Waffe auf Leonie. »Du willst. Und Müller holt inzwischen die Münzen. Keine Tricks. Sonst mache ich aus diesem Haus ein Schlachthaus.«

»Bin unterwegs. Darf ich?«

Schmidt öffnete die Tür und ließ Müller hinaus. Dann verschloss er sie wieder.

»Sie trinkt jetzt!«, befahl er Mops.

Mops öffnete die Flasche, die Leonie in der Hand hatte, und sah hinein. Etwas Schwarz-weißes waberte im Inneren des Behälters. Mops bewegte das Gefäß an ihren Mund. »Trink. Dann wird es uns allen besser gehen.«

Leonie sah Mops bittend an.

»Keine Angst. Ich bin bei dir.«

Mops trat zurück und umfasste seine eigenen Schultern. »Wirklich verdammt kalt hier. Wie halten Sie das aus?«

»Ich weiß nicht, wovon Sie reden.«

Mops sank auf die Knie und würgte.

Leonie setzte die Flasche an und trank einen Schluck. Dann einen weiteren.

»Wo bleibt Müller?«, fragte Schmidt.

Mops atmete heftig ein und aus. »Kommt bestimmt gleich.«

Der nächste Schluck, den Leonie Trank, durchfloss ihren Körper und platschte auf den Boden. Leonie folgte auf die gleiche Weise. Ihr Körper zerfloss.

Schmidt sah ziemlich ratlos aus.

Es klopfte an der Tür.

Schmidt richtete die Waffe auf Mops. »Keine Tricks.«

Er öffnete die Tür.

Draußen stand Leonie.

Sie hatte die Sense in den Händen.

* * *

Leonie hatte einige Mühe, die Kommode von der Tür wegzuzerren, trotz der Hilfe von Müller auf der anderen Seite.

Sie schnaufte ausgiebig, als Müller hereinkam und die Tür schloss.

»Die wurde aufgebrochen.«

»Ja.«

»Sie werden seit Wochen vermisst! Wo waren Sie?«

»Ich wurde entführt.«

»Von wem?«

»Kann ich nicht in zwei Sätzen sagen.«

Mops steckte seinen Kopf durch die Schlafzimmertür und sah auf den Flur. »Oh? Besuch?«

Müller starrte Mops an. Dann Leonie.

Sie schüttelte den Kopf. »Ich war's nicht.«

»Gestatten: Müller«, sagte Müller zu Mops.

»Angenehm. Meinen Namen habe ich leider vergessen.« Mops wirkte völlig unbesorgt.

»Haben Sie gemeinsam irgendwelche seltsamen Sachen genommen?«, fragte Müller.

»Nur ich. Holst du bitte die Thermosflasche aus dem Schlafzimmer?«, bat Leonie Mops.

»Gerne.«

Müller stellte die Tüte auf den Tisch. »Kaffee?«

»Dazu sind wir noch nicht gekommen.«

Mops kam herein und stellte die Thermosflasche auf den Tisch. Müller nahm sie und wollte sie öffnen.

»Nein! Nicht!«

Müller und Mops zuckten zurück.

»Entschuldigung. Da ist kein Kaffee drin.«

»Auch gut.« Mops sah die anderen fragend an. »Dann koche ich welchen. Oder?«

Leonie lächelte zustimmend. »Gerne.«

Müller zeigte auf die Thermosflasche. »Was ist da drin?«

»Das Zeug, weswegen wir Schmidt am Hals haben.«

»Wo haben Sie es her?«

»Keine Ahnung. Seit fast einem Monat bringen mir abwechselnd ein Mann und eine Frau diese Flasche. Herrmann und Karla.«

»Die beiden Toten?«

»Ja.«

»Aber die sind doch tot!«

»Ja.«

»Ich ... verstehe ... nicht.«

Leonie lachte hilflos. »Ich auch nicht. Ich weiß nur, dass mich das Zeug nicht umbringt. Jedenfalls nicht in den nächsten drei Tagen. Danach wird der Besitzer die ganze Welt damit beglücken.«

»Ziemlich dünne Story.« Müller grinste. »Schicken Ring tragen sie übrigens. Verlobungsgeschenk?«

Leonie wurde rot. »Wir sind nicht ... ach, egal! Ich wünschte, Jack hätte uns wieder auf dem Kreuzfahrtschiff abgesetzt!«

»Welches Kreuzfahrtschiff?«

Leonie setzte sich und griff nach dem Erdbeerkuchen. »Mahlzeit!«

Mops kam dazu, schenkte fröhlich lächelnd Kaffee ein und setzte sich. Sie aßen schweigend.

»Also?«, fragte Müller.

»Die Geschichte ist noch seltsamer, als ich bereits erzählt habe. Wir brauchen Ihren normalen Menschenverstand. Schmidt ist irgendwie in die Sache verwickelt. Falls Sie mir vertrauen und glauben, dann müssen wir dafür sorgen, dass Mops sich so schnell wie möglich wieder erinnern kann.«

»Welcher Mops? Hier ist ein Mops? In der Küche?«

Leonie sah ihn an. »Was wäre, wenn es so wäre?«

Er zuckte mit den Schultern. »Dann wäre es so.«

»Wartest du bitte im Schlafzimmer?«, fragte Leonie.

»Gerne.«

Als er weg war, fuhr Leonie fort. »Er ist vollkommen zufrieden, wenn ihm jemand sagt, was er zu tun hat.«

»Er steht also nicht nur einfach unter Ihrem Pantoffel? Da laufen Wetten im Revier ...«

»Sehr komisch! Können Sie sich vorstellen, was passiert, wenn alle Menschen so ticken wie Mops jetzt? Und keiner mehr da ist, der Befehle erteilt?«

»Kann ich. Ich finde das sehr beunruhigend.«

»Dann sind wir uns ja einig. Auch wenn Sie mir nicht glauben, schadet es nichts, wenn Sie uns unterstützen. Wenn es schiefläuft, dann können Sie und Schmidt uns ja immer noch verhaften. Bevor Schmidt uns erschießt.«

Müller zuckte zusammen. »Hat er das versucht?«

»Er hat … Ja.«

»Gibt es Zeugen?«

Leonie lächelte ein sehr seltsames Lächeln. »Nur Mops und mich. Die anderen sind wahrscheinlich tot.«

Müller schüttelte sich. »Diesen Schmidt habe ich gefressen.«

»Dann helfen Sie uns also?«

»Erst einmal ja. Ohne Garantie.«

»In Ordnung.« Sie drehte sich zum Schlafzimmer. »Mops?«

Nichts geschah.

»Wie soll ich ihn nennen?«

»Keine Ahnung. Woran könnte er sich erinnern? Oder es für seine Realität halten?«

»Ich hasse das!«

»Was?«

»Schaaa-hatz!«

Mops kam in die Küche. Müller schüttelte sich.

»Wir begleiten jetzt Herrn Müller.«

»Gut.«

Leonie stand auf. »Bleib bei Herrn Müller, ja?«

»Ja.«

»Was machen Sie?«, fragte Müller.

Leonie griff nach der Thermosflasche. »Ich muss ins Bad. Unterhalten Sie sich mit ihm, bis ich wiederkomme.«

»Aber das Zeug ist tödlich.«

»Nicht für mich. Heute jedenfalls.«

Müller versuchte Mops in ein Gespräch zu verwickeln. Es wurde eine einseitige Angelegenheit, unterbrochen von Würgegeräuschen aus dem Bad.

Leonie kam zurück, die Thermosflasche in der linken und die Sense in der rechten Hand. »Wir können. Ich denke, wir gehen in die Autopsie. Vielleicht hat Schmidt ja dieselbe Idee wie wir. Und wir erwischen ihn da.«

»Sie meinen ...«

»Dass Sie sich eine eigene Meinung bilden sollten. Im Licht von dem, was Sie als Tatsachen anerkennen. Und das Mops so vielleicht zu sich zurückfindet.«

Auf der Fahrt zum Präsidium fragte Leonie Müller, wo die Sesterze abgeblieben waren.

»Die sind wieder im Asservatenraum, wo sie hingehören.«

»Gut. Dann holen wir die erst einmal ab und gehen dann in die Autopsie. Haben Sie einen Schlüssel?«

»Ich besorge einen beim Hausmeister.«

»Danke. Müller?«

»Ja?«

»Gut, dass es Sie gibt. Sie sind so real, wie es jemand nur sein kann.«

»Danke.«

»Ich erkläre Ihnen meine Idee.«

Sie sah zu Mops hinüber, der unbeteiligt aus dem Fenster blickte.

»Ich glaube, dass dieser Schmidt die Sesterze braucht. Die haben irgendetwas mit Herrmann und Karla zu tun. Etwas — entschuldigen Sie den Ausdruck — magisches.«

»Aha.«

Müller bremste vor einer roten Ampel.

»Sehen Sie es so: Schmidt glaubt daran. Darum wird er die Dinge haben wollen. Er weiß, dass wir ebenfalls etwas vermuten. Darum wird er uns vielleicht im Präsidium auflauern. Da er einen besonderen Dienstausweis hat, kein Problem für ihn. Er wird uns in die Autopsie folgen oder dort erwarten.«

»Um Sie dort zu beseitigen?«

»Nehme ich an.«

»Und wenn er dort nicht auftaucht?«

»Dann verhaften Sie uns beide am besten. Bevor wir etwas Schlimmes anstellen.«

»Einverstanden.«

Als sie durch den Eingangsbereich kamen, brachte die Sense Leonie einige höhnisch anerkennende Pfiffe ein. Insbesondere, da sie Mops eingehakt mehr mitzog, als er mitlief.

»Müller! Sie zahlen!«, rief einer der Kollegen.

»Das ist noch nicht raus!«

Was den Schlüssel und die Sesterze anging, gab es keine Probleme. Müller steckte sie sich in die Hosentasche.

Vor dem Abgang zum Keller zur Autopsie blieb Mops abrupt stehen.

»Was ist?«, fragte Leonie.

»Da unten…«

»Ja?«

»Da ist etwas.« Er legte seine rechte Hand auf sein Herz.

»Ich habe auch ein komisches Gefühl«, sagte Müller. »Als ob ich nicht da hingehen sollte. Spüren Sie es nicht?«

Leonie sah die Treppe hinunter. Etwas wie ein dünner Schleier ließ den Ort unscharf erscheinen. Sie konnte nicht bis zum Ende der Treppe sehen. »Ich hatte noch nie Angst, mit den Toten allein zu sein.« Sie ließ die Sense aufschnappen. »Solange ich mit den Toten allein war.«

»Wollen Sie jetzt den Helden geben?«, fragte Müller.

»Quatsch! Haben Sie eine Waffe dabei?«

»Ja.«

»Dann ziehen Sie sie.«

Zu dritt gingen sie langsam und ihren Weg absichernd die Treppe hinunter.

Im Gang, der zur Autopsie führte, blieb Müller stehen. Schweiß lief ihm über die Stirn. »Ich kann nicht weitergehen.«

»M ... Schatz?«, fragte Leonie.

»Ja.« Mops zitterte.

»Was ist mit dir?«

»Da ist etwas. Als ob ich schon da wäre. Wo wir hingehen. Mir ist kalt.«

Leonie hatte einen sehr seltsamen Einfall. »Ach du Scheiße!« Sie sah Mops. Und durch ihn hindurch die Kellerwand. Sie stellte die Thermosflasche auf den Boden und öffnete sie. Schwarz-weißer Rauch kam heraus und zog in Richtung des Autopsieraums. Und in Richtung Mops.

»Ihr bleibt hier!«, befahl sie.

Müller war nicht in der Lage, zu widersprechen. Er stand wie angenagelt und hielt sich an seiner Waffe fest. Mops nickte stumm.

Leonie ging weiter zur Autopsie. Als sie sich nach drei Schritten umdrehte, konnte sie Mops und Müller nur noch schemenhaft erkennen.

Sie ging weiter, nickte Müller zu, der einige Schritte von der Tür entfernt stand. Er starrte durch sie hindurch.

Leonie schlich bis zur Tür. Sie warf einen Blick über die Schulter. Müller eins und zwei waren im Nebel nicht mehr zu sehen, genauso wenig wie Mops. Sie legte den Kopf an die Tür und lauschte.

Dann klopfte sie, trat einen Schritt zurück, packte die Sense mit beiden Händen und holte aus.

* * *

Schmidt duckte sich.

Der Schlag ging vorbei und der Schwung riss Leonie mit. Sie taumelte nach rechts, stolperte und fiel hin. Die Sense blieb im stählernen Türrahmen stecken.

Schmidt schoss blind in Richtung Mops, der sich mit einem Sprung hinter den Seziertisch in Sicherheit brachte. Müller kam herangestürmt, ging in den Kniestand und feuerte auf Schmidt.

Schmidt verschwand.

Leonie rappelte sich auf und zog die Sense ohne Mühe aus dem Rahmen. Sie ließ die Klinge an den Stiel zurückschnappen.

»Sieht cool aus«, kommentierte Müller.

»Hat mir Mops gezeigt.« Sie sah besorgt durch die Tür. »Mops! Alles in Ordnung?«

»Ich lebe noch«, kam Mops' Stimme aus dem Raum.

»Bist du allein?«

»Jetzt ja. Die andere Leonie ist weg. Ich komme zu euch. Bitte nicht schießen, Müller.«

Sie gingen zusammen in Richtung Treppe, sahen aber niemanden mehr.

»Der andere Mops hat sich aufgelöst. Und Müller ...«

»Ist Müller«, meinte Mops.

»Was soll das denn heißen?«, fragte Müller.

»Das man sich auf Sie verlassen kann«, antwortete Mops kryptisch. »Haben Sie die Sesterze?«

»Sicher. Das war das Erste, was Leonie und ich geholt haben.«

»Interessant.«

»Wenn ich diesen Jack zu fassen kriege, dann wird der sich einiges anhören müssen!«, grummelte Leonie.

Mops grinste schräg. »Ein ziemliches Schlitzohr, nicht wahr?«

»Wer ist Jack?«, wollte Müller wissen.

Mops sah zur Decke auf der Suche nach einer einigermaßen glaubhaften Erklärung. Er seufzte. »Ein weitläufiger Bekannter. Der, der letzten Halloween Wilfried Lang umgebracht hat.«

»Oh? Warum haben Sie ihn dann nicht verhaftet?«

»Weil er bereits tot war. Na ja, irgendwie.«

»Ich finde es nicht wertschätzend, wenn Sie mich in Leonies Gegenwart zu veralbern versuchen.«

Leonie legte Müller freundschaftlich den Arm um die Schulter. »Das wollte er auch nicht. Jack ist nicht mehr ganz von dieser Welt.«

»So wie dieser Schmidt?«

»Nein. Ja. Nein.« Leonie zuckte mit den Schultern. »Ehrlich gesagt: Ich weiß es nicht.«

»Ich freue mich schon darauf, den Bericht schreiben zu müssen. Schusswaffengebrauch gegen einen Untoten! Die versetzen mich als Streifenpolizisten in einen Ort mit einstelligen Telefonnummern!«

»Ich helfe Ihnen mit dem Bericht«, bot sich Mops an. »Ich habe, was das betrifft, schon einige Erfahrungen gesammelt.«

Müller war nicht ganz überzeugt. Aber pragmatisch genug. »Danke, Chef. Was machen wir jetzt?«

»Ich schlage vor, wir gehen in mein Büro«, schlug Mops vor. »Hier unten gibt es erst einmal nichts mehr zu tun.«

Und, nach einem Blick auf die angerückten Kollegen, die sich ihnen vorsichtig mit gezogenen Waffen näherten. »Nachdem wir diese Kleinigkeit erklärt haben.«

»Zwei Sesterze.« Mops sah auf die zwei Tüten auf dem Tisch. »Genau gesagt, zwei mal zwei. Bei Herrmann und Karla gefunden.«

»Ich nehme an, außerhalb ihrer Reichweite«, vermutete Leonie.

»Richtig. Beide haben danach gegriffen. Nach dem, was wir im Allgemeinen als den Todeszeitpunkt bezeichnen. Was bedeutet es ihnen, wenn sie schon tot sind?«, fragte Mops.

»Und warum hat jemand die Münzen dagelassen? Sie gehörten den beiden wahrscheinlich nicht. Es wurden keine Münzsammlungen gefunden«, ergänzte Müller. Er kratzte sich am Kopf. »Nach den Erfahrungen von vorhin würde ich behaupten, dass sie irgendeine mythologische oder ... magische Bedeutung haben.«

Leonies Gesicht zeigte Unverständnis. »Obwohl sie durch nichts aufgehalten werden können, haben sie es trotzdem nicht geschafft, sich die Münzen einfach aus dem Asservatenraum zu holen.«

»Stimmt. Wenn ich mich recht erinnere, hat Karla dann reagiert, als ich sie angeboten habe. Wenn auch außerhalb ihrer Reichweite«, erinnerte sich Mops.

»Ziemlich unfair«, sagte Müller.

»Das Leben ist nicht immer fair. Der Tod anscheinend auch nicht. Herrmann und Karla arbeiten für dieselbe Seite, sei es freiwillig oder gezwungen. Schmidt steht auf der anderen Seite.«

»Schmidt ist also der Böse?«, fragte Leonie.

»Ich weiß nicht, in welchem Umfang Begriffe wie ›gut‹ oder ›böse‹ in diesem Spiel eine Bedeutung haben. Es scheint mehr um unterschiedliche Interessen zu gehen.«

»Vor dem Gesetz sind sie alle Straftäter«, ergänzte Müller.

»Allerdings glaube ich nicht, dass wir jemand von denen verhaften können.«

Mops nickte. »Richtig. Dennoch ist es wichtig, dass die Geschichte aufgelöst wird. Weil sonst jemand Leonies Getränk in unserem Trinkwasser auflösen wird. Woraufhin sich die irdische Zivilisation auflösen wird.«

»Sehen Sie das nicht ein wenig zu pessimistisch?«, fragte Müller.

»Nach dem, was ich bisher gesehen habe: nein.«

Müllers Blick wanderte zu Leonies rechter Hand.

»Was ist?«, fragte Leonie.

»Ich wollte nicht aufdringlich sein. Aber der Ring, den Sie tragen ... Verlobungsgeschenk von Mops?«

»Nein! Wir sind nicht verlobt!«

Müller räusperte sich. »In Ordnung. Ich wollte niemandem zu nahe treten. Aber der Ring ...«

Mops grinste. »Ist die Leihgabe eines Ägypters namens Imhotep.«

Müller wurde ganz Polizist. »Sind Sie in eine Ausstellung eingestiegen?«

»Würden Sie mir glauben, wenn ich sage, dass Imhotep der Pyramidenbauer mir den Ring persönlich in die Hand gedrückt hat? Und ich ihn Leonie geliehen habe?«

»Nein. Würde ich nicht.«

»Dachte ich mir schon. Ist auch teilweise gelogen. Was nun? Werden Sie uns wegen Diebstahls von Kulturgütern verhaften?«

»Nein. Auch nicht. Wenn Sie den wirklich gestohlen hätten, dann wären Sie ganz sicher nicht so dumm, den in der Öffentlichkeit zu tragen.«

»Danke.«

»Gern geschehen.«

»Wo machen wir weiter?«, fragte Mops. »Alle Kontakte in die Anderswelt sind außerhalb unserer Reichweite. Was auf der einen Seite gut ist, denn ich wollte mein Leben nicht als

Comicfigur beschließen. Auf der anderen Seite haben wir keinerlei Anhaltspunkte, die uns weiterbringen.«

Leonie hob die Hand. »Der Einzige, mit dem wir uns bisher nicht beschäftigt haben, ist Schmidt.«

»Richtig«, gab Müller zu. »Das Problem ist nur, dass die Kollegen vom Staatssicherheitsdienst sehr schweigsam werden, wenn wir sie nach dem Auftrag ihrer Angestellten fragen. Geschweige denn nach ihren Adressen.«

»Aber dieser Schmidt ist doch tot!«, insistierte Leonie.

»Weiß das seine Dienststelle?«, fragte Müller zurück. »Sie wissen doch, wie das funktioniert. Solange dort kein Formular auftaucht, dass seinen Tod bestätigt, bekommt er auch die Pension, sobald er dran ist.«

»Das schon.« Mops Gesicht hellte sich auf. »Aber er hat sich doch ganz offiziell bei uns vorgestellt und seinen Auftrag genannt.«

»Falls das stimmt«, entgegnete Müller.

»Klar. Aber wir können auf jedem Fall seiner Dienststelle eine Mitteilung machen, dass wir im Besitz von Informationen sind, die ihn interessieren. Entweder taucht Schmidt dann wieder ganz offiziell bei uns auf, oder einer seiner Kollegen wird kommen und fragen, wann und wo wir ihn zuletzt gesehen haben.«

Die Tür zum Büro wurde aufgestoßen, eine Handvoll vermummter und bewaffneter Gestalten drang ein und verteilte sich im Raum.

»Keine Bewegung!«, rief der Anführer.

Müller schüttelte fassungslos den Kopf. »Ich glaube, das mit der Mitteilung hat sich gerade erledigt.«

* * *

Der Verhörende stellte sich nicht vor. »Wann haben Sie Schmidt zum letzten Mal gesehen?«

»Lebend?«, fragte Mops.

»Sie sind nicht in der Situation, um Scherze zu machen.«

»Das war kein Scherz.«

Der Verhörende beugte sich über den Schreibtisch zu Mops. »Kommen Sie zur Sache.«

»Also gut. Das letzte Mal, als ich Schmidt – vermutetermaßen – lebend gesehen habe, war an dem Tag, an dem er mich in Zwangsurlaub geschickt hat. Ist fast dreißig Tage her, wenn ich mich nicht verzählt habe. Ich schätze, Sie haben bereits nachgeprüft, wann ich meinen Urlaub angetreten habe.«

»Das bringt mich zur Frage, wieso Sie jetzt hier sind und nicht in Australien.«

»Ich habe mich bei UPS Express aufgegeben. Geht schneller als mit den Passagiermaschinen, wenn auch nicht so bequem.«

»Ihnen scheint der Ernst der Lage nicht bewusst zu sein.«

»Doch. Durchaus. Aber Ihre Fragen werden uns nicht weiterbringen.«

»Sie sind raus aus der Nummer.«

Mops schüttelte lächelnd den Kopf. »Das wäre zu schön, um wahr zu sein. Kommen Sie! Sie haben, nehme ich an, zwei richtig große Probleme. Das eine ist der Diebstahl einer hochgiftigen Substanz. Was Schmidt nie bestätigt hat. Das andere ist, dass Sie nicht wissen, wo Schmidt ist, den Sie mit diesem Fall beauftragt haben. Richtig? Lassen Sie uns wie Polizisten zusammenarbeiten, so gut es unter den gegebenen Umständen möglich ist. Wenn ich Ihnen meine Version erzähle, dann werden Sie mich für verrückt halten. Und wir beide verlieren.«

»Ich habe mich ausführlich über Sie informiert.«

»Das habe ich nicht anders erwartet. Damit spare ich mir eine Menge Erklärungen. Was ist mit Schmidt?«

»Ich stelle hier die Fragen.«

Mops lehnte sich ebenfalls über den Tisch. »Dafür haben wir keine Zeit. Ich muss mehr über diesen Schmidt erfahren. Mit wem er in Verbindung stand. Ob es in letzter Zeit irgendwelche seltsamen Ereignisse gab, oder ob er in letzter Zeit in irgendeiner Weise anders war als sonst.«

Der Verhörende legte zwei Plastikbeutel auf den Tisch. »Was hat es mit diesen Münzen auf sich?«

»Das wüsste ich auch gerne. Sagen Sie es mir.«

»Es handelt sich um Münzen aus einem Kaugummiautomaten.«

Mops grinste. »Ach! Tatsächlich?«

»In den Berichten Ihrer Dienststelle steht etwas von römischen Sesterzen. Nicht besonders wertvoll, aber eben keine Plastikmünzen.«

»Seit wann kümmert sich der Staatssicherheitsdienst um so einen Kleinscheiß?«

»Seit bei der Polizei Tote spurlos aus der Autopsie verschwinden.«

»Denen war einfach zu kalt da. Was ist mit Schmidt?«

Der Verhörende setzte ein seltsames Lächeln auf. »Ihnen kann ich es ja sagen, Sie werden es verstehen. Schmidt ist tot.«

»Dachte ich mir fast.«

»Seit über einem Jahr. Ist zu Hause an einem Herzinfarkt gestorben. Ich war auf seiner Beerdigung.«

Mops starrte den Verhörenden an. »Und wer ist dann bitte in mein Büro spaziert und hat den Film vorgeführt?«

»Welchen Film? Wovon reden Sie?«

»Exhumieren Sie Schmidt. Bitte. Sofort.«

»Warum sollte ich?«

»Was ist mit der giftigen Substanz?«

»Da haben Sie richtig geraten.«

»Wer aus Ihrer Behörde ist dann zu mir gekommen, um mich darüber zu informieren, dass die verstorbene Karla das Zeug geklaut hat, wenn nicht Schmidt?«

»Niemand. Es gab keinen Auftrag dafür. Warum hätten wir Sie in Kenntnis setzen sollen?«

»Eben!«

Ein Angestellter kam herein und flüsterte dem Verhörenden etwas ins Ohr. Der schüttelte ungläubig den Kopf. »Nichts unternehmen. Weiter beobachten.« Er schickte den anderen hinaus.

»Wie spät ist es?«, fragte Mops.

»Das geht Sie nichts an.«

»Ich nehme an, dass wir einen neuen Tag haben. Leonie hat eine Thermosflasche erhalten, nicht wahr? Und niemand hat gesehen, wer sie ihr gebracht hat.« Er stand auf. »Wir gehen jetzt zusammen zu ihr. Oder Sie lassen sie herholen. Dann erzählen wir Ihnen, und nur Ihnen, unsere Geschichte.« Er bewegte sich auf die Tür zu.

Der Verhörende lächelte. »Hier kommen Sie ohne meine Anordnung nicht heraus.«

Mops streckte die rechte Hand aus. Die Sense erschien. Er ließ die Klinge aus dem Stiel schnappen und lächelte erwartungsvoll. »Sind Sie da ganz sicher?«

»Das kann ich Ihnen nicht abnehmen! Ich habe noch nie eine eine so wirre Geschichte gehört.«

Mops lächelte verbindlich. »Das ist kein Problem. Bleiben wir bei den realen Tatsachen. In wenigen Tagen wird jemand eine weltweite Katastrophe verursachen, wenn wir es nicht verhindern können. Ich muss mit Schmidt sprechen, um zu erfahren, was er vorhat.«

»Mit dem toten Schmidt.«

Mops sah den Verhörenden an wie ein begriffsstutziges Kind. »Genau. Bisher war Schmidt fordernd. Offensichtlich hatte er eine Idee, wozu die Sesterze dienen können.«

»Aber es hätte ihm nichts genutzt, wenn er sie in der Autopsie bekommen hätte, da ...«

»Richtig. Er muss schon mit mir reden. Nur ich weiß, wo die echten Sesterze sind. Aber er kann nicht jederzeit um die Ecke biegen. Da scheint es Regeln zu geben.«

»Wie kommen Sie darauf?«

»Wenn es keine gäbe, dann wäre alles beliebig. Jede Handlung negiert die nicht gewählten Optionen und eröffnet die nächsten. Wobei ich damit nicht zwingend Ursache und Wirkung meine, wie wir das verstehen. Ohne jede Regel gäbe es nichts. Gar nichts.«

»Klingt irgendwie logisch. Auch wenn ich Ihre okkulten Geschichten nicht glauben kann.«

»Müssen Sie auch nicht. Sie müssen sich nur fragen, ob Sie im Moment eine bessere Erklärung haben. Das, was ich und Leonie erzählt haben, muss nicht nach Ihren Maßstäben wahr sein. Aber es hilft uns weiter. Oder sehen Sie das anders?«

Der Verhörende traf eine Entscheidung. »Gut. Einverstanden. Was ist mit Müller?«

»Den schicken Sie wieder in den normalen Dienst. Wir kontaktieren ihn, wenn wir ihn brauchen, und er kann als Ihr Ansprechpartner fungieren. Müller ist ein erfahrener Assistent. Er weiß um seine Wichtigkeit.«

»So machen wir es. Was brauchen Sie?«

Mops lächelte schräg. »Wenn ich das wüsste.«

* * *

Leonie atmete auf, als sie das Hochsicherheitsgebäude hinter sich gelassen hatten und auf der Außenseite des vier Meter hohen Stacheldrahtzaunes standen. Sie lehnte sich an Mops. »Ich habe nicht geglaubt, dass ich da raus komme, bevor alles vorbei ist.«

Mops legte seinen rechten Arm um ihre Schulter. »Drei gemütliche Tage hätten das sein können, nicht wahr?«

»Glaube ich nicht. Ich wäre eher zu den Toons abgehauen, als mich da festhalten zu lassen und Fragen zu ertragen, die ich nicht beantworten kann. Die Leute da sind absolut humorlos. Ironie kennen die nur aus dem Wörterbuch.« Sie hielt die Thermosflasche hoch. »Wann ist wohl der beste Zeitpunkt zu trinken? Brauchen wir die Kreide?«

»Ich weiß es nicht.« Mops griff in seine Jackentasche. »Wir sehen uns jetzt Schmidts Wohnung an. Man hat mir den Schlüssel gegeben. Und ganz sicher jede Menge Geräte in unserer Kleidung versteckt.«

Leonie fuhr zusammen. »Daran habe ich gar nicht gedacht!«

»Macht nichts. Wir können reden wie bisher. Vielleicht hat einer der Zuhörer die richtige Idee und erzählt sie uns dann.«

Leonie kicherte. »Dann sind wir jetzt also öffentliche Personen?«

»Nein. Unsere Arbeit ist mittlerweile so geheim geworden, dass wir selbst nicht mehr wissen, was wir tun. Das müssen wir ändern.«

»Wo ist deine Sense?«

»In Reichweite. Immer. Glaub es einfach.«

»Okay. Laufen oder Taxi?«

»Taxi. Wurde schon bestellt und sollte gleich kommen. Könnte mir vorstellen, dass der Taxifahrer noch einen Nebenjob hat.«

Schmidts Appartement war keine Offenbarung. Der Computer war verschlüsselt, alles andere akkurat aufgeräumt.

»Das hat mir der Kollege Agent noch erzählt. Es sind keine DNA Spuren von Schmidt gefunden worden. Die haben die Wohnung auf den Kopf gestellt und nichts gefunden. Keine dreckige Wäsche. Beschriebenes Papier. Angefangene Nahrungsmittel. Nichts. Trotzdem meinen die Nachbarn, gehört zu haben, dass Schmidt die Wohnung angeblich immer noch nutzt.«

Leonie runzelte die Stirn. »Mit anderen Worten: Schmidt ist – oder war – nie ein Mensch im eigentlichen Sinne. Lach mich nicht aus. Aber ich muss dabei an einen Golem denken.«

»Du meinst diese Lehm-Leute?«

»Ja, schon. Aber ich denke da nicht an Lehm. Sondern an etwas eigentlich kaum Zerstörbares, was wie ein Mensch aussieht und einem Zweck dient. Warum will Schmidt die Sesterze? Warum will er uns einsperren oder töten?«

»Gute Frage. Wo wären wir gelandet ohne Imhoteps Ring?«

Mops schlug sich die Hand an die Stirn. »Das könnte es sein!«

»Was meinst du?«

»Der Ring. Er sorgt dafür, dass wir beim Schreiber auftauchen. Wenn unsere irdische Zeit herum ist, dann wird er uns weiterschicken.«

»Wohin?«

»Zum jüngsten Gericht nehme ich an. Bei Imhotep war es das Totengericht. Ohne die Sesterze können Herrmann und Karla nicht … wie drücke ich es aus … richtig sterben.«

»Verstehe ich nicht. Normale moderne Menschen brauchen doch kein Geld, um über den Jordan zu kommen.«

»Richtig. Ich erinnere mich an das Protokoll und deinen Autopsiebericht von Karla. Es war ihr nicht anzusehen, dass sie vor einem Jahr deutlich anders ausgesehen hat. Was mehrere Nachbarn bestätigt haben.«

»Und Herrmann?«

»Den hat vor einem Jahr keiner gekannt. Auch in der Partei nicht, für die er nach so kurzer Zeit ein wichtiges Amt bekleidet hat. Nein, er hatte niemanden bestochen.«

»Du meinst, die beiden hatten ungewöhnliche Hilfe?«

»Meine Großmutter hat mir, als ich klein war, Geschichten über Leute erzählt, die dem Teufel ihre Seele verkauft haben. Als Gegenleistung für irdisches Glück.«

»Ist das nicht etwas weit hergeholt?«

Mops kicherte leise und irre. »Meinst du die Frage im Ernst?«

Leonie schüttelte sich. »Nein. Trotzdem will ich den Teufel nicht kennenlernen.«

»Ich glaube, es ist rein eine Sache unserer Definition, welche der beiden Seiten die angeblich teuflische ist.«

»Nach meinen Maßstäben die, welche die Menschen ausrotten will.«

»Das wäre dann der Blonde. Und welchen Job macht dann Schmidt? Was brächte es ihm, wenn er anstelle des Blonden das Gift ausbringen würde? Falls das seine Absicht ist?«

»Ich weiß es nicht. Wir sollten ihn fragen.«

»Ich würde das Getränk nur sehr ungern einsetzen wollen. Ich bin froh, dass wir in der Welt zurück sind, wie wir sie kennen.«

Mops setzte sich an den Schreibtisch und starrte auf den Computerbildschirm.

Leonie stellte sich hinter ihn und lehnte sich auf seine Schultern. »Vielleicht sollten wir doch einfach die letzten Tage auf dem Kreuzfahrtschiff genießen?«

»Wenn mir nicht bald etwas einfällt, dann werde ich ernsthaft darüber nachdenken. Also nochmal. Der Blonde hat Karla und Herrmann die Sesterze verweigert. Schmidt wollte die nun unbedingt haben, um damit Druck auf die beiden ausüben zu können? Wenn die Zeit abgelaufen ist, werden die Münzen wohl ihre Wirkung verlieren.«

»Dann müssten Karla und Herrmann ewig dort bleiben, wo sie jetzt sind?«

»So wie Jack, nehme ich an. Was auch immer ›ewig‹ heißt.« Leonie schmiegte ihren Kopf ganz nah an Mops. »Sag mal: Wenn du die Sesterze hast, dann kannst du doch vielleicht ein Geschäft machen. Nachdem wir wissen, wie sie funktionieren. Wir brauchen dann weder den Blonden noch Schmidt zu suchen. Sie werden zu uns kommen.«

»Hört sich vernünftig an. Weiter. Warum glaubst du, dass der Blonde oder Schmidt sich nicht einfach die Sesterze holen? So wie Schmidt es im Präsidium es versucht hat?«

»Hat er das wirklich?«

»Mir sah es danach aus. Und dann hätte er uns alle getötet, nehme ich an.«

»Ich bin mir nicht sicher.«

»Immerhin hat er uns beide schon einmal getötet.«

»Ja. Als wir Kontakt zu Imhoteps Ring hatten. Dieser Schmidt hat in seiner Umgebung wohl den totalen Überblick. Aber er ist offensichtlich nicht allmächtig. Sonst würde die ganze Veranstaltung doch keinen Sinn ergeben.«

»So gesehen agieren wir beide gerade für Schmidt. Trotz deines Dosenwurfes. Ich wusste gar nicht, dass du dermaßen um die Ecke denken kannst.«

»Muss an dem Zeug liegen, das ich dauernd trinken muss.«

»Apropos.«

Leonie verzog das Gesicht. »Na gut.«

»Soll ich mitkommen? Falls Schmidt auftaucht?«

»Ich glaube, diese Möglichkeiten hat er ausgereizt, nachdem wir wieder in der richtigen Welt angekommen sind.«

Leonie ging ins Bad. Mops stand auf und ging eine Runde durch das Appartement.

Es klingelte an der Tür. Mops ging hin und sah durch den Türspion. Schmidt stand draußen.

Mops öffnete. »Wieso kommen Sie nicht einfach herein? Haben Sie den Schlüssel verlegt?«

Schmidt lächelte knapp.

»Sie wissen, dass alles wahrscheinlich mitgehört wird?«

»Sicher. Sie haben keine Ahnung, wie überzeugend Ihre Vorstellung bei meinem Ex-Arbeitgeber war. Daher werden die sich schön im Hintergrund halten.«

Leonie kam aus dem Bad, sah Schmidt und holte mit der Thermosflasche zum Wurf aus.

»Ich wäre Ihnen dankbar, wenn wir reden könnten, bevor Sie meine Maske durcheinanderbringen.«

Mops nickte und ließ Schmidt ein. Leonie blieb misstrauisch außerhalb seiner Reichweite. »Sie können doch jederzeit verschwinden, wie in der Autopsie.«

»Ja. Mein Problem ist, dass so etwas als ein Zug gewertet wird. Dann hat die andere Seite einen Zug. Und so weiter.«

»Und wenn Sie auf Los kommen, gibt es viertausend Taler?«, fragte Mops.

»Bis dahin wird es niemand mehr schaffen. Wir befinden uns in der letzten Runde. Wo sind die Sesterze?«

»Ich habe sie nicht bei mir«, antwortete Mops.

»Ich könnte mich mit Ihrer Freundin beschäftigen, während Sie sie holen.«

Leonie hob wieder die Thermosflasche.

»Wenn wir uns ernsthaft unterhalten wollen, dann sollten Sie etwas offener spielen«, entgegnete Mops. »Weder ich noch Leonie können Ihnen oder dem Blonden im Ernst entkommen. Das geschieht nur, weil sie entsprechende Züge machen, die unsere Handlungen ermöglichen. Ich gehe davon aus, dass es nicht in Ihrem Sinne ist, einen Zug der anderen Seite zu provozieren. Soweit ich es verstehe, sind Sie jetzt einfach dran mit uns zu reden, bis Leonie die nächste Flasche bekommt. Also nutzen Sie ihre Zeit oder verschwinden Sie.«

»Darf ich mich setzen?«

»Ist Ihre Wohnung.«

Schmidt setzte sich an den Schreibtisch, Mops und Leonie auf das gegenüberliegende Sofa.

Schmidt drehte sich zu ihnen. »Sie beide sorgen schon seit geraumer Zeit für ein gewisses Maß an Unterhaltung auf der … anderen Seite«, begann er. »Daher hielten es gewisse … Leute für eine gute Idee, Sie mit einer neuen Situation zu konfrontieren. Um den Unterhaltungswert zu steigern.«

»Wir reden vom menschlichen Leben auf der Erde!«, fuhr Leonie auf.

»Dafür interessiert sich kein Schwein. Interessant wird es erst dann, wenn sie abtreten. Insbesondere die Abtritte unfreiwilliger Art.«

»Danke!«, ätze Leonie.

»Keine Ursache. Sie sollten sich einfach nicht so ernst nehmen. Das Spiel heißt ›Leben oder Tod‹, wie Sie schon sicher erraten haben.«

»Wer von ihnen steht für das Leben?«, fragte Leonie.

»Das müssen Sie herausfinden.«

»Ich finde die Spielanteile bisher sehr ungleichmäßig verteilt. Es gibt keine Hinweise darauf, wie der Tod zu verhindern ist.«

Schmidt lächelte. »Sie müssen alle irgendwann sterben.«

»Seit wann wissen Sie von den Sesterzen?«, fragte Mops. »Ich meine, von ihrer möglichen Wichtigkeit?«

Schmidt machte ein missmutiges Gesicht. »Der Trick ist so uralt, dass ich ihn tatsächlich lange übersehen habe. Ich konnte nicht glauben …«

»Götter? Glauben?«

Schmidt schüttelte den Kopf.»Nicht einmal Halbgötter. Schlecht bezahlte Hilfsarbeiter würde es eher treffen. Keine Allwissenheit. Keine Hellsicht. Nur lange Erfahrung. Kaum Aussicht auf Beförderung.«

»Erinnert mich an mich«, knurrte Mops.

»Wie auch immer. Die Sesterze könnten eine entscheidende Bedeutung haben.«

»Wir vermuten, dass sie notwendig sind, damit Karla und Herrmann sterben können. Also richtig sterben«, sagte Leonie.

»Das ist eine mögliche Interpretation.«

»Und Sie wollen sie, damit Sie den beiden ein Angebot machen können, was sie nicht ausschlagen werden«, fuhr Leonie fort.

»Das ist eine mögliche Interpretation.«

»Sie wissen es nicht?«

»Nein.«

»Und Sie wissen auch nicht, ob das reicht, um das Spiel zu gewinnen«, brachte Mops vor.»Sonst würden Sie direktere Maßnahmen anwenden.«

»Das ist eine mögliche Interpretation.«

»Was können wir also in den verbleibenden Tagen von Ihnen erwarten?«

Schmidt stand auf.»Ich werde dafür sorgen, dass Sie möglichst ungestört an der Lösung des Falles arbeiten können. Mit Ausnahme der Flasche, natürlich.«

»Und das sollen wir als großzügige Geste Ihrerseits verstehen?«

»Wenn Sie lange genug darüber nachdenken, werden Sie zu einer Antwort kommen.«

Als er zur Tür ging, standen Leonie und Mops auf und folgten ihm.

Schmidt öffnete die Tür und lächelte den großen Blonden an, der vor ihr stand. Dann verschwand er.

Der Blonde machte einen Schritt auf die Tür zu, was dazu führte, dass sein Fuß und der Unterschenkel verschwanden. Was auch immer er sagen wollte, Mops und Leonie hörten es nicht. Zuletzt löste sich sein wütendes Gesicht auf.

Leonie stöhnte. »Mir klingeln die Ohren, als ob er mich angebrüllt hätte.«

Mops nickte. »Bei mir auch.«

»Was heißt das jetzt?«

Mops hielt sich die Zeigefinger an die Ohren und schüttelte heftig den Kopf. »Das heißt, das uns weder der Blonde noch Schmidt direkt dazwischenfunken werden. Bis zum Finale.« Er nahm Leonie in den Arm.

»Hey! Was soll das jetzt?«

»Hast du die Zauberkreide in der Flasche?«, flüsterte Mops.

»Ja.«

Mops ließ Leonie los und begann, sich auszuziehen.

»Das ist nicht dein Ernst!«

Mops machte mit der Hand eine Wellenbewegung. Leonie verstand.

* * *

»Ich hatte schon gedacht ...«

»Was?«, fragte Mops.

»Nicht so wichtig.« Leonie streckte sich unter der Decke aus und gähnte. »Logisch, dass wir die verwanzten Klamotten loswerden müssen. Die Kollegen vom Sicherheitsdienst werden nicht begeistert sein.«

»Ich kann es nicht allen recht machen.« Er sah auf die Uhr. »Oh. Wir haben einen halben Tag verloren.«

Leonie schnaufte. »Ehrlich! Ich will, dass das jetzt bald vorbei ist!«

»Ich auch.«

»Wo sind wir eigentlich? Ich meine, das Schiff?«

»Keine Ahnung. Ich schätze, Australien haben wir verpasst.«

»Schade.«

Mops räusperte sich. »Leonie?«

»Ja?«

»Würde es dir etwas ausmachen, die nächsten Stunden mit mir so zu verbringen, wie es zwei ganz normale Menschen verschiedenen Geschlechts tun, die ausgezogen im Bett liegen?«

Leonie sah Mops durch halbgeschlossene Augen an und lächelte. »Du willst mich also flachlegen.«

»Ja.«

Leonies Lächeln wurde verführerisch. »Versuch es!«

* * *

Die Morgensonne stahl sich durch das Kabinenfenster. Karla tauchte mit der Flasche auf.

Leonie sah sie zuerst. Sie winkte schlaftrunken. »Auf den Nachttisch bitte. Danke.« Dann drehte sie Karla den Rücken zu.

Mops setzte sich auf. »Moment bitte!«

»Du hast mir gar nichts zu befehlen!«, schnappte Karla.

»Für jemanden, der für zwei Sesterze käuflich ist, hast du eine ganz schön große Klappe.«

Karla erstarrte. »Was willst du damit sagen?«

»Denk drüber nach.«

Karla verschwand.

»Verhandelst du immer so?«, fragte Leonie.

»Da gibt es nichts zu verhandeln. Karla wird auf jeden Fall noch einmal auftauchen, um sich das Angebot anzuhören.«

»Ja. Zusammen mit Herrmann«, gab Leonie unbehaglich zurück.

»Stimmt. Es wäre unfair, einen zu bevorzugen. Außerdem gibt es dann noch einen Plan B. Den ich bis dahin hoffentlich habe.«

»Wo hast du eigentlich die Sesterze?«

Mops schüttelte den Kopf.

Leonie verzog das Gesicht. »Vertraust du mir nicht?«

»Doch. Aber was du nicht weißt, das kannst du auch nicht verraten.«

»Und falls dir etwas zustoßen sollte?«

Mops fasste nach Leonies rechter Hand. »Was sollte dieses Etwas sein?«

»Willst du den Ring zurück? Um ganz sicherzugehen?«

»Nein. Auf keinen Fall. Was hältst du von Frühstück? Mit Lydia? Wir sollten uns wieder offiziell anmelden.«

»Ja. Vielleicht kann sie ein paar Sachen vorab besorgen. Mir ist meine Kleidung irgendwie abhandengekommen. Mal wieder.«

»Gute Idee. Dann rufst du sie besser an? Die schauen in den Geschäften so komisch, wenn ein Mann Frauenkleider einkauft. Ich bin sicher, sie leiht dir was.«

»Einverstanden.«

Um neun Uhr traf man sich zum Frühstück. Franzen hatte es sich nicht nehmen lassen, ebenfalls teilzunehmen.

»Wie kommen Sie mit Ihrem Fall voran?«, fragte er. »Ja, ich würde gerne auch erfahren, wie Sie es schaffen, hier einfach zu verschwinden und wieder aufzutauchen. Aber ich habe das Gefühl, dass ich Ihnen die Antwort nicht abkaufen würde.«

»Kann gut sein. Kommen wir also zu den Morden. Ich habe mittlerweile eine Vorstellung von den Motiven des oder der Täter.«

»Mord aus Eifersucht? Raubmord? Beseitigung eines Konkurrenten?«, riet Franzen.

»Beseitigung eines Konkurrenten ist zumindest recht nahe an dem, was ich glaube. Allerdings sind die Morde selbst nicht in dieser Absicht begangen worden. Sondern als Mittel zum Zweck.«

»Da haben Sie mich wieder abgehängt.«

»Tut mir leid. Ich habe es mit seltsamen Leuten zu tun, die in keine der üblichen Schubladen passen.«

Leonie kicherte, sagte aber nichts.

»Dieses Hin und Her, das Sie veranstalten, kommt mir reichlich kopflos vor«, kommentierte Franzen.

Leonie fing an zu lachen. »Aufhören! Bitte!«

Franzens Miene verdüsterte sich. »Was ist denn daran so komisch?«

Leonie fing sich. »Entschuldigung. Es ist eigentlich überhaupt nicht komisch. Der Tod ist für den Betroffenen meist nicht zum Lachen, besonders wenn er durch einen anderen verursacht eintritt. Mops hat noch zwei Tage Zeit, den Fall zu lösen.«

»Warum nur noch zwei Tage?«

»Weil dann eintretende bestimmte Ereignisse eine weitere Bearbeitung vereiteln werden.«

»Hört sich verdammt politisch an.«

Mops nickte. »Ja. So kann man es durchaus bezeichnen.«

Franzen seufzte. »Na gut. Ich unterstelle einmal, dass Sie das Schiff nach Belieben betreten und verlassen können. In den nächsten Tagen werden wir nirgendwo anlegen. Genießen Sie die gute Seeluft, wenn Sie können. Falls Sie etwas brauchen, sagen Sie es mir oder Lydia.«

»Danke.«

Leonie und Mops bummelten die Schiffspromenade entlang.

»Du hast doch einen Plan?«, fragte Leonie.

»Sagen wir: Eine Idee. Ich denke, dass Karla und Herrmann scharf auf die Sesterze sind. Wenn die Zeit abgelaufen ist und wir alle sterben, dann haben sie keine Möglichkeit mehr, von dort, wo sie sind, wegzukommen. Wenn das mit den schlecht bezahlten Angestellten stimmt, was Schmidt gesagt hat, dann macht es bestimmt wenig Spaß, für ein solches Wesen zu arbeiten. Karla ist klar, dass sie die Münzen nicht ohne Gegenleistung bekommt. Zum Beispiel, dass sie uns in Ruhe lässt. Außerdem hat sie Herrmann als möglichen Konkurrenten, was die Sache interessant macht.«

»Verstehe ich nicht. Es wurden doch bei beiden Toten Sesterze gefunden.«

»Richtig. Aber wer sagt, dass beide sie von mir bekommen?«

»Das ist ganz schön gemein von dir. So kenne ich dich gar nicht.«

»Ich weiß.«

»Wieso gibt es überhaupt diesen Herrmann? Karla hat doch das Zeug gestohlen.«

»Vielleicht ist Karla ihm zuvorgekommen? Sie wurde ja erst gefunden, nachdem der Diebstahl begangen wurde.«

»Nein. Das ist viel zu kompliziert. Herrmann wurde auf offener Straße getötet. Wenn ich seinen Körper bräuchte, dann würde ich unauffälliger vorgehen. Und ihn erst nach Gebrauch finden lassen.«

»Guter Punkt. Warum wurde der Tod Herrmanns derart theatralisch in Szene gesetzt?«

Leonie runzelte die Stirn. »Weil der Blonde uns damit zeigen will, dass er es kann?«

»Typisch menschliches Verhalten, wenn du mich fragst. Außerdem lügt er.«

»Und Schmidt?«

»Der ist einfach unsympathisch. Aber anscheinend offen.«

»Ich finde es bemerkenswert, wie die Eigenschaften an die Kontrahenten vergeben wurden.«

»Ich werde daraus nicht schlau. Ich stelle mir vielmehr die Frage, ob das in irgendeiner Weise relevant ist.«

»Da fällt mir etwas anderes ein, was vielleicht relevant werden könnte.«

»Und das wäre?«

»Als ich die Autopsie gestürmt habe. Schmidt ist der Sense ausgewichen. Er hätte doch stehenbleiben können.«

»Er ist nach meinem Treffer verschwunden. Wenn es ihm gar nichts ausgemacht hätte, dann wäre das die falsche Reaktion gewesen. Er mag unsterblich sein, aber er ist nicht unverletzlich.«

»Das können wir dann auch für den Blonden annehmen. Dieses Spiel kostet Kraft. Nicht nur unsere.«

»Und die Einsätze werden mit jeder Runde höher.«

»Durchaus. Es gab die erste direkte Konfrontation. Vor unseren Augen. Schmidt will, dass wir etwas tun, von dem wir noch nicht genau wissen, was es ist. Der Blonde will es verhindern, kann dafür aber anscheinend nicht einfach sein Personal schicken.«

»Und wer auch immer nach einem Monat die Welt vergiften will, kann es ebenfalls nicht selbst tun.«

Leonie hatte eine Idee. »Das könnte es sein! Der Blonde ist genauso unberechenbar wie du.«

Mops verzog das Gesicht. »Danke für die Blumen.«

»Was ist, wenn Herrmann dafür da ist, falls Karla versagen sollte? Offensichtlich muss ein Mensch, oder was davon übrig ist, die Tat begehen.«

Mops nickte. »Gut möglich. Beim Geisterskat waren die beiden jedenfalls nicht die besten Freunde. Dann wäre Herrmann so etwas wie der Ersatzspieler. Was er wohl dafür bekommt?«

»Du kannst ihn das ja morgen fragen.«

»Stimmt.«

Leonie blieb stehen und drehte sich zu Mops um. »Hast du einen Plan oder hast du nicht?«

»Ich …«

»Wenn du nicht sofort ehrlich zu mir bist, dann veranstalte ich einen Aufruhr, dass du bis zum Ende dieser Welt in Ketten gelegt wirst!«

»Ich arbeite bei meinen Fällen ohne Partner.«

»Hallo? Und was war ich denn bei deinem letzten? Und Müller? Komm sofort von deinem hohen Ross runter!«

»Du verstehst mich nicht.«

»Und. Wenn. Schon. Du erklärst es mir jetzt. Schließlich ist es auch mein Arsch!«

»Den ich sehr attraktiv finde.«

Leonie legte Mops beide Hände auf die Schulter. »Was jetzt und hier gefragt ist, ist nicht Freundschaft. Sondern Kameradschaft. Du schaffst das nicht allein.«

Mops sah sich um. »Käffchen?«

»Deine Antwort. Jetzt.«

»Das ist mein Part.«

»Den bekommst du wieder. Versprochen.«

»Du weißt, dass ich nicht nein sagen kann, wenn du mich so nett bittest.«

»Deine. Antwort.«

Mops atmete tief ein und aus. Dann seufzte er. »Ja. Damit die Geschichte weitergeht.«

»Prima. Du darfst mich einladen.«

Mops rührte in seinem Cappuccino. »Also. Ich will eine Situation herbeiführen, in der deine Flaschenträger sich entscheiden müssen. Der Blonde und Schmidt mögen lügen können, Karla und Herrmann haben dieses Privileg nicht. Ein Vertrag dieser Art ist bindend, für alle Zeit. Das ist meine Prämisse.«

»Gut. Dann wissen wir aber immer noch nicht, wie wir das Ende der Welt verhindern.«

»Doch. Idealerweise bekomme ich beide umgestimmt.«

»Und was ist mit dem Gift? Du hast doch gesehen, was der Schreiber damit gemacht hat. Es ist nicht von dieser Welt. Ich frage mich, wie es überhaupt hierhin gekommen ist. In einen geheimen Hochsicherheitstrakt.«

»Darauf habe ich keine Antwort.«

»Und warum können Schmidt und der Blonde es nicht? Das waren doch auch einmal Menschen. Nehme ich an.«

»Sie haben Karriere gemacht. Ihnen fehlen bestimmte Aspekte des Mensch-Seins.«

»Das ist eine ziemlich steile Hypothese.«

»Durchaus. Aber mit reiner Logik kommen wir hier nicht weiter. Was soll denn sonst ein übernatürliches Wesen daran hindern, alles mit der Welt zu tun, was ihm gerade einfällt? Es gibt nur zwei Erklärungen, die mir einfallen. Erstens: Es gibt keine übernatürlichen Wesen. Dann haben wir beide die gleichen seltsamen Pilze gegessen und befinden uns im selben total abgefahrenen Traum. Zweitens: Es gibt Dinge zwischen Himmel und Hölle, die wir uns nicht erklären können und sie aus Mangel an Fantasie mit übernatürlich titulieren. Dann muss es Regeln geben, die verhindern, dass sie beliebig agieren können. Sonst wäre die menschliche Existenz an sich sinnlos.«

»Klingt vernünftig.«

»Danke. Meine Interpretation dieser Regeln ist die folgende: Wenn Karla und Herrmann aus dem Spiel sind, dann wird es erst einmal niemanden geben, der das Gift in Umlauf bringen kann. Bis zur nächsten Runde dieses Spiels. Mit anderen Regeln und anderen Spielfiguren.«

Ein Rauschen erfüllte die Luft. Der eben noch blaue Himmel, von dem die Sonne strahlte, wurde zunehmend dunkel. Das Schiff erzitterte, Material schnarrte und quietschte unter höchster Beanspruchung. Leonie und Mops mussten sich am Tisch festhalten, um nicht von den Stühlen zu fallen. Überall Aufschreie der Verwunderung und des Schreckens. Das Schiff kam zum Halt.

»Ich glaube, wir gehen besser wieder.« Mops sprang auf und griff nach Leonies Hand. »Wo ist deine Flasche?«

»In der Kabine. Verdammt! Was soll das?«

»Unsere Spieler können uns wohl nicht mehr erreichen. Deshalb zerren sie nun am Spielbrett.«

»Was für eine …«

Ein Schlag erschütterte das Schiff und riss Mops und Leonie von den Beinen. Die Schiffslautsprecher riefen die Passagiere auf, sofort in die Kabinen zurückzukehren. Tsunami-Warnung.

Mops und Leonie rafften sich auf und rannten los.

Leonie griff nach der Flasche und ließ sich auf das Bett fallen.

»Moment!«

»Warum? Die reißen gerade die Welt auseinander!«

»Das ist doch nur, um uns aufzuscheuchen.«

»Was willst du damit sagen?«

»Wenn eine Seite gewonnen hätte, dann wären wir beide schon tot. Richtig tot. Die können zwar am Brett zerren, aber kaputtmachen dürfen sie es nicht.«

»Mops! Hier werden Menschen verletzt! Vielleicht sterben sogar einige!«

»Die zählen nicht. Außerdem: Wo sollten wir hingehen, um das zu verhindern?«

»Ich fürchte, Kapitän Franzen wird das anders sehen.«

»Guter Punkt. Also gut. Bereite alles vor.«

Leonie schaffte es, das Bad aufrecht gehend zu erreichen. Etwas später stand Lydia an der Tür des Schlafzimmers. Sie hielt sich am Rahmen fest. Ihr Gesichtsausdruck zeigte deutlich, dass sie mit dem, was sie sagen musste, nicht einverstanden war.

»Hat das hier etwas mit eurer Geschichte zu tun?«

Mops nickte. »Ja. Es wird bald aufhören.«

»Kannst du garantieren, dass es nicht wiederkommt?«

»Nein. Ich kenne deinen nächsten Satz.«

Lydia sah zerknirscht drein. »Tut mir leid.«

»Kein Problem. Bekommen wir ein richtiges Boot?«

»Sicher. Ich veranlasse das Notwendige. Kann ich noch etwas für euch tun?«

Draußen klarte sich der Himmel auf. Der Horizont am Fenster hörte auf zu schaukeln. Leonie kam in den Raum.

»Wir sind so weit. Denke ich.«

»Ja«, sagte Mops. »Du kannst etwas für uns tun.«

* * *

»Das ist nun das zweite Mal, dass ich das Schiff, auf dem ich eine Kreuzfahrt gebucht habe, mit einer Nussschale verlasse. Immerhin hat dieses einen richtigen Motor, Funk sowie Treibstoff und Proviant bis zur nächsten Küste.«

»Vielleicht sollte der Reeder das für dich als fakultative Leistung ins Programm aufnehmen. Was machen wir nun?«, fragte Leonie.

»Wir fahren dem Schiff hinterher und genießen die gute Seeluft.«

Die Sonne näherte sich dem Horizont. Außer Wasser und ein paar rot angestrahlten Wolken am Himmel war nichts zu sehen.

Lydia schien mit der Entscheidung Franzens zufrieden zu sein. »Franzen war nicht begeistert, als ich deinen Wunsch vorgetragen habe. Aber seinen Ersten wollte er nicht zur Verfügung stellen.«

Mops lächelte. »Immerhin hat uns so die Schiffssicherheit im Auge.«

»Ja. Und da wir gerade so gemütlich beieinanderstehen, nehme ich mir das Recht des Kapitäns und werde die Wachen einteilen. Leonie: Was schätzt du, wann die nächste Flasche kommt?«

Leonie zuckte mit den Schultern. »Immer im Laufe eines Tages, abhängig davon, wann die beiden Lust haben. Ich weiß nur, dass sie sich abwechseln. Herrmann kommt als Nächster.«

»Und der ist ein richtiger Geist?«, fragte Lydia zweifelnd.

»Keine Ahnung«, erwiderte Leonie.

»Können auch andere ihn sehen?«

»Interessante Frage.« Mops runzelte die Stirn. »Ich glaube, dass nur Leute wie ich und Leonie ...«

»Danke!«, warf Leonie ein.

»... ihn sehen können. Wenn du ihn auch siehst, dann haben wir eine Erfahrung mehr gewonnen.«

»Oder ich bin genauso verrückt wie ihr beide.«

»Wieso hast du dich überhaupt darauf eingelassen mitzukommen?«, wollte Leonie wissen.

»Das bin ich Mops schuldig. Davon abgesehen: Wo soll ich groß hin, wenn in zwei Tagen die Welt untergeht? Ich liebe das Meer. Besonders, wenn ich mit ihm allein sein kann. Ich hatte einfach das Gefühl, dass ich hierhin gehöre.«

Sie machte ein paar Einstellungen am Autopiloten. »So.

Falls nicht wieder ein Tsunami kommt, braucht ihr euch nicht kümmern, wenn ihr Wache habt. Das Radar zeigt, wenn ein Schiff näher als zehn Kilometer kommt – hier eher unwahrscheinlich – und falls etwas ist, dann weckt ihr mich einfach. Wenn es euch nichts ausmacht, dann würde ich mich jetzt zurückziehen und euch um Mitternacht ablösen. Einer von euch kann mir um sechs das Frühstück bringen. Falls ihr dann nicht gerade irgendwo anders unterwegs seid.«

Mops nickte.»Einverstanden. Danke.«

Als Mops und Leonie nach ihrer Wache unter Deck in die Kajüte kamen, wartete Herrmann auf sie.

»Deine Zeit ist bald um. Freu dich auf das, was dann kommt.« Er grinste Leonie hämisch an.

»Scheiße! Daran habe ich ja noch gar nicht gedacht!«

»Hat dir Karla nichts von den Sesterzen erzählt?«, fragte Mops.»Böses Mädchen, nicht wahr?«

Herrmann erstarrte.»Was willst du damit sagen?«

»Dieses Spiel ist sehr bald zu Ende. Heute ist deine letzte Chance, etwas allein dazu zu sagen. Was passiert mit Leonie, wenn sie das Zeug nicht mehr trinken muss?«

»Sie stirbt. Dumme Frage.«

»Wir sterben alle einmal. Wie lässt sich verhindern, dass ihr das kurzfristig passiert? Ich meine: rein theoretisch. Und der Weltuntergang. Auch rein theoretisch.«

»Warum sollte ich das verraten?«

»Weil du keine zwei Sesterze mehr wert bist, wenn wir es herausbekommen, bevor du es uns sagst, kapiert? Dein Herrchen ist gerade mit seinem Sparringpartner beschäftigt. Was passiert mit dir und Karla, wenn er gewinnt? Schon mal darüber nachgedacht? Euer Leben könnt ihr nicht mehr zurückbekommen. Wollt ihr eine Ewigkeit lang mit dem Blonden nicht tot sein? Oder mit Schmidt?«

»Ich werde darüber nachdenken.«

»Nur zu. Wir haben alle verbleibende Zeit der Welt.«

Herrmann verschwand.

»Dem hast du aber ganz schön eingeheizt.«

Mops lächelte Leonie an. »Ich hoffe es. Das läuft genau wie bei den Kronzeugen. Wenn die erst einmal begriffen haben, was die Alternative zu einem Leben mit neuer Identität ist, werden die richtig gesprächig.«

Leonie drehte die Flasche in ihrer Hand hin und her. »Was mache ich jetzt damit?«

»Einen Cocktail mixen?«

»Gute Idee. Was passt am besten zu einem Stoff, der nicht von dieser Welt ist? Weihwasser? Eine Locke von Buddha? Der Stein der Weisen?«

»Ein paar Späne von meiner Sense?«

Leonie grinste. »Die würden zumindest einen Effekt haben. Erinnerst du dich noch an unsere Flucht aus was-weiß-ich? Wo ich dich gewissermaßen heraufbeschworen habe?«

»Durchaus. Aber da hattest du das Zeug bereits getrunken.«

»Dieses Zeug nimmt Leben. Wenn man die Methode einmal ignoriert, dann ist es nichts anderes als deine Sense. Nur flüssig.«

»Hm.«

»Außerdem tut sie das, was erwartet wird. Solange nicht ein mindestens gleichstarker Wille dagegenhält.«

»Wie meinst du das?«

»Als ich nach Schmidt geschlagen habe, ist sie im Türrahmen steckengeblieben. Ich habe ganz sicher nicht die Kraft, eine Sense so zu schwingen, dass sie in einem stählernen Türrahmen steckenbleibt. Die Sense konnte das Material ohne Mühe durchdringen, unabhängig von der aufgewendeten Kraft.«

»Das ist mir zu hoch. Ich bin nur ein einfacher Polizist.«

»Blödsinn! Die Sense ist in der Tür steckengeblieben, weil es von ihr erwartet wurde!«

»Selbst wenn es so wäre. Was hilft uns dass?«

»Stelle die Frage doch einmal anders. Was müssten wir erwarten, damit die Sense uns hilft? Erwarten. Nicht wünschen.«

»Interessante Idee.«

»Wieso hast du dich eigentlich für die Sense entschieden? Ich meine, der Blonde hätte dir alles gegeben.«

Mops lächelte. »Die Sense ist der einzige mir bekannte metaphysische Gegenstand, den ich bedienen kann. Mit Zauberstab und › Expelliarmus‹ würde ich ziemlich dämlich aussehen.«

Leonie hielt sich die Hände vor den Mund und prustete.

»Siehst du.« Mops stockte. »Wart mal!«

»Ja?«

»Wie war das nochmal. Du musst den Inhalt der Flasche austrinken. Richtig?«

»Aber es hat dir niemand gesagt, wie du trinken musst.«

»Jetzt hast du mich abgehängt.«

»Als wir aus dem Nicht-Raum Gefängnis des Blonden ausgebrochen sind, hat die Zauberkreide der Sense eine andere Eigenschaft gegeben. Oder die Sense der Zauberkreide.«

»Kann gut sein. Nur: Was von deiner Theorie stimmt nun? Worauf willst du hinaus?«

»Was ist, wenn dein Getränk über die Sense laufen würde, bevor du trinkst?«

»Gute Frage. Es würde entweder seine Eigenschaft ändern, oder es würde Eigenschaften der Sense ändern. Da ich am Ende trinke, wird, wer auch immer das kontrolliert, feststellen, dass das Getränk verschwunden ist.« Leonie kratzte sich am Kopf. »Aber was passiert dann mit mir?«

»Du wirst dann doppelt so lebendig?«, feixte Mops.

»Finde ich nicht komisch! Dieser Jack hat das Zeug offensichtlich dazu genutzt, uns in zwei verschiedenen Realitäten hierher zurückzubringen. Er hat dafür gesorgt, dass es so funktioniert wie von ihm beschrieben. Bei uns beiden.«

»Genau. Demnach hat er auf das Zeug eingewirkt. In irgendeiner Weise.«

»Nicht zwingend. Es kann genauso sein, dass der Ort, an dem wir uns befanden, diese Wirkung hatte.«

»O.k. Wenn Jack es nicht war, dann hat der Ort das Getränk verändert.«

»Sein Ort ist ein Ort zwischen Himmel und Hölle. Ein Ort, wo sich zwei Realitäten treffen. Darum wurden wir durch deinen …«

»Sag es nicht!«

»In zwei Realitäten zurückgebracht. Yin und Yang. Das Männliche und das Weibliche.«

»Dann hat das Zeug nicht den Ort verändert. Sondern es wirkt gleich. Egal, wer es trinkt.«

»Heißt, es würde die Sense verändern.«

»Ich weiß nicht so recht. Ich habe den Eindruck, dass das Zeug, im übertragenen Sinne, etwas ist, was fest ist. Etwas, was sich eigentlich immer an derselben Stelle befindet. In der Zeit. Im Raum. Und in unseren Vorstellungen. Deshalb können wir mit dieser Zauberkreide auch überall hingehen, verstehst du?«

»Aber ja. Wobei verstehen nicht der richtige Ausdruck ist. Es ist mehr eine unbeweisbare Tatsache. Die Manifestation eines Prinzips.«

»Jetzt werden wir beide aber arg philosophisch.«

»Oh ja. Dein Getränk ist ein unbeweglicher Gegenstand. Und meine Sense ist eine unwiderstehliche Kraft. Was passiert, wenn beides aufeinandertrifft?«

Leonie schüttelte den Kopf. »Sollten wir nicht versuchen herauszubekommen.«

»Danke, dass wir darüber gesprochen haben.«

»Also noch einmal. Das Zeug dringt überall ein und sorgt dafür …, wie Jack es noch so treffend formuliert?«

»Es verwischt die Grenzen zwischen dem, was wirklich ist, und dem, was unwirklich ist. Wobei das, je nachdem, wer diesen Satz sagt, eine Frage des Standpunktes ist. Wenn du das Zeug trinkst und wieder ausspuckst, dann kannst du es entsprechend deinen Wünschen verwenden, eine von dir gewählte Welt Realität werden zu lassen. Demnach muss dir jemand diese Fähigkeit zugeordnet haben. Das Spiel macht nur Sinn, wenn wir die Chance haben, zu gewinnen. Sonst wäre es für die Spieler uninteressant. Wenn du auf die Idee kommen solltest, das Zeug einfach auszuschütten, dann wird es vermutlich dieselbe Wirkung haben wie beim Schreiber, den wir kennengelernt haben.«

»Was müssen wir wann und wie tun, damit das Zeug die Erde nicht in ein Irrenhaus verwandelt?«

Mops grinste. »Du meinst: damit genau dieses Zeug die Erde nicht in ein Irrenhaus verwandelt. Wann warst du das letzte Mal im Kino?«

»Das ist der falsche Zeitpunkt, um Süßholz zu raspeln.«

Mops seufzte. »Wann rettet der Held die Welt? Schneidet den roten Draht durch? Oder war's der blaue?«

»Ach so. Eine bis fünfzehn Sekunden bevor die Bombe explodiert.«

»Wir haben also noch eine Menge Zeit.«

»Mops. Geht's dir nicht gut?«

»Mir geht es bestens. Und dir?«

Leonie nahm die Flasche und ging in Richtung Sanitärraum. »Sage ich dir, wenn ich wiederkomme.«

Zehn Minuten und ein lokales Seebeben später war Leonie auf der Brücke, wo Mops sich sehr gut mit Lydia zu unterhalten schien.

»Fertig.«

Mops drehte sich um. »Womit? Ach so.«

Leonies Blick hätte Panzerstahl verdampft.

»Nun hab dich nicht so«, versuchte Mops die Befindlichkeitswogen zu glätten. »Ich dachte, das Verhältnis zwischen uns dreien ist geklärt. Oder ist mir da etwas entgangen?«

Lydia prustete. »Mops! Deine soziale Kompetenz ist unterirdisch. Was hat dich zur Polizei verschlagen?«

»Der Blödmann bei der Arbeitsvermittlung hat es für eine gute Idee gehalten. Und ich hatte damals keine bessere.«

Lydia lächelte vielsagend. »Ach so. Davon abgesehen sieht Leonie wirklich zum Anbeißen aus.«

»Könnt ihr das in zwei Tagen klären? Falls ich früher sterbe, gern auch früher.«

»Was? Eifersüchtig?«

»Warum zur Hölle will ich eigentlich die Welt retten?«

Leonie klimperte ihn falsch an. »Wegen der Belohnung?«

»Okayokay, ich sehe, das Spiel könnt ihr auch spielen. Können wir uns auf unentschieden einigen? Bitte. Ich fühle mich etwas abgelenkt.«

Ein Licht blinkte auf dem Armaturenbrett.

»Moment!« Lydia griff nach dem Headset. Ihre Miene verdüsterte sich. »Roger. Wünscht uns Glück. Ende und aus.«

»Was ist?«, wollte Leonie wissen.

»Anruf von der ›Princess‹. Wir sollen unseren Abstand vergrößern. In die entgegengesetzte Richtung fahren.«

Mops zuckte mit den Schultern. »Tun wir ihnen den Gefallen. Es ändert in keiner Weise unsere Situation. Wenn Franzen sich damit besser fühlt.«

»Ich setzte die Geschwindigkeit so, dass wir nicht treiben. Sparen wir den Sprit für nach dem Weltuntergang.«

* * *

Am nächsten Morgen brachte Karla das Getränk.
»Und? Wie hast du dich entschieden?«, fragte Mops.
»Ich denke darüber nach.«
»Du hast nicht mehr viel Zeit dafür. Ich gebe dir einen Tipp. Zusammen seid ihr stärker.«
Karla lächelte Mops falsch an. »Wie schön.«
»Und hoffentlich auch schlauer«, fuhr Mops fort.
Karla verschwand so schnell, dass die nachströmende Luft einen leisen Knall verursachte.
»Findest du das gut, sie zu reizen?«, fragte Leonie.
»Ja. Finde ich. Weder sie noch Herrmann sind blöd. Sie haben nicht blind ihre Seelen verkauft. Sie wollten etwas dafür. Nun haben sie festgestellt, dass sie betrogen wurden. Ich gebe ihnen die Gelegenheit – vielleicht – aus der Situation herauszukommen. Irgendetwas muss auf der anderen Seite passieren. Etwas, mit dem wir Kontakt aufnehmen können, um es gemeinsam zu bewegen. Wir schaffen das nicht allein.«
»Da fällt mir etwas ein. Lebe jeden Tag, als sei es dein letzter. Ich möchte diesen Tag, wenn möglich, angenehm verbringen. Irgendetwas Nettes machen. Zusammen mit Lydia und dir.«
»Häkeln?«
Leonie lachte. »Mops! Du bist unmöglich!«
»Nein. Nur unwahrscheinlich.«
Lydia klopfte an die Tür. »Darf ich hereinkommen?«
Mops sah Leonie an.
»Natürlich!«, rief Leonie.
Lydia steckte den Kopf durch die Tür. Sie sah sehr ernst

aus. »Der Wetterbericht meldet einen Zyklon im Anzug. Einen der schwersten seit der Wetteraufzeichnung.«

»Wann?«, fragte Mops.

»Heute am späten Abend.«

Mops schwang sich aus der Koje. »Da hat anscheinend wieder jemand die Regeln geändert.«

Lydia sah Mops ratlos an. »Ich verstehe nicht.«

»Leonie hat vorhin einen tollen Vorschlag gemacht.«

»Welchen?«

»Häkeln.«

»Das stimmt nicht!«, brauste Leonie auf.

Lydia grinste. »Ihr seid beide total durchgeknallt. Ich mag euch.«

»Dann wäre das ja geklärt.« Mops sah Lydia an. »Sag mal: Auf dem Boot gibt es doch bestimmt eine Spielesammlung oder so etwas? Gegen Langeweile auf langen Reisen?«

»Bestimmt.«

»Gut. Wir frühstücken. Dann richten wir uns gemütlich ein. Und dann spielen wir.«

»Und der Zyklon?«

»Können wir ihm ausweichen?«

»Nein.«

»Also können wir genauso gut hier sitzen und spielen.«

»Ich hasse Mensch-Ärgere-Dich-Nicht!«

Leonie starrte auf das Spielfeld. Sie hatte gerade eine Figur ans Ziel gebracht, Mops drei. Lydia schickte sich an, zum dritten Mal in Folge zu gewinnen.

»Sehr schön.« Mops legte seine rechte Hand auf Leonies linke. Sie schob die Hand weg. »Und jetzt fang an, zu betrügen. Ganz offen. Lass dir was einfallen. Nutze die Zauberkreide. Lydia und ich werden ab jetzt auch betrügen. Alles ist erlaubt, solange wir drei darüber lachen können.«

»Ich bin eine ganz miese Verliererin«, klagte Leonie.

»Verstanden«, gab Mops zurück. »Deshalb wirst du jetzt spielen, um zu gewinnen.« Er würfelte. Fünf. »Lydia: Ist da draußen eine Möwe vorbeigeflogen?« Er sah interessiert aus dem Fenster.

»Was? Mitten auf dem Meer?«

Als Lydia sich zurückdrehte, war ihr Spielstein fünf Schritte mehr vom Ziel entfernt.

»Hey! Das gilt nicht!«

»Was gilt nicht?«, fragte Mops. »Hast du es gesehen?«

Lydia grinste Mops an. »Du willst es auf die harte Tour?«

»Immer. Aber unter Berücksichtigung der Regeln. Es wurde gewürfelt. Es wurde ein Zug gemacht.«

»Ah, verstehe. Dann bin ich auf Leonies Trick mit der Zauberkreide gespannt.«

Mops reichte Leonie den Würfel. »Du bist dran. Zeig, was du kannst.«

»Na gut. Ihr habt es nicht anders gewollt.« Leonie schraubte die Flasche auf, kippte sie, bis sie den linken Zeigefinger benetzt hatte. Dann schraubte sie die Flasche zu und würfelte mit der rechten Hand. Zwei. Sie tippte mit dem linken Zeigefinger auf das Feld vor ihrem Spielstein. »Eins.« Der Spielstein verschwand im schwarzen Punkt. Leonie tippte mit dem Finger auf eines der Zielfelder. »Zwei.« Ihr Spielstein tauchte aus der Versenkung auf. Das Schwarz verblasste und verschwand. Leonie grinste verschlagen. »Ein fairer Zug, oder?«

Mops nickte zustimmend. Lydia bekam den Würfel. Eins. Sie zog in Richtung Ziel.

»Ist das alles?«, fragte Leonie überrascht.

»Ja. Denn ich bin fest davon überzeugt, dass am Ende der gewinnt, der den längeren Atem hat und fair spielt.«

Der Himmel verdunkelte sich. Der Seegang nahm zu. Das Boot schwankte.

»Gerade wenn es richtig interessant wird«, beschwerte sich Mops bei niemandem im Besonderen. »Ich würde gern irgendwo in Ruhe weiterspielen wollen.«

»Ich habe da eine ganz blöde Idee«, sagte Leonie. »Unsere Überlebenschancen sind in dieser Nussschale doch sowieso nicht die größten. Nicht wahr?«

»Stimmt«, bestätigte Lydia.

»Mops erzählte vor einiger Zeit etwas von einem sehr ruhigen Gewässer. Das böte uns eventuell auch andere Vorteile.«

Mops verstand. »Du meinst, dann haben wir es nicht mehr so weit, falls ...«

»Genau.«

Mops grinste. »Dich in dieser Rolle zu sehen, davon habe ich schon immer geträumt.«

Lydia kam nicht mit. »Wovon redet ihr?«

»Lass dich überraschen. Gehen wir nach draußen, solange uns der Wind noch nicht von Bord fegt.«

»Seid ihr lebensmüde!«

Mops sah Lydia mit gespielter Überraschung an. »Was soll die Frage?«

Draußen mussten Mops und Lydia Leonie festhalten. Sie lehnte sich, so weit es ging nach vorne aus dem Boot heraus. Die Flasche hatte sie geöffnet. Der Wind wehte in Sturmstärke von hinten.

»Bereit?«, rief sie.

»Du weißt, wo du hinwillst?«, brüllte Mops Leonie ins Ohr. »Wir haben nur einen Versuch!«

»Na dann! Abra! Kadabra! Oder so.«

Leonie bewegte die Flasche mit Schwung von links über

ihren Kopf nach rechts. Der Sturm blies den Inhalt nach vorne. Es entstand ein Loch, in das der Sturm das Boot hineintrieb.

* * *

Der Sand knirschte leise, als das Boot am Strand aufsetzte. Der Sturm, der sie eben noch fast vom Boot gerissen hatte, war verschwunden. Ein graues Meer schlug an einen grauen Strand, unter einem grauen Himmel.

Lydia sah sich misstrauisch um. »Wo sind wir?«

»Dort, wo man hinkommt, nachdem man gestorben ist.«

Lydia begutachtete die Umgebung. »Sieht ziemlich langweilig aus.«

»Das hier ist gewissermaßen das Wartezimmer. In die interessanten Gebiete kommst du erst, wenn deine Einladung bestätigt wurde.«

»Aha.«

»Lasst uns ankern!«, schlug Mops vor. »Dann können wir in Ruhe weiterspielen.«

»Wie lange?«, wollte Lydia wissen.

»Bis die Hölle zufriert. Oder Karla und Herrmann kommen. Was auch immer zuerst passiert. Falls es hier überhaupt ein zuerst gibt.«

Die drei hatten sich geeinigt, wieder entsprechend der Regeln zu spielen. Lydia führte mit fünf gewonnenen Spielen, dann kam Leonie mit zweien, Mops hatte bisher nur eine Partie für sich entscheiden können.

Das Spiel wurde durch ein Klopfen an der Kabinentür unterbrochen.

Mops sah vom Spielbrett auf. »Nur herein!«

Die Tür wurde geöffnet, der Blonde und Schmidt traten

ein. Über der linken Schulter des Blonden war der Griff eines Schwertes zu sehen, Schmidt trug seine Pistole in einem Holster unter dem linken Arm.

Der Blonde lächelte. »Stören wir?«

Mops lächelte zurück. »Ja. Ich war gerade dabei, meine Glückssträhne zu beginnen.«

»Glück wird überbewertet«, gab Schmidt zurück. »Genau wie Schicksal.«

»Siehst du!« Leonie zeigte auf den Blonden. »Ich hatte recht. Ein Schwert also.«

»Nur der Vollständigkeit halber«, fragte Mops. »Wie hast du Karla getötet?«

»Mit derselben Waffe. Auf dieselbe Art und Weise.«

Leonie verstand nicht. »Aber Karla wurde doch gar nicht geköpft!«

Der Blonde blieb unbeeindruckt. »Bist du sicher? Nur weil ihr nicht der Kopf vom Hals gefallen ist?«

»Das Schwert ist anscheinend eher von metaphorischer Beschaffenheit. Wenn ich es richtig verstanden habe.«

Der Blonde nickte Lydia zustimmend zu. »Genau.«

»Aber du bist nicht der Tod.«

»Nein. Tod ist eine der wenigen absoluten Größen. In jedem Universum. Eine Tatsache genauso wie ein Werkzeug.«

»Wieso bemüht ihr beide euch nun persönlich? Ich habe Karla und Herrmann erwartet.«

Schmidt lächelte kalt. »Weil die letzte Runde nicht funktioniert, wenn wir als Zuschauer auf den Rängen bleiben.«

Er trat einen Schritt auf Lydia zu und fasste sie am Arm.

Der Blonde schnappte sich Leonie. »Wir sehen uns draußen. Ich werde gegen Schmidt kämpfen. Jeder mit zwei Unterstützern.«

»Und ich?«, fragte Mops.

»Du musst dich entscheiden. Oder zusehen.«

»Ich finde es nicht in Ordnung, dass ihr ständig die Regeln ändert«, sagte Mops zu niemandem im Besonderen. Denn er war allein in der Kabine.

Mops kletterte die Leiter an der Bordwand hinunter und watete an Land. Hinter der Düne saß der Schreiber. »Ich denke darüber nach, den Pfad zum Strand mit einem Namen zu versehen. Würde dir ›Inspektor-Mops-Weg‹ gefallen? Mit Apostroph an der richtigen Stelle, oder lieber ohne?«

»Mir würde gefallen, wenn das nächste Mal das letzte Mal wäre. Kannst du da was dran machen?«

»Leider nein. Ich habe nur den Verwaltungsjob. Aber ich besorge dir gern ein Antragsformular.«

»Ich werde darüber nachdenken. Weißt du, wo der Blonde und Schmidt hin sind?«

»Ja.«

»Ja was?«

»Du musst deinen eigenen Weg gehen.«

»Kannst du mir etwas über die beiden sagen, oder verstößt das auch gegen deine Vorschriften?«

»Ich kann dir nichts über das hinaus sagen, was du nicht selbst schon herausbekommen hast. Weil es darüber hinaus nichts zu sagen gibt.«

»Immerhin. Machen die das eigentlich öfter? Ich meine, intelligentes Leben auf der Erde vernichten wollen.«

»Von welchem intelligenten Leben sprichst du?«

»Vom menschlichen. Wenn es anderes geben sollte, ist es mir noch nicht begegnet oder ich habe es nicht erkannt.«

»Du bist dir also deiner Beschränktheit bewusst.«

»Durchaus. Ich bin zufrieden damit. So zufrieden, dass ich nicht möchte, dass sich irgendwer in meinen Kram einmischt, der nicht dazugehört. Keine Engel, keine Halbgötter, keine Götter. Die sollen ihren eigenen Job machen und mich in Ruhe lassen. Wenn ich meine Arbeit nicht geschafft bekomme, dann soll sie, verdammt noch einmal, liegenbleiben. Bis ein anderer kommt, der sie schafft. Ein anderer, der nach denselben Regeln spielt, nach denen ich spielen muss. Und nicht ein anderer, der die Regeln nach seinem Gusto verändert. Insbesondere die der Mathematik.«

»Dieser Wunsch unterscheidet dich von vielen deiner Mitmenschen.«

»Ich weiß. Die Dummheit ist die Zwillingsschwester der Faulheit.«

»Inspektor Mops?«

»Ja.«

»Bist du dir der Regeln, nach denen du meinst spielen zu müssen, bewusst? Bewusst genug, um sie bei Bedarf auslegen zu können? Bist du dir im Klaren darüber, was du in dieser Auseinandersetzung willst? Ich meine damit nicht die Rolle, die die anderen dir zugedacht haben. Hast du ein klares Ziel? Für dich selbst?«

»Wenn Leute wie du solche Fragen stellen, dann tue ich mich schwer, sie mit einfachen Worten zu beantworten.«

»Ich bin nur ein Verwaltungsangestellter. Das ist meine Rolle. Sie wurde mir von dem, was du Götter nennen würdest, angeboten. Ich hoffe, du verstehst, was ich damit sagen will.«

»Du hattest die Wahl. Das Angebot anzunehmen, oder durch Ablehnung in eine für dich unvorteilhaftere Situation zu kommen.«

»Genau. Ich habe, nach sorgfältiger Abwägung aller Optionen, das Angebot angenommen.«

»Und? Bist du glücklich?«

»Nein. Aber ich bin auch nicht unglücklich. Ich bin an dem Platz, wo ich, meiner Meinung nach, sein sollte. Mit allen Vor- und Nachteilen, die das mit sich bringt.«

»Ich glaube, ich verstehe, was du mir sagen willst.«

Der Schreiber nickte. »Ich freue mich auf unser nächstes Treffen.«

Mops verbeugte sich vor dem Schreiber. Dann machte er sich auf den Weg zum Tor.

Irgendwann ist Sense

Mops schlenderte landeinwärts, auf die große Stadtmauer zu, die sich, im Gegensatz zu seinem Besuch mit Imhotep, weit entfernt am Horizont abzeichnete. Die Sense hatte er über die Schulter gelegt.

Die Umgebung zeichnete sich, wie immer, durch die Abwesenheit von Farbe aus. Daher war Mops überrascht, als er, nachdem er eine kleine Düne überquert hatte, auf der anderen Seite zwei Zelte aufgebaut sah: Das rechte Grün, das linke Rot. Die Zelte lagen an den entgegengesetzten Enden einer vielleicht zwanzig Meter langen Bahn mit schwarzem Belag, die an einen mittelalterlichen Turnierplatz erinnerte.

Mops seufzte. »Och nee.«

Aus dem grünen Zelt trat Leonie. Sie war in eine Ritterrüstung gekleidet, so wie Mops sie schon in einigen seiner Träume, die er nie erzählen würde, gesehen hatte. Sie hielt ein Schwert in beiden Händen, das Mops bekannt vorkam.

Beim roten Zelt wurde der Vorhang zurückgeschlagen. Lydia trat heraus. Sie trug keine Rüstung, sondern einen Kampfanzug in Tarnfarben. Außerdem Schmidts Mauser-Pistole.

»Ist das nicht ein klein wenig unfair?«

»Nein. Wie kommst du darauf?«, fragte der Blonde, der links neben Mops aufgetaucht war. »Was du siehst, sind Abstraktionen von physischer Macht. Sie sind vollkommen gleichwertig.«

Wie um das zu bestätigen, hob Lydia die Pistole, visierte

Leonie an und feuerte. Leonie parierte das Geschoss mit dem Schwert. Lydia musste sich zu Boden werfen, um nicht vom zurückkehrenden Querschläger erlegt zu werden.

»Wieso tun die beiden das überhaupt?«

Schmidt erschien rechts neben Mops. »Wer? Die beiden Frauen? Wie kommst du darauf? Es sind nur ihre Körper, die wir stellvertretend für unsere bewegen.«

Herrmann erschien neben Lydia, dann Karla neben Leonie.

»Zwei entzückende Paare. Meinst du nicht auch?«

Leonie steckte das Schwert in die Scheide auf der rechten Seite, Lydia die Pistole in ein Holster unter dem linken Arm.

»Oh! Ich wusste gar nicht, das Leonie Linkshänderin ist. Wo wir uns doch schon so lange kennen«, bemerkte Mops.

Die vier gingen aufeinander zu, bis sie zwei Schritte voreinander entfernt stehen blieben.

»Bevorzugst du eine der Seiten?«, fragte der Blonde.

Mops schüttelte den Kopf. »Nicht bei dem Einsatz, um den gespielt wird.«

Schmidt sah Mops mit glühenden Augen an. »Du wirst eine Entscheidung treffen müssen.«

»Ach! Und dann?«

»Dann kannst du entweder mit deiner Leonie zurückkehren und dir noch ein paar schöne Tage machen, oder mit Lydia zusammen hier ewig leben.«

»Und die Welt?«

»Die stirbt in beiden Fällen.«

»Das war so nicht vereinbart.«

Der Blonde zuckte mit den Schultern. »Wir haben die AGB aktualisiert.«

»Aha. Ich will mit Herrmann und Karla reden.«

»Warum?«

»Meine Sache.«

Der Blonde sah Schmidt an. Der nickte. »Zwei Minuten.«

Mops verzog das Gesicht. »Sehr komisch.«

Mops ging den Rest der Düne hinunter, bis er zwischen den Opponenten stand.

»Was soll das jetzt?«, fuhr ihn Karla an.

»Klappe halten.« Mops fuchtelte vor den Gesichtern von Leonie und Lydia herum. Keine Reaktion.

»Habt ihr euch entschieden?«, raunte er.

Herrmann starrte Mops an. »Du kannst nur eine Seite retten.«

»Beantworte meine Frage.«

»Ich entscheide mich für eine gute Gelegenheit. Wenn sich eine ergeben sollte«, flüsterte Herrmann.

Karla nickte zustimmend.

Die Sense erschien in Mops' linker Hand. Er ließ sie aufschnappen. Karla und Herrmann wichen zurück. Mops stieß den Stiel in den Boden, was zu einer leichten Erschütterung führte. Er griff mit der Linken um das Verbindungsstück zwischen Stiel und Sense. Mit der Rechten umfasste er der den Sensenstiel und drehte ihn gegen den Uhrzeigersinn. Er zog das Sensenschwert heraus, ließ den Stiel los und legte die rechte Hand wie eine Schale unter den Griff, den er kurz schüttelte. Dann ließ er die Klinge fallen und drehte die rechte Hand, so dass sie auf der linken lag. »Abramakabra.«

Er ballte beide Hände zu Fäusten, streckte sie Karla und Herrmann entgegen und öffnete sie. »Jetzt!«

Karla und Herrmann griffen gleichzeitig zu. Ihre Hände umschlossen die Sesterze. Mops Hände glühten. Er schrie auf vor Schmerz.

»Viel Glück!«, riefen Karla und Herrmann. Dann waren sie verschwunden.

Mops wollte sich nach der Sense bücken. Was nicht funktionierte. Zwei Hände hielten seine Hände eisern fest. Leonie hatte das Schwert an seinem Hals platziert, Lydia richtete die Pistole auf seinen Kopf. Sie würden weder ihn noch ihre Gegenüber verfehlen.

Mops erwiderte die Händedrücke, stöhnte auf. »Das traut ihr euch nicht!«

Was seine letzten Worte waren.

Das Schwert und die Kugel durchdrangen mühelos Mops' Kopf und Wirbelsäule. Sowie die Körper der Kontrahentinnen.

* * *

»Mops. Mops!«

Mops, der angezogen in der Koje lag und schlief, drehte sich auf die andere Seite, das Gesicht zur Bordwand.

Leonie sah Lydia zerknirscht an. »Er scheint uns nicht mehr zu mögen.«

Lydia stieß Mops ziemlich unsanft in den Rücken. »Glaubt der im Ernst, wir haben ihn gemeinsam umgebracht? Wir haben zusehen müssen!« Sie atmete auf. »Ich bin heilfroh, dass die Mordinstrumente da geblieben sind, wo sie hingehören.«

Von Mops kam keine Reaktion, abgesehen von leisen Schnarchlauten.

»Mein Ring ist auch weg.«

»Welcher Ring?«

»Na, der mit dem blauen Stein.«

»Ach, dieser Ring. Interessant. Was ist mit deiner Getränkeflasche?«

Leonie sah sich in der Kabine um. »Weg. Ich nehme an, dass Herrmann und Karla ihren Dienst quittiert haben.«

»Das heißt?«

»Dass es niemanden mehr gibt, der sie in Umlauf bringt.«

»Ist mir zu hoch. Werden wir nun alle sterben oder nicht?«

Leonie lächelte ein seltsames Lächeln. »Natürlich werden wir alle sterben.«

»Das hört sich nicht verheißungsvoll an.«

Leonie sah Lydia fragend an. »Bist du Lydia oder Mry?«

Ein Lächeln erschien auf Lydias Gesicht wie eine flüchtige Maske und verschwand. »Ich bin Lydia.«

»Sicher?«

»Mry hat es mir bestätigt. Sie hilft Herrmann und Karla bei irgendwelchen Formalitäten. Keine Ahnung, was sie damit gemeint hat: sie seien spät dran. Du wüsstest, was sie meint.«

Leonie nickte. »Ich denke schon. Trotzdem ist mir immer noch nicht klar, wer eigentlich gewonnen hat.«

»Niemand. Mops hat sich für niemanden entschieden.«

»Also haben weder der Blonde noch Schmidt ...«

»Genau. Was schließen wir beiden Hübschen daraus?«

Nun war es Leonie, die Mops einen kräftigen Schubs in den Rücken gab. »Dieser Schuft!«

Lydia schüttelte den Kopf. »Stell dir vor, was passiert wäre, wenn Mops sich für eine Seite entschieden hätte. Und nicht für seine.«

Leonie biss auf die Lippe. »Verdammt! Du hast recht.«

»Trotzdem ist er ein Schuft!«

»Warum?«

»Denk nach.«

Leonie dachte nach. Ihre Augen wurden groß. »Nein! Das ist nicht dein Ernst!«

»Doch. Wie schafft ihr beide es eigentlich, so aneinander vorbei zu leben?«

»Ich ... Du, ich glaube, es macht uns Spaß.«

Lydia sah betont interessiert aus dem Bullauge. »Der Autopilot ist eingestellt. Wir erreichen die australische Küste in drei bis vier Tagen. Dann gehen wir getrennte Wege. Ich werde euch beide vermissen.«

»Ich glaube, du wirst mir auch fehlen. Irgendwie. Obwohl wir uns nicht lange kennen. Und? Was machen nun wir mit der verbleibenden Zeit?«

»Bist du immer so schwer von Begriff?«

Leonie lachte leise. »Nein. Ich wollte nur sicher sein, dass wir beide denselben Gedanken verfolgen.« Sie schwieg für eine Minute, den Blick auf die ruhige See gerichtet, die auch durch das Bullauge auf der anderen Seite der Kabine gut sichtbar war. Dann drehte sie sich um, sah Lydia an.

Beide mussten grinsen.

»Na gut. Von mir aus. Er hat es verdient. Du zuerst?« Leonie kicherte und klopfte auf den Brustharnisch. »Kann etwas dauern, bis ich aus dem Metallschrott rausgekommen bin.«

»Einverstanden.«

»Und ich will keine Beschwerden hören.«

Lydia zwinkerte Leonie zu. »Kann ich nicht versprechen.«

Leonie umarmte Lydia. Lydia erwiderte die Umarmung und drückte Leonie einen Kuss auf den Mund.

»Hey! So war das nicht gemeint!«

»Sicher?«

Leonie löste sich, ein wenig atemlos, von Lydia und verließ die Kabine. An der Tür drehte sie sich noch einmal um. Sie lächelte vielversprechend. »Ich werde darüber nachdenken.«